I0567053

Bisher von Don Both erschienen:

1.Immer wieder samstags
2. Immer wieder samstags – reloaded
3. Immer wieder Verführung
4. Immer wieder Verführung – the End
5. Immer wieder Sehnsucht – Philip & Katharina
6. Immer wieder Tristan und Mia – Hochzeitsspecial
1. The Tower – Mad Love
2. The Tower – Bad love
Corvo – Spiel der Liebe
Dark Demand
Unzähmbar – Liebe ohne Hard Limits
Deep Instinct
Dangerzone
Desirezone
Rock oder Liebe

Don Both, die 28-jährige Tschechin, die in Bayern lebt, fing im Alter von zwölf Jahren an Geschichten zu schreiben, weil sie die beste

Kurzgeschichte in der Schule abliefern wollte. Der Plan gelang und sie entdeckte dadurch ihr Talent, Geschichten erzählen zu können. Während ihrer Schulzeit und ihrer Berufsausbildung als Kinderpflegerin ließ sie ihrer Fantasie als Hobbyautorin freien Lauf. Der Schwerpunkt ihrer Erzählungen lag anfangs meist bei Liebesromanen, und humorvollen Komödien. Jedoch kam auch das Drama, die Fantasy und der Horror nicht zu kurz. Im späteren Verlauf floss auch immer mehr Erotik ein und diese Kategorie entwickelte sich schnell zu einer ihrer liebsten. Im Jahr 2010 wagte sie den großen Schritt und stellte einige ihrer Erzählungen auf einer Fanfiktion- Seite einer breiteren Leserschaft zu Verfügung. Ihre Angst Spott und Häme dafür einzustreichen, war mehr als unbegründet. Sie hatte durch ihre provokanten aber ehrlichen Geschichten schnell eine große, begeisterte Leserschaft und gewann einige Wettbewerbe und Preise. Durch diese Erfolge ermutigt veröffentlichte sie im Jahr 2013 ihren ersten erfolgreichen Roman "Immer wieder Samstags" und gehört seit dem zu einer der meistgelesenen Autoren auf dem ebook- Markt. Privat engagiert sie sich für den Tierschutz, versucht jeden Tag etwas Gutes zu tun und lebt mit ihren Katzen, ihrem supersüßen Schäferhund und ihrem Sohn im kleinsten Kuhkaff der Welt.

DON BOTH'S

DRAGON

FIRE

A.P.P.

Deutsche Erstausgabe Dezember 2015
© Don BothKontakt: bethy86@hotmail.de
https://www.facebook.com/pages/DonBoth/248891035138778
Lektorat: WORDplus, Belle Molina
Korrektorat: Sophie Candice
Weitere Mitwirkende: Babels, Nicole Zdroiek
Cover: Babels Art
Erschienen im A.P.P.-Verlag
Peter Neuhäußer
Gemeindegässle 05
89150 Laichingen
978-3-946222-81-1 – mobi
978-3-946222-82-8 – epub
978-3-946222-83-5 – print

Klappentext:

Eines Tages wird Josephina, ihres Zeichens Model und verwöhnte Zicke, in eine Welt katapultiert, in der Mythen und Legenden lebendig sind … In eine Welt, in der vor Jahren bereits ihre Schwester Seraphina verloren ging. In eine Welt voller Wesen, die genauso sexy wie gefährlich sind.

Hat sich ihre Schwester in dieser Wildnis behaupten können? Und wie soll sich Josephina der animalischen Anziehungskraft des unwiderstehlichen, aber undurchsichtigen Feyr Anführers Vilas entziehen, der sie bei sich aufgenommen und ihr nicht nur einmal das Leben gerettet hat? Was verbirgt der Feyr und warum will er ihr unbedingt helfen?

Als sie droht, mitten in einen Krieg zwischen den Gestaltwandlern und den Feyr zu geraten, trifft sie ihre Schwester wieder, der es besser ergangen ist als gedacht.

Gemeinsam finden sie heraus, dass in ihren Adern ein altes Geheimnis fließt. Eine Macht, die schon lange verloren geglaubt war. Eine Macht, die alles verändern könnte.

Der dritte Teil der Dangerzone – Reihe.
Mysteriös, spannend, sexy.
Man muss die Vorgängerteile nicht zwingend gelesen haben, um in Don Both's Welt der Fantasy einzutauchen.

Prolog

Was im Leben wirklich zählt? Die Menschen, die dich lieben. Die dich genauso nehmen, wie du bist, egal wo und egal wie. Mit all deinen Macken und Stärken. Die nie ihre Geduld oder ihren Glauben an dich verlieren und die für dich kämpfen – koste es, was es wolle.

Diese Welt und ihre Bewohner sind eine Einheit. Alle entstanden aus demselben Ursprung, alle tragen in sich das gleiche Blut. Aber leider haben das die Menschen vergessen. Sie konzentrieren sich lieber auf ihre Unterschiede als auf die Gemeinsamkeiten.

Dies soll eine Erinnerung daran sein, worauf es beim Mensch sein wirklich ankommt.

Auf Liebe, Respekt und Mitgefühl.

Denn diese Emotionen wurden uns von der Natur nicht umsonst mit in die Wiege gelegt ... und wir sollten viel öfter ihrem Ruf folgen.

1.

»Mein Gott ... ist das laaaaangweilig!« Gerade noch so konnte ich meine Hand heben, um ein sicherlich empörendes, undamenhaftes Gähnen zu unterdrücken. Ein Blick zur Seite sagte mir allerdings, dass der Mann neben mir – klein, mit kringeligem Schnauzbart und runder Hornbrille – dies ganz anders sah. Mein Vater. Der nur ein Ziel kannte: Meine kleine Schwester zu finden. Natürlich ahnte ich, dass ihm das nicht gelingen würde. Ganze fünfzehn Jahre war sie jetzt schon verschollen. Nur schemenhaft konnte ich mich noch an sie erinnern: ein dreijähriges fröhliches Mädchen mit dicken Pummelbeinen und klebrigen Patschhändchen. Zwei Wochen hatte sie bei Opa verbringen sollen, der uns immer wieder mal auf seine Wochenendhütte mitgenommen hatte, wenn er denn mal freihatte – er war Forscher und die haben ja so gut wie nie frei, ähnlich wie Autoren oder andere Künstler, denn mit ihren Gedanken hängen sie ständig bei den aktuellen Projekten.

Gerade bei diesem Mal hatte mich eine miese Krankheit gezwungen, zu Hause zu bleiben. Ich ärgerte mich wahnsinnig darüber, denn ich war gern bei Opa. Vier Tage lang meldeten sie sich in schöner Regelmäßigkeit und sorgten dafür, dass meine Gesichtsfarbe anhaltend grün blieb – was sie übrigens ohnehin tat, ich quälte mich nämlich mit einer Magen-Darm-Grippe herum. Und dann kam nichts mehr. Kein Anruf, keine Mail, kein Facebookstupser, nicht das geringste Lebenszeichen. Sie schienen wie vom Erdboden verschluckt. Damals war ich zu klein, um den Verlust wirklich zu fühlen – gerade mal sechs Jahre. Aber mein Vater erinnerte sich zu gut, um vergessen können. Und daher hetzte er seit Jahren jedem noch so kleinen Hinweis hinterher, den sein Privatdetektiv liefern konnte.

Dies tat er auch heute und mich schleppte er mit, ob ich wollte oder nicht. Ich hatte sicherlich anderes zu tun, als an meinem freien Tag in irgendeiner uralten Burg herumzustolzieren und der Hippiebraut zuzuhören, die sich als Fremdenführerin tarnte, aber mit Sicherheit den Geheimauftrag hatte, ihre wissbegierigen Opfer zu Tode zu langweilen.

Leider war mein Papa alt, verwirrt, liebevoll und tooootaaaal langsam. Er konnte nicht einmal geradeaus laufen und nach einem Schlaganfall erst recht nicht Auto fahren. Doch nichts hätte ihn davon abgehalten, herzukommen. Hier, auf dieser Burg, hatte man Opa und meine Schwester nämlich das letzte Mal gesehen. Mir war klar, was dies werden würde: eine weitere Enttäuschung. Dennoch brachte ich es nicht übers Herz, ihm diesen Plan auszureden.

Obwohl ich bei Tommy hätte sein können … oder bei Marc … Als ich mich an seinen Waschbrettbauch erinnerte, den ich bei unserem letzten gemeinsamen Shooting mit Joghurt verschönert hatte, wurde mir ganz warm. Ich fächerte mir mit meinem kleinen stylebedingten Fächer Luft zu, während wir uns in einem der Türme umsehen wollten und ich auf der steinernen Wendeltreppe umknickte.

Oh Mann, diese Heels waren auch echt nicht für diese Uraltstufen geschaffen. Leise fluchend stützte ich mich an der Wand ab und versuchte, mein Gleichgewicht zu halten, während sich die bald totgelangweilte Gruppe von zehn Leuten emsig weiterschob.

Sollten sie doch! Ich musste mich sowieso mal wieder nachschminken. Also ließ ich die Schafherde schulterzuckend ziehen und begab mich auf die Suche nach meinem Lieblingsort: einer Toilette, mit einem Spiegel, vor dem ich mich am liebsten sah.

Den gewünschten Raum fand ich auch nach zehnminütigem Umherirren nicht, daher machte ich mich auf, um im Foyer nachzusehen. Mit schmerzenden Füßen sowie regelrecht angepisst, weil ich erst eine Art Wachmann fragen musste, steuerte ich schließlich die Besuchertoiletten an, die nachträglich für Touristen und die ganzen Geschichtsfreaks angelegt worden war. Na wenigstens etwas. Nur leider hatte es offensichtlich nicht für einen Spiegel gereicht. Über keinem der Waschbecken war einer angebracht. Viel zu schockiert über diesen Umstand stolperte ich wieder raus, um meine Suche fortzusetzen.

Vor lauter Frust ging ich sogar in den Keller. Dabei ignorierte ich das Absperrseil geflissentlich, das Unbefugten den Zutritt mit der Aufschrift »Dangerzone« untersagte. Hier war es kalt, und ich bereute, meinen Bolero im Auto gelassen zu haben. Das knappe gelbe Kleidchen war eindeutig nicht lang genug und die hochgesteckten Haare boten meinen Schultern auch keinen wirklichen Schutz. Daher löste ich die blauen Schmetterlingsspangen und entließ meine verlängerten platinblonden Locken in die Freiheit.

Das Klackern meiner Absätze hallte unnatürlich laut durch den langen Kellergang, ansonsten war es mucksmäuschenstill um mich herum. Wäre ich genauso tussig gewesen wie ein paar meiner Freundinnen, die schon bei dem Begriff *Maus* laut aufschrien, hätte ich mir vor Angst wohl in meinen Tanga gemacht. Machte ich aber nicht. Stattdessen betrat ich einen riesengroßen Raum, fast so etwas wie einen Saal, in dem lauter verhüllte Gemälde standen. Hm, vielleicht eine Art Galerie? Zielstrebig ging ich auf eines der viereckigen Kunstwerke zu, das genauso groß war wie ich. Doch als ich das staubige Leinenlaken herunterzog, entdeckte ich kein Bild, sondern mich selbst in einer Spiegelung.

Perfekt gebaut. Perfekt geschminkt. Perfekt perfekt. Und ziemlich verwirrt.

Besonders, als etwas hinter meiner Schulter vorbeihuschte. Ein Schatten! Ich wirbelte herum, doch da war nichts. Mit einem Mal schlug mein Herz ein wenig zu schnell und auch die Hand, die ich gegen meine Brust presste, konnte nicht helfen. Ich verdrehte über mich selbst die Augen und begab mich zielsicher zum nächsten Spiegel. Auch hier entfernte ich das Leinen. Beim Nächsten auch und auch beim Übernächsten! Ha! Ich hatte keine Angst! Auch wenn der Raum durch die kleinen, vergitterten, sehr hoch angebrachten Kellerfenster nur spärlich beleuchtet war, und vor genau diesen eine Krähe düster vor sich hinkrähte und den baldigen Herbst ankündigte. Der Staub tanzte schimmernd durch die Halle und spiegelte sich in den glatten Oberflächen tausendfach wider. Sobald alle abgedeckt waren, fingen sie den einzigen Sonnenstrahl ein, der es durch ein winziges Fenster bis hier runter schaffte, und bildeten ein verrücktes Muster um mich herum, das von herumwirbelnden Staubpartikeln durchwoben wurde. Als würde ich in der Mitte eines Spinnennetzes aus rot-gold glühendem Sonnenschein stehen.

Perfekt! So ausgeleuchtet konnte ich mich in aller Ruhe schminken! Vielleicht waren die Burgbewohner doch nicht so primitiv gewesen, wie ich immer gedacht hatte.

Zufrieden lächelnd kramte ich in meiner winzig kleinen Clutch nach Lidschatten und Lipgloss und trat näher an den Spiegel heran. Mit gespitzten Lippen zog ich genau jene nach.

Ich hatte mir schon einmal überlegt, sie aufspritzen zu lassen. Aber der Schönheitschirurg hatte mich ausgelacht und gesagt, dass er sowieso kein besseres Ergebnis erzielen könnte, als mir von der Natur geschenkt worden war, es sei denn, ich hätte Schlauchboote bevorzugt. Hatte ich nicht.

Gerade hatte ich die Unterlippe am Wickel, als ich wieder etwas im Augenwinkel wahrnahm … eine Kontur? Groß und dunkel, anscheinend hinter mir an der Wand lehnend! Ich wirbelte erneut herum. Aber da war nichts, außer der grauen Fläche der massiven Steine und der großen, geschlossenen Eichentür.

Okay, Memo an mich: Das nächste Mal ein bisschen weniger trinken, wenn Tommy eine Party schmeißt, oder am nächsten Tag mit Papa keine gruslige Burgen besuchen!

Das mulmige Gefühl erneut unterdrückend, drehte ich mich wieder zum Spiegel und … erstarrte …

Er verschwamm vor meinen ungläubigen Augen, wurde scheinbar zu Wasser, das sanft vor sich hin plätscherte, und es ertönten das lieblichste Vogelgezwitscher, Blättergeraschel, ein Fluss … hohes, fröhliches Lachen …

Der Spiegel schien zu vibrieren und die Schwingungen gingen auf mich über, nisteten sich in meinem Bauch ein und ließen meinen Kopf leicht dröhnen. Bevor ich mich versah, hatte ich neugierig die Oberfläche berührt. Sie war nicht hart, sie war nicht glatt. Meine Finger glitten wie durch warme, geschmolzene Butter. Ein Luftzug erfasste meine Fingerspitzen auf der anderen Seite. Ich zog sie japsend zurück und drückte sie an meine Brust.

Das kann doch nicht …

Im nächsten Moment schwappte das ›Wasser‹ auf mich über, ich wurde von einer unbekannten Macht regelrecht am Handgelenk gepackt und nach vorne gerissen … Ich fiel. Fiel geradewegs ins Bodenlose. Mein Magen rebellierte, das Herz hüpfte in meinem Hals, alles in mir schien zu summen und zu vibrieren, so stark, als würde sich jede einzelne Zelle spalten, einfach auseinanderfallen. Ich hatte Angst, mich in dem Strudel zu verlieren, denn ich spürte meinen Körper immer weniger … nur noch das kleine bisschen, was sich meine Seele nannte. Ein strahlender Fleck in tiefen Weiten, durch die ich in rasender Geschwindigkeit fiel. Und mit einem Mal setzten sich die Zellen wieder zusammen und ich stürzte mit einem lauten Platsch ins Wasser. In wahres Wasser, nass und schockierend kalt.

Dann wurde alles schwarz.

2.

Stöhnend kam ich wieder zu mir.

Mein Kopf tat weh. Mein Körper auch. Juhu, er war also doch noch da …

Ich lag halb in kaltem Wasser, halb an einem steinigen Ufer.

Flatternd öffnete ich die Lider, nur um dabei vor Übelkeit fast umzukommen. *Okay, die Augen noch ein bisschen geschlossen lassen,* sagte ich mir selbst und befolgte den Befehl auch prompt. Stattdessen konzentrierte ich mich auf meine Atmung. Ein und aus. Langsam. Bedächtig, immer durch die Nase. *Du willst schließlich nicht zur Kotzfontäne mutieren.* Eine Hand legte ich auf meinen Bauch. Er war auch komplett durchnässt. Genau wie der Rest von mir. Meine Beine wurden von etwas gekitzelt und jetzt musste ich die Augen doch öffnen. Um geradewegs in ein kleines grünes Gesicht zu blicken, vervollständigt von winzigen schwarzen Zähnchen.

Ein Kreischen entkam mir. So ein typischer *Da-ist-eine-gigantische-haarige-Spinne!*-Schrei. Ich war schneller auf Händen und Füßen, als ich »OH SCHEIßE!« denken konnte, und krabbelte rückwärts vor dem widerwärtigen kleinen Monster davon. Es schien Kiemen zu haben und schlug frustriert mit der Faust auf einen Stein am Ufer ein, bevor es sich wieder ins Wasser sinken ließ und aus meinem Sichtfeld verschwand.

Okay. Ich träumte. Eindeutig.

Gut zu wissen.

Wahrscheinlich war ich bei der langweiligen Führung nicht gestorben, sondern eingeschlafen. War ja klar. Wie hätte ich das auch bei vollem Bewusstsein überstehen sollen?

Ein Blick über die weitere Landschaft bestätigte meine Gedanken: Ich befand mich an einem Seeausläufer, in dem sich eine Burg spiegelte, die über allem auf einem Berg aufragte. Um mich herum gab es nichts als weites, hügliges Land mit sattem, grünem Gras bedeckt. Dünner Nebel waberte über den Boden … Am Himmel zogen auch noch zwei blutrote Sonnen ihre Bahnen. Natürlich gingen sie gerade jetzt, in diesem Moment, hinter der riesigen Burg unter und tauchten die gesamte Ebene in ein rotes, mystisches Glühen, das den Nebel wie rauchiges Blut erscheinen ließ … Wunderschön …

Meine Fantasie gab sich in diesem Traum ja richtig Mühe! Wie nett … und gleich würde mein Märchenprinz auf seinem weißen Ross dahereiten und …

Ein hohes, nervenaufreibendes Kreischen ließ mich zusammenzucken. Es kam eindeutig von oben, und als ich sah, was es verursachte, verkrampfte sich mein Magen ruckartig.

»Oh verdammt, was zum Teufel ist das?« Etwas Stierartiges? Ein Adler? Eine Mischung? Mit leuchtend roten Augen, riesigen braunen Flügeln, deren Spitzen auch rot schimmerten, gelb-schwarzen Krallen und goldenen Hörnern auf dem Kopf. Das Gesicht eines Stieres, mit dem spitzen, tödlichen Schnabel eines Adlers.

Okay, Josi, jetzt ist es an der Zeit, aufzuwachen. Da ich zum luziden Träumen fähig war, also meine eigenen Träume steuern konnte und wusste, *dass* ich träumte, war ich bisher nicht wirklich in Panik geraten. Nur leider kam dieses Ding immer noch auf mich zugeflogen.

Und es hatte einen echt spitzen Schnabel – blutverschmiert; die Augen gierig auf mich gerichtet und eindeutig nicht mit der Absicht, mich fröhlich zu begrüßen. Es war reiner Selbsterhaltungstrieb, der mich auf meine Beine zwang, als wäre ich eine Marionette an zwei Fäden und dafür sorgte, dass ich mich in Bewegung setzte. Nur um im nächsten Moment gegen etwas Hartes zu prallen, mir die Nase anzuschlagen und erneut auf meinem Hintern zu landen.

Was zum ...?

Als ich mir die Nase hielt und wütend nach vorne blickte, war da allerdings nichts.

Das ziemlich nahe Kreischen und ein eiskalter Luftzug erinnerten mich daran, dass ich jetzt lieber mal endlich meinen Allerwertesten bewegen sollte, und ich rappelte mich erneut auf. Um wieder gegen dieses steinharte Nichts zu stoßen. Dieses Mal fiel ich nicht um, aber dafür kamen mir die Tränen, weil es so sehr schmerzte.

So eine Scheiße!

Nach dem zweiten Mal schlauer, tastete ich mich mit ausgestreckten Händen vor und fühlte etwas Glattes. Es schien rund und dick. Dann hatte ich Platz für zwei weitere Schritte, bevor meine Hände wieder auf etwas Kühles stießen und ich mich auch daran vorbeitastete. Ein Blick über meine Schulter sagte mir, dass ich allerdings bei Weitem nicht schnell genug vorging, denn der Stiervogelverschnitt war nur noch einen Flügelschlag von mir entfernt. Aber im letzten Moment fühlte ich rechts und links etwas Hartes und schlüpfte durch den Zwischenraum, bevor der gelbe Schnabel mit der garantiert rasiermesserscharfen Spitze mich erwischen konnte.

Anscheinend gelang es diesem hässlichen Federding genauso wenig, das Hindernis zu passieren, wie mir, wenn ich etwas größer gewesen wäre.

»Ha!« Ich rannte, so schnell es in High Heels möglich war, weiter, wäre jedoch beinahe wieder gegen irgendetwas Unsichtbares gestoßen. Glücklicherweise rettete mich mein Stolpern. Klar, immer diese Stolperei, wenn man vor irgendwas davonläuft. Das war so typisch Hollywood. Ich war sicher, dass mein Unterbewusstsein diese spezielle Note meines aktuellen Albtraums aus einem verdammten Horrorfilm geklaut hatte.

Aber zu meiner riesigen Erleichterung ertastete ich unter meinen Händen runde, glatte Dinge, die sich ziemlich schwer anfühlten, als ich sie anhob. Steine? Egal! Das Vieh kam wieder angeflogen und ich griff den erstbesten Stein, oder was auch immer das war, und feuerte es in seine Richtung.

Von wegen, Frauen können nicht werfen!

Ich traf! Mit voller Wucht. Allerdings brachte es nicht viel. Außer, dass der Megavogel mächtig sauer wurde und so wild mit den Flügeln schlug, dass meine Haare in mein Gesicht wehten und mir die Sicht raubten. Er kreischte ohrenbetäubend laut, dann machte er sich auf in den fröhlichen Sturzflug und ich wusste … ich war verloren.

Ob Traum oder Nichttraum. Ich pinkelte mir fast ins Höschen, und mir blieb nichts anderes übrig, als mein Gesicht mit beiden Händen zu schützen.

Dennoch konnte ich nicht anders als zwischen meinen Fingern auf die Szene vor mir zu schauen, auch wenn es etwas Makabres an sich hatte. Doch bevor mich das Vieh zu Hackfleisch verarbeiten konnte, rammte es ein Blitz, der plötzlich an mir vorbeischoss.

Der Vogel quiekte auf, während er zur Seite geschleudert wurde, und ruderte wild mit seinen braunen, riesigen Flügeln, um sich zu fangen. Die goldenen Hörner auf seinem Kopf fingen den letzten Sonnenstrahl auf und reflektierten diesen an der Klinge des … *Mannes,* der in der Hocke vor mir landete und mich anblickte. Die Faust hatte er vor mir ins nasse Gras gerammt, in der anderen hielt er ein Schwert. Sein Arm war muskulös, sehnig, nackt …

Blitzende silberne Augen … mysteriös wie die Nacht. Entschlossen. Tödlich und hochkonzentriert. Mir entkam ein Keuchen, als ich für einen Moment in ihnen versank, förmlich eingesaugt wurde.

Ein winzig kleines wissendes Lächeln umspielte einen Mundwinkel, dann drehte er sich bereits herum, hielt in sicheren Händen sein riesiges Schwert, das wirkte, wie aus einem einzigen Diamanten geschliffen, und führte es mit einer Anmut, die nur ein wahrer Krieger besitzen kann, und einer Zielsicherheit, die man nur in jahrelangem Training erlangt.

Wahnsinn …

Das Stier-Adler-Federvieh flatterte wild, schwang sich nach oben, wich aus, hatte aber anscheinend nicht mit der enormen Sprungkraft seines Gegners gerechnet, der sich mit durchtrainierten Beinen abstieß und dann regelrecht auf das Tier zuschoss. Er landete auf dem federnen Rücken, breitbeinig, anmutig, und hob die Klinge mit beiden Händen über seinen Kopf. Sie blitzte auf, dann spritzte heißes Blut direkt in mein Gesicht.

Ein angeekeltes Keuchen später fiel das riesige Vieh mit einem wuchtigen Aufprall leblos vor mir ins Gras, dicht gefolgt von meinem Verteidiger, der von ihm herabsprang und sein riesiges Schwert lässig an dem Tier abstreifte, um das Blut zu entfernen, und es dann zurück in die Scheide steckte. Mir blieb nichts anderes übrig, als zu starren, denn ganz ehrlich: Ich war von Beruf Model. Hatte somit viel mit schönen Menschen zu tun. Wusste ihre Fassade auch durchaus zu schätzen. Aber der schönste Mann, den ich bis zu diesem Zeitpunkt gesehen hatte, war nichts gegen die Kampfmaschine, die mir gerade eben das Leben gerettet hatte.

Er war groß. Ich meine: *richtig* groß.

Er hatte Muskeln, ich meine: überall, wo sie sein sollten. Aber nicht zu viel.

Er trug ein komisches beigefarbenes ärmelloses Shirt mit verschnürbarem V-Ausschnitt – es sah aus wie aus Leder –, verboten eng, verboten sexy, und so etwas wie eine gleichfarbige Lederhose, die keinen Reißverschluss besaß, sondern vorne sehr, sehr weit zu Schnüren war. Sie wirkte sehr ausgefüllt. Er war barfuß. Das gleiche strahlende Silber, das mich aus seinen Augen anfunkelte sah ich nun in strubbeliger Weise von seinem Kopf abstehen. *Er hat wirklich silbernes Sex-Haar!*

Und sein Gesicht, bei Gott …

Im kantigen Kinn befand sich mittig ein Grübchen. Hohe Wangenknochen und gebräunte Haut, die fast illuminierend schien. Große Augen, volle Lippen, blassrosa, passend zum Rest. Sein Gesicht war weich, aber auch männlich und er grinste mich absolut spöttisch an. Wahrscheinlich, weil ich ihn mit offenem Mund anglotzte. Laut klappte ich diesen wieder zu.

Oh verdammt!

Vermutlich hatte ich noch nie einen Mann derart dämlich angestarrt. Schnell senkte ich den Blick und regte mich über mich selber auf.

Was war nur los mit mir? Sonst war ich es doch, die die Typen reihenweise um den Verstand brachte, und dieses Exemplar brauchte nur ein bisschen vor meiner Nase rumhüpfen und einen auf Priest, Avatar oder was weiß ich was machen und ich verfiel ihm mit Haut und Haaren! War ich nicht mehr ganz dicht?

»Grins nicht so dämlich, wenn ich dich erschrecke, bleibt das sonst so!«, rief ich ihm also zu und stand auf. Er legte den Kopf schief und checkte eindeutig von oben bis unten meinen Körper, während ich versuchte, meine zerzausten Haare aus dem Gesicht zu bekommen und meinen Rock nach unten zu zerren. Irgendwie erschien er mir viel zu kurz – unangemessen. Strahlend weiße Zähne und blitzende Augen sagten mir unmissverständlich, dass ihm gefiel, was er sah. Oh ja, mir auch, und? Was fiel diesem Kerl überhaupt ein, mich so offensichtlich blickzuficken? Das war *mein* verdammter Traum! Hier bestimmte ich die Regeln! Ich! Ich ganz allein!

Er trat einen Schritt auf mich zu.

»Oh nein! Bleib wo du bist!« Er lachte leise und das war nicht gut! Gar nicht! Mir wurde heiß. Warnend hob ich die Hand. »Stopp! Bevor es zu spät ist! Du wärst nicht der Erste, dem ich in die Eier …! HEY!«

Da war er schon vor mir, hatte meine Hand genommen und mein Handgelenk, genau dort wo nun mein Puls hämmerte, an seine Lippen geführt, während er mir von unten durch seine unverschämt langen schwarzen Wimpern unwiderstehlich sexy in die Augen sah. Diese ritterliche Geste brachte mich so aus der Fassung, dass ich einige Sekunden wieder nur starren konnte und erst recht, als sich sein linker Mundwinkel nach oben zog und er mit kultivierter, tiefer Stimme sagte:

»Es ist mir eine außerordentliche Ehre, so eine *klef kok ka Maeva* wie Euch kennenzulernen …« Oh mein Gott, der war doch nicht etwa ein Gentle… »Allein der Anblick Eurer Kurven wird mir zahllose schlaflose Nächte bescheren, und meine Gedanken werden nur noch um die Frage kreisen, wie sich dieser überaus appetitliche Mund wohl anfühlt.« Okay. Eindeutig *kein* Gentlemen! Gottseidank! Fast wäre ich ihm komplett verfallen! Jetzt entriss ich ihm meine Hand, denn ich fühlte immer noch das leichte Brennen, das seine Lippen auf meiner Haut hinterlassen hatten.

»Was bitte heißt Fraeva kacka? Hast du gerade mentalen Dünnpfiff, oder was?« Er glückste amüsiert.

»Es heißt: kostbar wie ein Diamant«, informierte er mich höflich, aber immer noch spöttisch amüsiert über die Wut, die hoffentlich sehr Furcht einflößend in meinen Augen loderte.

»Wie auch immer! Ich will jetzt aufwachen!« Ich drehte mich von ihm weg und blickte in den Himmel, der nun wolkenverhangen nichts als eine dunkle, graue Fläche bot. »Hast du gehört? Du dämliches einfältiges Unterbewusstsein?! Ich will jetzt wieder aufwachen, und dann muss ich mir ernsthaft überlegen, mich in Therapie zu begeben, wenn ich mir vorstelle, dass mein Traumprinz *so* ist! Also echt …«

»Genau genommen bin ich keineswegs ein Prinz …« Er wollte sich von der Seite in mein Blickfeld drängen, aber ich hob eine Hand und schob ihn an der breiten Brust weg. Oder wollte es zumindest. Meine Handfläche wurde sofort heiß, als hätte ich sie auf einen Hot Stone gelegt, und ich zog sie zurück.

»Und wenn du Michael Jackson wärst, wäre es mir egal!«

»Dein Ton gefällt mir nicht.« Mit einem Mal klang er alles andere als amüsiert, und irgendetwas in seinem düsteren Tonfall brachte mich dazu, den Blick zu heben und dann fast rückwärts umzukippen.

Wie konnte ein einziger Mensch nur so eine Macht ausstrahlen und so absolut arrogant auf mich herabschauen, so als wäre ich ein niederer Gnom, ein Zwerg, eine Warze auf der Nase des Zwerges ... oder die Warze auf der Warze ... ach egal.

»Ach?«, brachte ich jedoch spöttisch hervor, gewöhnt, mit solcher Arroganz umzugehen. Marc – mein Freund/Liebhaber/Dildoersatz – war nicht anders. »Wirklich? Dann warte doch auf den nächsten Bus! Vielleicht interessiert darin jemanden, was dir gefällt und was nicht!«

Und dann fühlte ich nur noch etwas Hartes im Rücken und die Luft verließ ruckartig meine Lungen. Er hielt mich am Hals gegen das unsichtbare Etwas gedrückt, sein Blick lag drohend auf mir, sein Griff war fest, doch sein Daumen streichelte zärtlich meinen Kiefer. Die Stimme klang ruhig, aber leicht heiser, als er mir in die Augen sah: »Du, kleine *Maeva*, hast keine Ahnung, mit wem du es zu tun hast ...«

»Ich bin nicht klein, lass mich ... *uh ...!*« Mit einem Mal hatte er seinen Unterkörper an mich gedrückt, eine wahnsinnig dominante sowie erotische Machtdemonstration, die mir tatsächlich die Sprache verschlug, während heiße Blitze meine Wut ablösten, die von meinem Intimbereich ausgingen.

»Du wirst mit mir kommen und ich werde dir beibringen, wie du dich mir gegenüber zu verhalten hast.« Ich wollte gerade ansetzen, ihm heftigst zu widersprechen, da glühten seine Augen dunkel auf.

»Beim *Epos*! Wage es, noch ein Wort gegen mich zu richten und ich werde dir diesen hübschen Mund hier an diesem Baum stopfen, ob du willst oder nicht!« Ich glaube, mein Mund war noch niemals in meinem Leben so schnell zugeklappt wie gerade eben, und meine Augen noch niemals so kurz davor gewesen, aus ihren Höhlen zu fallen ... ach und von meiner Weiblichkeit muss ich jetzt doch gar nicht anfangen, oder? Auf jeden Fall hatten mich noch niemals nur ein paar Worte so sehr erregt wie diese und *gleichzeitig* meinen Kampfgeist herausgefordert. Irgendwas in seinem Blick sagte mir, dass er es ernst meinte und dass ich es viel zu sehr genießen würde, wenn dieser männliche, riesige Kriegerkörper sich das nahm, was er wollte. Alles, was ich noch rausbekam, war ein herzhaftes: »Hmpf!«, was ihn schon wieder leise zum Lachen brachte.

»Du bist wirklich *süß* ... wie eine Bumbeere, aber auch giftig wie ein Flosch.« Gott ... was hatte der Kerl nur für Drogen genommen? Oder war das eine neue Art von Sprachfehler, die er an den Tag legte? Ghettoslang? Ein Dialekt? Keine Ahnung! Er presste sich immer noch an mich, was meiner Denkfähigkeit nicht wirklich auf die Sprünge half. Außerdem wanderte seine Hand weiter nach oben und sein Daumen glitt über meine Unterlippe. Ich wollte stöhnen, ihm erliegen, sofort, doch stattdessen hob ich mein Knie und rammte es ihm zwischen die Beine. Es reichte!

Darauf nicht vorbereitet, taumelte er tatsächlich mit wunderschönem, schmerzverzerrtem Gesicht einen Schritt zurück, fiel aber nicht, wie sonst in Filmen üblich, auf die Knie. Doch ich konnte auf jeden Fall von ihm wegflutschen, drehte mich um und rannte ... rannte was das Zeug hielt, trotz meiner Schuhe, die ich langsam hasste. Geradewegs gegen etwas Hartes, und das mit so einer Wucht, dass mir schwarz vor Augen wurde. Das Letzte, was ich hörte, war ein amüsiertes Glucksen ...

Na super ... wie konnte ich diese Geisterdinger auch vergessen?!

3.

Ich hing kopfüber. Unter mir holperte es in einem angenehmen trägen Rhythmus, und als ich die Augen öffnete, merkte ich, dass ich bäuchlings in luftigen Höhen baumelte. Auf meinem Rücken lag locker eine Hand und presste mich hinunter, sobald ich mich stöhnend etwas aufrichten wollte.

»Nicht bewegen, Maeva …« Oh Mann, der Kerl war ja immer noch da und ich träumte immer noch und er dachte immer noch, er könne mir sagen, was ich zu tun hatte.

»Von dir lass ich mir gar nichts…! AU!« Er hatte mir auf den Hintern gehauen. »Das hast du jetzt nicht wirklich getan! Ich glaub's ja nicht! Was erlaubst du dir, denkst wohl du bist der neue Fifty!« Sein Griff wurde unerbittlich und er schnalzte ein paar Mal mit der Zunge, seine Oberschenkel spannten sich an, dann bewegten wir uns nicht mehr.

»Tem Lek na Dorras!« Es hörte sich so an, als würde er schimpfen, doch ich verstand wieder mal kein Wort, zumindest bis er in meine Sprache wechselte. »Willst du runterfallen und dir das Genick brechen? Halt still, sonst musst du zu Fuß gehen!«

»Gern!«, schrie ich atemlos, weil mein Bauch so zusammengedrückt wurde.

»Wie du willst!« Schon hatte er die Hand von meinem Rücken genommen, und ich rutschte mit den Beinen voran hinab. Und zwar mit einem erschreckten Kreischen, denn der Erdboden kam einfach nicht in Reichweite. Hätte er nicht blitzschnell nach meinem Handgelenk gegriffen und mich mit einem Ruck aufgefangen, wäre ich in ungeahnte Tiefen gefallen. Mit ausdruckslosem Gesicht band er ein Seil um meine Handgelenke, hielt mich dabei locker mit der anderen Hand in luftiger Höhe. Dann beugte er sich sehr weit herab, um mich sicher auf den Boden zu befördern. Erst als ich stand – gefesselt und von ihm an einem Seil gehalten – merkte ich, worauf er ritt.

Das war kein Pferd. Also kein normales. Es hatte übermäßig viele Muskeln, die sich unter rosenrotem, glänzendem Fell bewegten. Einen schneeweißen Schweif sowie eine weiße Punkerfrisur, kein Zaumzeug und riesige strahlend weiße Hufe, die sicherlich mein gesamtes Gesicht zermalmen konnten. Auf ihm hatten bestimmt drei Personen Platz, so riesig, wie es war. Mir blieb der Atem weg, und ich begab mich ein paar Schritte in Sicherheit, als es nervös schnaubend tänzelte. Doch der Reiter dieses imposanten Tieres zog an dem Seil und mich somit mit einem Ruck wieder vorwärts.

»Beweg dich! Wir müssen uns beeilen.« Stirnrunzelnd fragte ich mich wieso, ahnte aber, dass es vielleicht etwas mit unserer Umgebung zu tun haben könnte. Von dem Anblick viel zu abgelenkt, ließ ich es geschehen, dass dieser arrogante Kerl mich weiterzerrte und dieses seltsame Pferd antrieb, denn wir befanden uns eindeutig in einem Wald. Einem Wald aus Bäumen, die aussahen, als wären sie aus Glas. In ihnen verliefen neonfarbige ›Venen‹.

»Man sieht sie nur, wenn die Monde scheinen … Hier hängt vieles vom Mondschein ab. Deswegen auch Lunare Zone.« Er sprach mit mir, ohne mich anzusehen, und erklärte mir nebenbei, was das vorhin für Dinger gewesen waren, mit denen meine Nase unliebsame Bekanntschaft gemacht hatte. Mein Blick glitt nach oben und tatsächlich, dort waren sie:

Zwei Monde. Rund und gelb. Einer etwas größer als der andere.

In meinen Heels knickte ich um, und musste mich wieder auf den Boden konzentrieren. Wir gingen einen breiten Kiesweg entlang, dessen Kieselsteine genau wie die Bäume leuchteten. Er führte verschlängelt hinauf zur Burg und war auch nur jetzt sichtbar.

Gott. Wo war ich hier nur gelandet? Das konnte doch unmöglich noch ein Traum sein! Und vor allem nicht so intensiv. Ich fühlte den lauen Wind, der mit meinen Haaren spielte und unter meinen Rock fuhr, roch den Duft von sattem, frisch gemähtem Gras und etwas unsagbar Süßem in der klaren Luft. Hörte um mich herum das Zirpen der Grillen, den Ruf einer Eule, der sich aber anhörte, als würde sie Schluckauf haben.

Das Letzte, an das ich mich erinnerte, waren Spiegel … war ich nicht … in so ein Ding gezogen worden? War ich nicht gefallen und durchnässt am Ufer eines Sees aufgewacht, in dem sich die Burg spiegelte, auf der ich davor gewesen war?

Mein Kopf schmerzte, aber ich dachte weiter nach.

Und davor … Davor hatte ich doch etwas hinter mir gesehen, einen riesigen, männlichen Schatten …

»Du warst es!« Bestimmt blieb ich stehen, sodass sich das Seil zwischen uns straffte.

»Wie bitte?«, fragte er vermeintlich höflich und lenkte das Riesenross etwas seitlich, um dann gewohnt überheblich und arrogant auf mich herabzublicken. Dieser Krieger auf seinem Pferd war wirklich ein erinnerungswürdiger Anblick.

»Du warst hinter mir! Als ich vor den Spiegeln stand.« Mein Zeigefinger zeigte starr in die Richtung des belustigten Angeklagten.

»Ja, du hast wirklich zu niedlich gewirkt … so verwirrt und neugierig …«

»Wie hast du mich gesehen?«

»Ich habe am See Rast gemacht und etwas von dem heiligen Wasser getrunken. Das darf übrigens nur ich, nicht dass du auch einmal auf die Idee kommst … Wenn du es trinkst, bekommst du faule Zähne und Warzen … Nehme ich es hingegen zu mir, kann ich sehen, was in jeder einzelnen lebenden Welt dieses Universums passiert oder noch geschehen wird. Ich habe dich gesehen, wie eine Spiegelung im Wasser, als würdest du neben mir stehen, und du hast nach meiner Hand gegriffen. Es war für mich selbstverständlich, sie zu nehmen. So, als würde genau dort dein Platz sein, an meiner Seite, als müsse ich dich beschützen … Du hast mich angelächelt und mich angesehen, nicht nur auf mein Äußeres, sondern direkt in meine Seele. Und ich habe auch in deine gesehen … Und dann wusste ich es.« Er zuckte mit den breiten Schultern. »Ich wusste, dass du mir gehörst, und habe dich geholt.« Was er sagte, machte mir Angst, aber nicht nur das … irgendwie breitete sich ein warmes Gefühl in meinem Bauch aus … Aber trotzdem verstand ich nur die Hälfte.

»D… Du hast mich geholt? Woher?« Er verdrehte die Augen und schien leicht gereizt.

»Na, durch das Portal. Wenn du dich direkt davorstellst, wie ein schönes Geschenk, musst du damit rechnen, von irgendwem auch geschnappt zu werden. Also bitte …« *Portal?*

»Oh mein Gott. Du hast wohl zu viel Star Gate geguckt«, entkam mir ziemlich trocken. Er verengte die Augen.

»Ich verstehe nicht«, gab er misstrauisch zu, so als wäre er es nicht gewöhnt, über irgendwas nicht Bescheid zu wissen. Resigniert winkte ich ab. Irgendwas war an dem Kerl war schräg, und zwar so gut wie alles, wenn ich genauer darüber nachdachte. Er redete inzwischen fröhlich weiter. »Aber deine Sprache habe ich auch nicht verstanden.

Zumindest, bis du den ersten Satz gesagt hast, dann konnte ich sie – zum Glück lerne ich jede Sprache sofort, sobald ich ein paar Worte von dieser höre. Aber du scheinst unsere immer noch nicht zu verstehen ... Ganz schön langsam, diese Menschen.« Bedauernd schüttelt er den Kopf.

»Diese Menschen?« Nur schwer konnte ich meine Verwirrung unterdrücken, die mit jedem Satz größer wurde. Er schnaubte.

»Ja, Menschen. Oder willst du etwa abstreiten, einer zu sein? Mit all ihren guten und schlechten Eigenschaften und ihrem minderen Intellekt!« Diese Frage klang wie eine Drohung. Als würde großes Unheil über mich kommen, wenn ich sie falsch beantwortete. Mir stellten sich die Nackenhaare auf. Stumm verneinte ich.

»Na also.« Dann fiel es mir erst auf.

»Minderer Intellekt? Willst du also sagen, dass ich dumm bin?« Er schien über diese Aussage wirklich ernsthaft nachzudenken, der Bastard.

»Na ja. Dumm würde ich es nicht nennen ... Euer Horizont reicht aber nur so weit, wie ihr sehen könnt. Alles, was für euch unsichtbar und nicht sofort fassbar ist, existiert nicht.« Ich plusterte die Wangen auf, aber er zählte weiter an langen Fingern ab. »Ihr lebt in selbst auferlegten Fesseln. Geistig wie körperlich. Ich meine, wie viel Prozent eures ehrwürdigen Denkvermögens nutzt ihr? Nur einen Bruchteil, und manche wahrscheinlich nicht einmal das! Selbst nach Jahrtausenden ist es euch nicht gelungen, euer geistiges Potential voll auszuschöpfen, so wie wir. Auch eure körperlichen Fähigkeiten lasst ihr kläglich verkümmern ...«

»Wie wir? Was meinst du damit?« Sein Gelaber verwirrte mich immer mehr und machte mich noch wütender. Er lachte. Heiser. Erregend.

»Das wirst du schon noch sehen.« Daraufhin zog er an dem

Seil. »Komm jetzt, oder willst du, dass ich dich hier alleine lasse?« Die Monde wurden in dem Moment von dunklen Wolken verdeckt. Die Augen meines Begleiters leuchteten auf, silber, aber ansonsten verblassten sofort die Glasbäume um mich herum und wurden wieder unsichtbar. Auch der Weg war nicht mehr zu erkennen. Der Wind frischte deutlich auf und mich fröstelte es, weil ich nach wie vor feucht bis auf die Knochen war.

Okay … Selbst wenn das hier ein Traum war … was ich leider nicht mehr so wirklich schaffte mir einzureden, wäre es selten dämlich gewesen, hier allein zurückzubleiben. Ich fühlte die Gefahr überall, als würde sie nach mir greifen wollen, und dieser Typ auf seinem Monsterpferd schien das zu wissen, auch wenn ich mir sicher war, dass er damit klarkommen würde. Deswegen schüttelte ich schweigend den Kopf und setzte mich wieder in Bewegung. Schon nach ein paar Schritten knickte ich wieder um, und meine Muskeln rebellierten, sobald wir anfingen, den Berg zu erklimmen, auf dem sich die Burg befand. Die Fenster waren bunt erleuchtet und Wärme ausstrahlend. Aber ich würde den Teufel tun und ihn fragen, ob er mich wieder aufs Pferd nahm, das er so ganz ohne Sattel und Zügel, anscheinend nur mit Worten und leisen Befehlen ritt. Die Hände lagen dabei locker auf seinen Schenkeln. Zumindest die Rechte. Die Linke berührte den Griff seines Schwertes.

Wie hatte er all das nur gemeint? Von wegen, dass er mich neben sich gesehen hatte und dass er wusste, dass wir zusammengehörten? So was Schnulziges kannte ich sonst nur von klettigen Frauen! War ich durch den Spiegel direkt in diesen heiligen See gefallen? Aus unserer Welt direkt in seine? Er hatte ja gesagt, der Spiegel sei ein Portal. Wenn das stimmte, dann steckte ich in wahren Schwierigkeiten! Das war einfach nur unmöglich! Aber was hatte er noch gesagt?

Dass die Menschen nur so weit sehen, wie der Horizont reicht? Was, wenn ich meine Sicht ein wenig öffnen musste, um das hier zu verstehen?

Okay, dann war ich vielleicht in einer anderen Welt. In einer Welt, in der Stieradler herumflogen, es durchsichtige, nur bei Mond sichtbare Bäume aus Glas gab, und in der so unsagbar anziehende Kampfmaschinen existierten wie er.

Nur, *was* war er?

Und vor allem: Wie kam ich wieder zurück?

Unverhofft und ungewollt fiel es mir wie Schuppen von den Augen.

Ich erinnerte mich an die raue Stimme des Privatdetektivs, hörte sogar noch den starken Regen, der gegen die Scheiben des Wohnzimmerfensters prasselte, als er vor einer kleinen Ewigkeit erzählt hatte:

»Hier wurde Sir Raymond Hell Senior mit seiner Enkelin Seraphina das letzte Mal gesehen.« *Er tippte auf eine Karte, die er vor Papa und sich ausgebreitet hatte. »Sie kauften sich ein Billet für eine Burgführung des Schlosses in Mníšek, Brn. Sie und acht andere Besucher stiegen hinauf in den Turm. Doch sie kamen nie wieder runter ...« Im Kamin knackte das Holz, wir hatten keine Zentralheizung, mein Vater war kein Fan von so etwas Modernem, aber vor allem wollte er immer und überall Geld sparen. Ich ging hinüber, um das Feuer zu schüren, vor allem deswegen, weil ich mein Augenrollen vor Papa und seinem Detektiv verstecken wollte. Diese kleine Gruselgeschichte war ja ganz nett, kam jedoch meinen Vater auch teuer zu stehen! Der Erzähler fantasierte indessen weiter: »Sir Hell. Sie sagten doch, Ihr Vater sei Forscher für die Regierung gewesen ... Kann es sein, dass er sich vor irgendwas oder irgendwem in Sicherheit gebracht hat? Dass er freiwillig verschwand und Ihre Tochter mitnahm, aus welchen Gründen auch immer?«*

Was, wenn die Spiegel *danach* abgehängt und in den Keller gebracht worden waren?

Was, wenn sich Opa wirklich in Sicherheit gebracht hatte? Aber nicht in eine andere Stadt, ein anderes Land oder einen anderen Kontinent, sondern gleich in eine *andere Welt*? Hatte er nicht an Wurmlöchern geforscht?

Bei Gott!

Was, wenn Seraphina, meine kleine Schwester, seit Jahren in dieser Welt leben musste?

Was, wenn sie hier war? Ganz in meiner Nähe?

4.

Unter der steinernen Brücke, die wir passierten, erstreckte sich ein schier unendlicher Abgrund. Keine Ahnung, wie tief es da runter ging, aber ich wollte es auch nicht herausfinden, also beugte ich mich zurück und visierte stattdessen die hohen Tore an, auf die wir zugingen, und die noch geschlossen waren. Die Burg war von einem hellen Braun und hatte drei Türme, über deren Spitzen die beiden Monde strahlten. Sie erhellten den Großteil, aber nicht so sehr, dass ich keine Angst gehabt hätte. Im Gegenteil, ich fühlte mich beobachtet, regelrecht verfolgt, und wollte lieber nicht erfahren, welche Kreaturen in dieser wundersamen Welt wohl lebten. Aber gleichzeitig fühlte ich mich allein von der Präsenz des Mannes vor mir beschützt. So hatte ich noch nie empfunden, musste mich stattdessen immer allein durchkämpfen und dabei noch Papa mitziehen, aber nun …

Die Elektrizität, das Knistern, jeder einzelne Blick, den *er* mir zuwarf, während ich neben ihm herging, war wie eine Berührung. Wie ein Band, das er zu mir knüpfte; wie Fesseln, die sich um meine Hände und mein Herz legten. Und das, obwohl er immer wegsah, wenn ich ihn verstohlen ins Visier nahm. Es glich einem Tanz, aber nie trafen unsere Blicke aufeinander, aus Angst vor dem, was dann geschehen würde …

Ich brauchte Ablenkung!

Also. Wie sollte ich weiter vorgehen?

Fürs Durchdrehen schien es schon reichlich spät, außerdem

hätte mir das kein bisschen genutzt. Zum Glück gehörte ich nicht zu den einfältigen Hühnern, die sich meine Arbeitskolleginnen nannten. Auch wenn ich nach außen hin gern das Naivchen spielte, weil ich mir dann fast *alles* erlauben durfte, so steckte hinter all dem Rosa, dem dämlichen Glupschen und Bling-Bling ein kalkulierendes Köpfchen. Zumindest dann, wenn nicht so ein verflucht heißer Kerl daherkam und ihn mit nur einem Blick derart verdrehte, wie es zuvor noch nie ein Mann geschafft hatte.

Die Tore der Burg schwangen auf. Lautlos, kein Knarzen, nichts. Dahinter erwarteten uns weitere Riesen. Elefanten! Drei Mal so groß wie „Cheros", der blutrote Hengst meines Retters, und mindestens doppelt so gefährlich. Einer hob einen offenbar steinernen Rüssel und trötete dermaßen laut, dass es in den Ohren schmerzte, sobald wir den Hof betraten. Ich hielt mir diese zu und drängte mich Schutz suchend an die Seite des Pferdes. Der Dickhäuter musste nur ein Beinchen heben und ich wäre Brei. Angst überkam mich, aber sie verschwand, als sich ein Arm um meine Schulter legte – schützend … beruhigend – und *mein Begleiter* mir ins Ohr lachte.

»Das sind nur die Wachen. Fellutlius! Ko Maeva rev…«, rief er den Elefanten zu. Ich wollte gerade fragen, was er zu ihnen gesagt hatte – besonders nach dem Maeva-Teil hätte ich mich gern erkundigt – da gingen beide rechts und links von uns auf ein mächtiges Knie und verneigten sich, die Rüssel bis zu unseren Füßen ausgestreckt. Ich kicherte, als einer geräuschvoll an mir schnupperte und mich heiß anatmete. Grinsend begab auch ich mich in die Hocke und berührte den langen Rüssel. Er war tatsächlich aus Stein, womöglich aus dunkelbraunem Marmor oder Ähnlichem, aber dennoch beweglich und irgendwie weich. Die bernsteinfarbenen Augen sahen mich neugierig an.

Er fuhr an meinem Bein nach oben und schnüffelte unter meinem Rock. Lachend schob ich den Rüssel weg und stand errötend auf. Da fing ich *seinen* Blick ein und mir verschlug es erneut die Sprache.

Dunkel musterte er mich, die Hände zu Fäusten geballt, den ganzen Körper angespannt. Die Sehnen an seinen Armen traten deutlich hervor. Er wollte mich. Ich konnte es in seinen Augen sehen. Schluckend wandte ich den Blick ab und strich mir ein paar Strähnen hinters Ohr. Er machte mich nervös … ziemlich. Das war nicht erlaubt!

»Wie heißt du eigentlich?«, fragte ich zickig, um mich von meinem rasenden Herzen abzulenken. Gleichzeitig wandte ich mich von ihm ab, musste dringend ein wenig Abstand schaffen, aber das ließ er nicht zu. Locker umfing er meine Taille und meine Hand, drehte mich schwungvoll und sicher wie eine Primaballerina zu sich.

»Vilas! Und der Name meiner kostbaren *Maeva* lautet?« Er verbeugte sich erneut vor mir, während ich mit klopfendem Herzen den letzten tänzerischen Stunt verarbeitete. Mit seinen starken, langen Fingern hielt er meine Hand. Seinen anderen Arm legte er feierlich hinter den Rücken, aber ich wusste, was für ein verschlagener Kerl sich hinter all den Höflichkeiten versteckte … Und scheiße! Es machte mich an!

»Josephina …«, nuschelte ich und wollte ihm die Hand entziehen, weil sein Daumen elektrisierend zart über meine Haut strich. Doch auch das ließ er nicht zu, sondern quälte mich weiter … Seine perfekten Lippen glitten über meine Handfläche, über die dünnen Adern meines Unterarms, und ich konnte mir ein winzig kleines Keuchen nicht verkneifen, als sich daraufhin eine heiße Ladung geballter Lust pulsierend zwischen meinen Beinen ausbreitete. Noch nie war ich mir irgendetwas so bewusst gewesen wie seines Mundes auf meiner Haut. Ich versank in seinem nun dunkelgrauen, fast blauen Blick, der wie hunderte Diamanten funkelte, und hielt den Atem an ...

Ich wollte ihn auch! So sehr, dass ich nichts anderes mehr denken oder wahrnehmen konnte.

Als würde er mich hypnoti...

»*Vilas*!« Ein Laut, der nur als weiblicher Kriegsschrei durchgehen konnte, brachte fast mein Trommelfell zum zerbersten und riss mich aus der Trance, die dieser dreckige Schönling sicherlich mit Absicht um mich gesponnen hatte. Darüber konnte ich mich nicht wirklich aufregen, denn er wurde umringt von einer Meute ... na ja ... öhm ... Feen? Nymphen? Leicht bekleidete, zarte Wesen mit durchsichtigen pastellfarbenen Gewändern und den schönsten Gesichtern, die ich je gesehen hatte. Es wurden Münder geküsst, nackte Haut gestreichelt ... gelacht ... *gestöhnt ... Ähm ... ja!* Unangenehm berührt wandte ich mich ab.

Ich wollte nicht bei dem Trocken-Massen-Gangbang stören und trat vor mich hin pfeifend ein paar Schritte weg. Dabei ließ ich meinen Blick über den großen viereckigen Burghof wandern und beruhigte meine brennenden Füße mit der Aussicht auf eine baldige Sitzgelegenheit und dem Entkommen aus den schwarzen Manolos.

***

Nun lag ich hier in einer Burg. In einer echten aus altem Stein, mit Kerzenleuchtern, einem Kamin, in einer riesigen Holzwanne und wurde von zweien der Nymphen von Kopf bis Fuß geschrubbt. Sie hatten mir erklärt, ich könne mir aussuchen, ob ich sie Nymphen, Feen oder Elfen nennen wolle, nur in Gegenwart ihres Herrschers müsste ich sie als Feyrs bezeichnen.

Das milchige Wasser roch nach Magnolien sowie einem Sommersturm und ich entspannte mich, während ich massiert wurde. Nach diesem langen Weg eine echte Wohltat. Auch wenn ich dringend einen Spiegel benötigte, um zu überprüfen, ob ich so zerzaust und verschmiert aussah, wie ich meinte. Stöhnend ließ ich meinen Kopf zurückfallen, da mir die grünhaarige *Melida* eine Fußmassage der besten Art zukommen ließ und *Vilanda* meine Kopfhaut verwöhnte. *Melida* grinste mich die ganze Zeit breit an, während ich sie unter trägen Lidern anblickte und ihr den erhobenen Daumen zeigte. Bis jetzt war das hier wie ein Luxus-Spa. Ich bewunderte wieder mal ihre feinen Züge, ihre riesig wirkenden blauen Augen, ihren vollen Mund, ihre rosigen Wangen, ihre blasse Haut und ihre dunkelgrünen langen Haare. Sie sah mich mindestens genauso fasziniert an.

Irgendwann meinte sie mit ihrer zarten hohen Stimme: »Wir dachten immer, Menschen sind größer.«

»Aha.«

»Ja, so wie unsere Herrscher.« Das musste eine Art Feenkrankheit sein. Einmal angefangen konnten sie nicht mehr mit dem Plappern aufhören. Zum Glück war mir sinnloses Gefasel auch nicht fremd und in Sachen Neugier stand ich ihnen gleichfalls in nichts nach.

»Ihr habt mehrere Herrscher?« Ich fragte mich, weshalb die beiden kicherten.

»Jeder Mann unserer Art ist unser Herrscher. Aber du musst wissen, dass wir nicht gerade viele Männer haben. Eigentlich sind da nur Vilas und seine zwei Brüder.« Sie wollte anfangen an ihren Fingern abzuzählen, aber da es nicht mehr als drei gab, zuckte sie die zierlichen Schultern und nickte unbekümmert. »Ja, nur die drei.«

»Also ist dieser … dieser … Vilas ein Herrscher, hm?«

Deswegen also seine arrogante, machtvolle Ausstrahlung.

»Ja. Zumindest von der lunaren Zone. Seinen Brüdern gehören andere Ebenen. Vilas-sei-Dank. Vilas ist der *Beste* von allen … Wir sind froh, ihn zu haben.« Sie wackelte mit den dünnen Augenbrauen, in denen winzig kleine Gänseblümchen wuchsen. Ihre Iriden glitzerten verwegen, und ich erahnte den Grund dahinter.

»Der Beste also … Ahaaaa …«, zog ich meine Worte verschwörerisch mit großen Augen in die Länge. »Ein Mann und so viele Frauen …« Deswegen dachte er sicher, er könnte jedes weibliche Wesen dieser und jeder anderen Welt haben. Ein verwöhnter Hahn im Korb war er! »Wie viele Frauen seid ihr denn hier auf der Burg?« Die Grünhaarige warf der Blauhaarigen einen fragenden Blick zu und verzog die Lippen. Angestrengt dachte sie nach.

»Ungefähr … hmmmmmmm … achtzig?«

»Achtzig?«, japste ich. »Der muss aber potent sein!«, entkam mir, und ich hielt schockiert inne … Immerhin wusste ich nicht, wie verklemmt die hier waren, aber die beiden kicherten erneut.

»Oh ja! Das ist er wirklich!«, schwärmten sie. Und dabei wurden sie nicht mal rot. Im Gegensatz zu mir. »Ich meine, wir sind Nymphen – wir brauchen Sex, am besten immer und überall, aber nicht nur mit den anderen Frauen, und unser Herrscher kann leider nicht mehr als fünf auf einmal bedienen. Deswegen suchen wir uns auch in Nachbar-Zonen unsere Geschlechtspartner. Vilas hat nichts dagegen, solange wir uns nicht schwängern lassen. Er will nicht, dass Wechselbälger seine Blutlinie zerstören.«

»Oh ja. Da ist er sehr streng. Wenn eine von uns nur den Anschein einer Schwangerschaft zeigt, dann …« *Vilanda* vollführte die Ich-schneide-mir-den-Hals-mit-dem-Zeigefinger-durch-Geste, aber nicht an ihrem Hals.

Sie hob stattdessen ihre Haare und tat so, als würde sie diese abschneiden.

»Hä?« *Melida* half mir aus meiner Verwirrung.

»Wenn man uns die Haare abschneidet, sterben wir.« Ich wusste nicht wirklich, was ich darauf sagen sollte.

»Cool?«

»Cool? Welche Sprache ist das? Sag mehr.« Vom Lerneifer gepackt, beugten sie sich vor.

»Englisch.« Ich hatte jetzt keine Lust, als Lexikon herzuhalten und sah aus dem Fenster hinaus in die sternenklare Nacht. Nach diesem Gespräch war mir etwas kalt, auch wenn das Wasser immer dieselbe Temperatur behielt. Ich umschlang mit beiden Armen meine Knie und bettete meine Wange darauf. Er war ein Herrscher, hatte einen Harem aus achtzig Frauen … Immer noch amüsierte mich die Vorstellung, ebenso, wie sie mich aus unerfindlichen Gründen aufregte …

Was wollte er also mit mir?

»Was denkt ihr, hat er mit mir vor?«, fragte ich behutsam. Sie sahen sich an und bissen sich synchron auf die Unterlippe, und als sie antworteten, geschah das mit einigem Widerwillen.

»Das wissen wir nicht … Er hat noch *nie* einen Menschen aus der anderen Welt geholt. Es ist uns strengstens untersagt.«

»Ach? Wirklich? Was steht denn als Strafe an, wenn das irgendjemand erfährt?«

»Verbannung durch das Portal«, meinten sie beide wie aus einem gruseligen Munde. »Ihm steht dann ein Leben unter Menschen, ein verstecktes Leben … ein unwürdiges … bevor.« Melida sprach leise, als hätte sie allein bei der Vorstellung Angst.

»Dann muss er ja jede Menge riskieren, indem er mich behält und nicht einfach schnurstracks zurückschickt«, schlussfolgerte ich.

»Oh ja! Allein Euch zu holen, war ein sehr großes Risiko! Aber unser Herrscher tut niemals etwas unüberlegt … Er verfolgt sicherlich einen äußerst raffinierten Plan. Ich habe gehört, die Gestaltwandler … aber ich meine, er hat es ja nicht aus Bosheit getan. Er wollte ihr einfach etwas Gutes tun …«, verteidigte sie ihn schnell und brabbelte dann weiter: »… haben …«

»*Melida*!« Seine Stimme war ruhig, doch gleichzeitig bestimmt und ließ sie prompt verstummen. Sobald *er* den Blick auf sie richtete, senkte sie ihren hastig. Einfach so war er erschienen, ohne dass ich es gemerkt hatte.

»Mein Herrscher.« Sie knickste förmlich, genauso wie *Vilanda* neben ihr.

»Ihr könnt die *Busba* jetzt allein lassen. Sie ist entspannt genug und benötigt für heute keine Verhätscheleien mehr!« Sie folgten sofort, und der Retter/Herrscher/Hahn im Korb hielt ihnen mit strengem Blick die Tür auf, während sie nach draußen huschten und dabei ihre wunderschönen Kleider mit all ihren Schleifen und Rüschen hochhielten. Mit einem leisen *Klack* schloss er die Tür hinter ihnen und wandte sich mit verschränkten Armen zu mir um, während er sich gegen den Rahmen lehnte.

»Ich sitze nackt in der Badewanne!«, stellte ich klar, nur für den Fall, dass ihm das vielleicht entgangen war. Er grinste halb und setzte sich in Bewegung. Die bunten, glühenden Schmetterlinge, die überall an den Wänden saßen, beleuchteten ihn etwas, dennoch lag die eine Seite seines Gesichtes im Schatten.

»Ich weiß genug über die menschliche Anatomie, um zu erkennen, dass du keine Kleidung trägst.« Viel zu zart strichen seine Finger plötzlich von hinten über meine nackte Schulter. Doch bevor ich empört nach ihnen schlagen konnte, hatte er sie schon in Sicherheit gebracht.

Ich umschlang meine Knie fester und war froh, dass meine Haare weiteren Sichtschutz boten, als er sich ans steinerne Fensterbrett lehnte und hoch zu einem der Monde blickte. Sein Seitenprofil wirkte wahrhaftig aristokratisch. Eine gerade Nase, sanft geschwungene Lippen, ein männliches, stures Kinn. So perfekt, so engelsgleich … und doch ahnte ich, was für eine Verschlagenheit hinter all der Tarnung steckte.

»Wieso bin ich wirklich hier?« Sein Adamsapfel hüpfte. Er sah mich nicht an, als er antwortete: »Es ist nicht an dir, mir Fragen zu stellen.« Oh mein Gott, ich sag ja! Die Arroganz in Person! Pah!

»Ach?«

»Ja, ach!« Nun fixierte er mich und das auch noch gereizt. »Hüte deine Zunge und pass lieber auf, dass ich dir nicht die zwei letzten Fragen stelle!« Er musste die Verwirrung auf meinem Gesicht gesehen haben, denn er verdrehte seufzend die Augen. »Du weißt, was ich bin, oder?« Seine Geduld war wohl doch noch nicht aufgebraucht. Ich nickte etwas entnervt, total blöd war ich schließlich nicht! Und ich hatte meine Masseurinnen die letzte Stunde ausgefragt, als wäre ich ein FBI-Agent.

»Eine…!« *Fee!*, wollte ich rufen, aber sein warnender Blick reichte aus. »Ein Feyr …«, nuschelte ich schnell und betrachtete eilig das Wasser.

»Genau.« Noch ironischer konnte er nicht klingen. »Und schon mal was über uns gehört, in einem eurer dicken Märchen- oder besser gesagt Lügenbücher, die sie euch unterjubeln, damit ihr nicht die Wahrheit erkennt?« Sein Ton! Er brachte mich schon wieder zur Weißglut! Spöttisch! Herablassend! So, als wüsste er alles und ich *nichts*! Nur weil ihm zufälligerweise bekannt war, was in allen Welten des gesamten Universums vorging, und ich nicht mal wusste, was auf unserer Erde los war? Von wegen!

»Soweit ich weiß, seid ihr klein, habt spitze Ohren und könnt zaubern!« Gerade so hielt ich mich davon ab, ihm die Zunge rauszustrecken. Er lachte, nun wirklich amüsiert. Ich hätte an seiner Stelle auch gelacht. Er war gute zwei Köpfe größer als ich, und ich war sowieso schon groß gewachsen mit meinen 1,79 m.

»Zaubern können wir leider nicht. Aber wir sind mit der Natur verbunden, gehen eine Symbiose mit ihr ein, verstehen sie. Das allein ist für euch schon Zauberei.«

»Haha«, gab ich trocken zurück. Aber in diesem Punkt konnte ich die Menschheit wirklich nicht verteidigen. »Weißt du, wie ich wieder zurück in meine Welt komme?«, stellte ich eher beiläufig die Frage aller Fragen. Es brachte ja doch nichts, um den heißen Brei herumzureden. Er schnaubte trocken. Ja, ich wollte immer noch nicht verstehen, dass er wohl *alles* wusste! Natürlich auch, wie ich zurück zu meiner schönen modernen Technik kam, meinem Smartphone, meinem Make-up, meinem Auto! »Aber du wirst mich natürlich nicht einfach zurück in die andere Welt lassen.«

»Natürlich nicht«, bestätigte er freundlich.

»Dann bin ich also deine Gefangene?«

»Wenn du es so sehen willst.«

»Wie soll ich es denn bitte sonst sehen?«

»Na ja … einige Menschen würden ihr Leben lassen, für das, was ich dir geben kann.« Seine Augen loderten auf und ich musste mich dagegen wehren, nicht dem Sog zu erliegen, in den ich geriet, wenn er mich mit seinen Blicken geradezu verschlang und dabei so dunkel und verheißungsvoll mit mir sprach.

»Geht es vielleicht noch ein bisschen mystischer, hm?« Leise lachte er und sah wieder aus dem Fenster, löste somit den Strudel auf, in den er mich ziehen konnte. Er murmelte irgendetwas in seiner Sprache vor sich hin und stand schließlich auf.

»Du wirst heute Abend mit mir essen.«

»Ich habe keinen Hunger.« Das stimmte nicht so ganz. Seit dem Obstsalat und dem fettarmen Joghurt am Morgen hatte ich nichts mehr zu mir genommen. Aber ich würde den Teufel tun und… mein Magen knurrte. Vilas … hmmm, so ein starker Name … legte den Kopf leicht schief. Ich errötete prompt und vergrub mein Gesicht an meinen knochigen Knien.

»Und wenn schon …«, nuschelte ich. Langsam begann er, die Wanne zu umkreisen, wie ich im Augenwinkel bemerkte, und mich damit wahnsinnig nervös zu machen.

»Du wirst in den Festsaal kommen und mir einen Tanz schenken.« Er funkelte mich an, als ich aufsah, während ich die Lippen aufeinanderpresste, bevor ich mit lieblicher Stimme antwortete: »Ja, und danach werde ich ein paar Schweine reiten und dem Nikolaus beim Geschenkeverteilen helfen, bevor ich mich nach Atlantis aufmache, um ihnen dort Staubsauger zu verkaufen.« Die gewünschte Reaktion blieb aus, stattdessen musterte er mich ausdruckslos und verharrte vor mir. »Nein! Ich werde nichts von alledem tun, was du mir befiehlst, auch wenn du mich hier festhältst und sonst was mit mir anstellst!«, machte ich ihm also klar.

Er schüttelte nur den Kopf und schlenderte zur Tür.

»Das werden wir sehen, *Maeva*.«

»Nenn mich nicht immer so!«

»Wieso nicht? Weil es dich erregt?«, fragte er absolut unschuldig.

»Gott, nein!« Ertappt fühlte ich, wie das Blut in meine Wangen stieg. »Verschwinde jetzt!« Er dachte darüber nach, schürzte die Lippen und tippte sich an sein markantes Kinn. »Na gut!« Dann zuckte er locker mit den breiten Schultern und schlüpfte amüsiert durch die Tür.

Ha … jetzt hatte er sich vielleicht geschlagen gegeben, aber ich wusste, dass dieser Sieg nicht von Dauer sein würde.

5.

Nein, nein und noch mal nein! Ich würde nicht nach unten in den Festsaal kommen, dort zwischen lauter Fabelwesen sitzen, irgendwelches komisches Zeug essen und so tun, als würde ich hierher gehören oder gar die Befehle von diesem ungehobelten Kerl befolgen!

Nein!

Der freundlichen Einladung des arroganten Herrschers war ich bis jetzt aus dem Weg gegangen und verkroch mich in meinem Zimmer. Im weichsten Bett überhaupt döste ich unruhig vor mich hin. Verfolgt von Bildern von Papa und Erinnerungen an Seraphina … Ob sie noch lebte? Hier irgendwo in dieser verrückten Welt?

»Ich will aber mein Zimmer nur für mich haben! Sie macht alles kaputt! Papa, schau! Alles kaputt!« Wütend stampfte ich mit dem Fuß auf und zeigte anklagend auf mein Puppenhaus, das aussah, als wäre ein Tornado hindurchgefegt. Meine schöne Ordnung. Alles dahin.

Mit verengten Lidern visierte ich die Übeltäterin an, während sie mit riesigen unschuldigen Augen zu mir aufblickte. Ihre zwei blondbraunen Zöpfchen wehten leicht im Wind, der durch das halb offene Fenster hereinströmte und den Vorhang bauschte. In ihrem dunkelblau gepunkteten Kleidchen sah sie noch dicker aus, als sie war, aber auch niedlicher. Keiner konnte ihr widerstehen, erst recht nicht Papa. Auch mein grantiges Kinderherz wurde

weich, als sie mir ihre Hand entgegenstreckte. In der pummligen
Faust hielt sie einen Strauß halb toter abgeknickter
Gänseblümchen.

»Dich lieb, Josi!«

Es waren die unschuldigen Worte einer Dreijährigen und das
Bild der Blumen, die sie mir entschuldigend unter die Nase hielt,
von denen ich hochschoss und mich anschließend erst einmal
verwirrt orientieren musste. Ein Blick genügte und mir wurde
wirklich so richtig klar, dass ich nicht träumte. Denn man träumte
nicht in Träumen, und wenn, dann fühlte man sich nach dem
Aufwachen sicher nicht so gerädert wie ich gerade.

Stöhnend ließ ich meinen zentnerschweren Kopf in meine
Hände fallen, die ich auf meinen Knien abstützte. Die Decke fiel
mir dabei bis zur Taille und ich fröstelte sofort, weil das blaue
Feuer im Kamin nur noch schwach vor sich hinglühte. Das
leichte, butterblümchengelbe Negligé, das mir die Feen zum
Schlafen gegeben hatten, hielt die Kälte nicht wirklich ab. So zog
ich die dünne Decke wieder um meine Schultern und hüllte mich
in die gespeicherte Wärme.

Immer wieder hörte ich, wie jemand an meiner Tür
vorbeiging, lachend, tratschend, fröhlich, ich hingegen fühlte
mich einsam.

Zu wach und aufgewühlt, um noch zu schlafen, setzte ich
meine Füße auf den kalten Boden und ging zum Fenster. Die
Monde waren über den Himmel gewandert, die Bäume strahlten
neonfarben. Vor mir gab es nichts als hohe Burgmauern und
weites Land. Ich lehnte eine Hand an die Scheibe und stellte mir
meine Schwester vor.

Wie sie jetzt wohl aussah? So ganz erwachsen. So wie ich
vielleicht? Waren wir uns ähnlich? Gott, ich hoffte, ich würde es
herausfinden, allein um Papas willen.

Die Decke wickelte ich enger um meinen Körper, während ich an ihn dachte. Wie es ihm wohl ging? Jetzt nicht nur einer, sondern beider Töchter beraubt. Ich musste einen Schlachtplan ausarbeiten und sie finden. Es konnte ja wohl nicht angehen, dass irgendein Kerl mich hier festhielt, um mich zu beherrschen.

Also setzte ich mich ans Fensterbrett, blickte in die bunte Nacht und dachte nach.

Wie könnte ich hier am besten rauskommen?

Einfach zu flüchten schied schon einmal rein kategorisch aus.

Vielleicht sollte ich mich mit irgendwem anfreunden und hoffen, dass … er … es nicht merkte. Jawohl, ich weigerte mich einfach seinen Namen zu denken oder auszusprechen, denn das lenkte mich unnötig von allem ab. Dann würde diese erregende Hitze durch meinen Körper rauschen und ich könnte die Gedanken an ihn nicht länger unterdrücken! Das ging gar nicht! War nicht förderlich! Also verboten! Ja, es blieb nur die Hoffnung, Verbündete zu finden, die mir halfen, meine Schwester zu suchen … aber alle waren ihm so treu ergeben, dass sie wohl kaum seine Befehle missachten und dem Menschlein sagen würden, wie es wieder von hier verschwinden könne, und das, obwohl er so viel damit riskiert hatte, mich in diese Welt zu holen! Nein. Der Gedanke wurde auch gestrichen. Das war unmöglich umzusetzen. Sie würden nur reden, wenn er es befahl. Der einzige Weg aus dieser Situation führte also zwangsläufig über ihn.

Okay.

Mein Gott, das konnte doch nicht so schwer sein! Ich hatte schon russische, knallharte Mafiosi dazu gebracht, mir zu Füßen zu liegen und alles für mich zu tun! Kein Mann konnte mir widerstehen! Jeder unterlag meinen weiblichen Vorzügen, von denen ich genau wusste, wie ich sie nutzen musste. Dieser Kerl war auch noch das körperbetonteste, wahrscheinlich sexbesessenste Wesen hier und in jeder anderen Welt. Das hieß, meine Waffen hätten normalerweise perfekt funktionieren müssen. So wie sonst auch immer, aber leider war nicht alles so wie immer …

Denn dieses Mal war mir der Mann nicht hilflos ausgeliefert. Ein Instinkt sagte mir, dass er sich sehr gut gegen meine sexuellen Angriffe zu wehren wusste und mit gleicher Waffe zurückschlagen würde. Es käme wahrscheinlich zu einem unerbittlichen Krieg, bei dem der Gewinner die Macht über den Körper des Verlierers erlangen würde, aber zu welchem Preis? Sonst musste ich nie zahlen, sondern kassierte, aber jetzt lief ich Gefahr, am Schluss pleite dazustehen. Mit verletzter Seele und gebrochenem Herzen. Denn irgendwas tief in mir berührte er, mit Sicherheit ungewollt von beiden Seiten.

Und mein Herz zu riskieren war verdammt gefährlich, wahrscheinlich gefährlicher als alles andere, was geschehen konnte! Ich hatte mich in all den Jahren so gut verschlossen. Eine schöne, ablenkende äußere Fassade erbaut, sodass die meisten Menschen durch die Schichten der Schminke und der Unnatürlichkeit nicht mehr mein wahres Inneres sehen konnten. Doch durch ihn lief ich Gefahr, dass diese Mauern bröckelten, bis sie schließlich ganz einstürzten …

Aber gab es einen anderen Weg?

Nein!

Würde ich es also wagen?

Ja!

Anders käme ich hier nicht raus und ich wollte zurück! Zurück zum Luxus und zu einem geordneten, schön oberflächlichen Leben an der Seite eines Meister Propers, in einer hübschen Villa mit Pool …

Am besten zusammen mit meiner Schwester. Also hieß es: *Auf in den Kampf*!, und ich rüstete mich besser, als Rambo es hätte tun können.

Ich fragte Melida nach Kleidern, wählte ein fast durchsichtiges, hellblaues mit Fledermausärmeln und vielen zarten, bunten Gürteln und zog meine Unterwäsche aus, denn die musste sowieso gewaschen werden. Meine Heels durften nicht fehlen. Als ich mein Äußeres überprüfen wollte und mich nach einem Spiegel erkundigte, wurde ich nur komisch angeschaut. Also richtete ich mir meine Haare blind – mit den Fingern – und strich unter und über meinen Augen entlang, woraufhin mir schwarze Spuren verrieten, dass ich die ganze Zeit ausgesehen haben musste wie ein Waschbär. Meine Clutch hatte ich irgendwo zwischen Raum und Zeit verloren, so konnte ich mich nicht nachschminken. Aber das war egal, ich war jung und zum Glück neigte ich nicht zu Hautproblemen. Meine Augen bezauberten durch ihr unschuldiges Blau und meine Lippen wurden ein bisschen massiert – genauso wie meine Wangen –, damit sie in einem verruchten Rot schimmerten. Mehr konnte ich jetzt nicht tun.

Bevor ich mein Zimmer verließ, straffte ich die Schultern, atmete noch einmal durch und umfing die Kette an meinem Hals. In ihr hatte ich das einzige, was mir von meiner Mama geblieben war. Ein Bild. Sie war bei Seraphinas Geburt gestorben.

Ich erinnerte mich nicht wirklich an sie, aber ich wusste dennoch, dass es etwas in meinem Leben gab, was mir immer gefehlt hatte. Dann war Seraphina verschwunden, Opa noch dazu, und jetzt war Papa weg, aber ich würde herausfinden, ob es meine Schwester und Opa in diese Welt verschlagen hatte.

***

Der Saal war von riesigen Schmetterlingen erleuchtet, die an der Decke gemächlich vor sich hin flatterten. Ein ganzes Orchester spielte Musik, die sich aber seltsam modern anhörte. Begleitet wurde es von riesigen Trommeln, die einen tiefen, rhythmischen Bass, wie bei einem Lied von Paul Kalkbrenner, erzeugten. In der Mitte des Saals schwangen einige dieser mystischen, wunderschönen Wesen in bezaubernden Kleidern das Tanzbein, und das wirklich gekonnt. Ich kam mir vor wie bei den Weltmeisterschaften der Standardtänze – vor allem Tango … Oh mein Gott, die schienen eine natürliche Begabung zu haben und mischten klassische Tänze mit modernen Moves, sodass ich kaum meine Augen von ihnen abwenden konnte.

In Gedanken versuchte ich eine Choreografie zu entdecken, um es selber umsetzen zu können. Dank meiner Tanzausbildung fiel es mir leicht, mir die diversen Schrittfolgen zu merken. Mir war nicht klar, wie sehr mir das Tanzen gefehlt hatte, aber das Schauspielstudium und mein aktueller Modeljob raubten mir die Zeit dafür. Jetzt und hier konnte ich es allerdings kaum erwarten, mich selber ins Getümmel zu stürzen. Dabei bemerkte ich, wie mein Herz ein wenig schneller und leidenschaftlicher für diese Feenwelt schlug. Anscheinend war hier nicht alles furchtbar.

Am Rand gab es sehr viele Sitzgruppen, die Stühle waren mit rotem Samt bezogen und hatten bewegliche Beine, sodass sie die darauf Sitzenden überallhin tragen konnten. Elfen mit grell gefärbten Cocktails, welche mit Früchten garniert waren, die ich noch nie in meinem Leben gesehen hatte, schlängelten sich fröhlich durch den Raum, und jeder bekam etwas zu trinken, ob er wollte oder nicht. Ich auch. Eine kleine lilahaarige Elfe schob mir breit grinsend und knicksend einen giftgrünen Cocktail in die Hand, der ein bisschen dampfte.

Bevor ich mich erkundigen konnte, wie stark die atomare Verseuchung war, schwirrte sie allerdings schon wieder kichernd weiter. Neugierig roch ich kurz daran, um es anschließend zu probieren.

»Das würde ich nicht tun!« Er wurde mir aus der Hand gerissen, bevor ich den verschnörkelten Strohhalm an die Lippen geführt hatte.

Und da war er wieder …

»Nicht einmal trinken lässt du mich? Wie grausam bist du eigentlich?«, fragte ich schmollend und musste leider, wirklich ganz, ganz leise keuchen, als ich ihn anblickte. Gott, er sah … wieder mal … fantastisch aus. Ein weißes Leinenhemd kleidete seine breiten Schultern ungemein und dazu diese dunkelbraune, enge Hose zum Schnüren. Seine nun tiefschwarzen Haare hatte er nach hinten … hmmm, vermutlich gegelt, sodass seine scharfen Gesichtszüge hervorstachen und er Ähnlichkeit mit einem Adler aufwies. Er sah aus wie ein düsterer Mafioso … Dieses verdammte Dreieck auf seiner Brust, das sein Hemd freiließ, verstärkte das Bild … Ich musste mich unwillkürlich fragen, ob die komplette Haut an seinem ganzen Körper so anziehend schimmerte und sich so straff über perfekte Muskeln spannte … Oh nein, verdammt … wo waren nur schon wieder meine Gedanken?! Böse Gedanken! Pfui! Aus! Ich musste mich auf meinen Plan konzentrieren. Er grinste überheblich – natürlich – und trank den Cocktail in einem Schluck leer.

»Das, meine Maeva, ist flüssige Lava … Sie würde dir nicht wirklich gut bekommen«, informierte er mich freundlich und wischte sich die vollen Lippen mit dem Handrücken ab. Und ich? Ich starrte … bevor ich den Kopf schüttelte. Klar, flüssige Lava … sicher, das hätte ich mir aber auch wirklich denken können!

»Wir besorgen dir etwas, was weniger lebensgefährlich ist.«

Dann nahm er einfach so meine Hand, verschränkte die Finger mit meinen und zog mich hinter sich her. Gut. Ich ließ es geschehen, allein, weil ich mich darauf konzentrieren musste, mein rasendes Herz zu beruhigen. Sein Griff war fest und beruhigend. Zu sicher fühlte ich mich bei ihm! Das konnte unmöglich normal sein!

»Einmal Rechles«, bestellte er an einer Art Bar und mischte sich dafür ganz selbstverständlich unter all die unzähligen Feen, deren Blicke sehnsüchtig auf ihm hafteten und dann … nicht gerade freundlich an seinem Arm entlang zu mir huschten. Sie schienen eifersüchtig. Vermutlich sahen sie mich als weitere Konkurrenz, waren schlichtweg eifersüchtig, doch mir war es scheißegal, solche Blicke war ich gewohnt.

»Oh ja, wir konzentrieren uns immer nur auf ein Gefühl. Ich denke, die eine Hälfte meines Gefolges liebt dich …«, flüsterte er mir plötzlich ins Ohr, während dunkle Augen mich aus allen Ecken düster anschauten. »… die andere verabscheut dich zutiefst. Du solltest nicht alleine herumlaufen.« Er richtete sich wieder zu seiner imposanten Größe auf und lehnte seine Ellbogen auf die Bar. Klar, er versuchte mir Angst zu machen, damit ich mich wie ein braves Hündchen an seine Fersen heftete und ihm nicht mehr von der Seite wich. Ich ignorierte seine letzten Worte.

»Rechles?«, fragte ich immer noch ein bisschen atemlos von seiner samtenen Stimme in meinem Ohr.

»Süß – scharf, genau wie du – und vor allem nicht tödlich für vorwitzige Menschenfrauen«, antwortete er, ohne die Barnymphe aus den Augen zu lassen. Wahrscheinlich, um zu kontrollieren, dass kein Gift in meinem Drink landete. Anscheinend war die Luft rein, denn ich bekam einen kirschroten Cocktail mit viel milchigem Schaum und einem interessanten süßen Geschmack, der beim Abgang aber brannte wie die Hölle.

»Oh mein Gott!«, schrie ich, schaute mich panisch um und fächerte mir Luft zu. Mein Begleiter lachte.

»Küssen hilft«, bot er schelmisch an und kassierte dafür einen wütenden Blick, doch das Brennen ließ genauso schnell wieder nach, wie es gekommen war. Zurück blieben ein sofort vernebelter Kopf und ein dussliges Grinsen. Mein großer, sexy Kriegerheld sah mich skeptisch an.

»Sag nicht, dass du von einem Schluck betrunken bist?«

Als Antwort kam ein herzhaftes »*Hicks*« und ein absolut ernst gemeintes »Niemals!«. Er murmelte irgendwas in seiner Sprache, dann hielt er mir die Hand hin.

»Willst du jetzt mit mir tanzen?« Seine Augen funkelten, seine Mundwinkel zuckten und selbst angetrunken, wie ich tatsächlich von einem Schluck war, traute ich ihm nicht.

»Nö!«

»Nö?«, verständnislos sah er mich an. Anscheinend bekam er nicht oft einen Korb.

»Soll ich es dir buchstabieren? Ein N und ein O mit zwei dicken Kackhaufen darüber!« Er schüttelte den Kopf, und auf einen Wink von ihm standen zwei seiner Elfen an unserer Seite. »Passt auf sie auf!«

Er verschwand. Einfach so.

Melida, die plötzlich neben mir aufgetaucht war, lachte über mich. »Sie ist betrunken«, erklärte sie den anderen, als wäre das nicht klar, während ich den leckeren Cocktail gierig ausschlürfte.

»Bin ich nicht! Habt ihr noch mehr davon?« Ich wedelte mit meinem Glas vor ihren Gesichtern rum. Wenn ich hier schon gefangen sein musste, dann würde ich das wenigstens ausnutzen.

»Was denkst du? Wer wird es zuerst versuchen?«, fragte Vilanda ihre grünhaarige Freundin.

»Esla.« Melida nahm irgendwen mit verengten Augen ins

Visier. »Sie will seine *Rossa* werden. Ganz klar.«

»Aber sie ist doch gar keine Konkurrenz für sie. Ich meine, was denkst du, wie lange braucht sie?« Sie nickte in meine Richtung.

»Für was?«, fragte ich, einerseits verwirrt und andererseits genervt, weil sie über mich sprachen, als wäre ich nicht da.

»Wie lange du wohl brauchst, um ihn zum Orgasmus zu bringen. Esla hält den Rekord von drei Minuten und 16 Sekunden.«

»Ach?« Wieso wunderte mich jetzt nicht, dass es wieder mal um Sex ging?

»Ja. Du musst wissen, bei uns gehört es zum guten Ton, seinem Gegenüber sexuelle Gefälligkeiten zu erweisen und somit zu zeigen, dass man zusammengehört. Je mehr Leute dabei anwesend sind, umso besser. Es ist eine große Ehre für die Fee, wenn sie ihren Herrscher in den unmöglichsten Situationen zum Orgasmus bringt, und Esla schafft es einfach überall. Ihren Rekord hat sie während des Abendessens aufgestellt. Unter dem Tisch. Mit der Hand.«

Ich wurde knallrot und visierte ... *ihn* an, der sich seinen Weg durch die Tanzenden gebahnt hatte und nun vor einer wahren Schönheit in diesem Raum voller Schönheiten stehen blieb. Sie steckte in einem wahnsinnig engen schwarzen Kleid, hatte knallgelbe Haare, die bis zur ihrem Hintern reichten, blaue Augen, volle Lippen, ein bezauberndes Lächeln und grazile Hände, mit denen sie über seine breite Brust strich und ihm dann zielsicher in den Schritt fasste. Er grinste sie lüstern an, während mir wieder viel zu warm wurde.

Dann zog er sie auf die Tanzfläche, stellte sich hinter sie ... und ... *Himmel!* Ich hatte geahnt, dass er tanzen konnte, aber so ... Melida riss mich aus meinen Beobachtungen.

»Du musst wissen: Wer den Rekord der Vorgängerin bricht, darf sich etwas von seinem Herrscher wünschen und er *muss* es erfüllen. Wir wünschen uns natürlich immer eine Nacht alleine mit ihm …« Mit verträumter Stimme betrachtete Melida ihren persönlichen Sexgott. »Er ist ja so … unbeschreiblich …« Ihre Hand landete auf ihrer Brust in Höhe ihres Herzens. Sie seufzte tief und Vilanda stimmte mit ein.

»Oh ja, das ist er wirklich … Sieh nur, wie er seine Hüften bewegen kann und dann erst diese … Finger …« Sie erschauerte sichtlich.

»Und die Lippen …«, fügte ihre Freundin selbstvergessen hinzu. Unisono seufzten sie. Ich verdrehte die Augen.

»Man darf sich etwas wünschen? Egal was?« Genauso schnell, wie die Betrunkenheit gekommen war, verflog sie und mein Kopf begann, auf Hochtouren zu arbeiten. Währenddessen sah ich dabei zu, wie er seine Partnerin umherschwang, sie bestimmend an sich zog, nach hinten beugte und seine Lippen über ihren schlanken Hals wanderten. Ich fühlte seinen Atem an meiner Kehle und reagierte mit einer Gänsehaut. Gerade, als ich die Hand hob, um die Stelle zu berühren, flog sein dunkler Blick zu mir und ein winzig kleines, spöttisches Lächeln zierte sein perfektes Gesicht. Ich japste nach Luft. Er lachte leise, dann zog er sie hoch, fest und bestimmt, sodass ich sah, wie sie hart die Luft ausstieß, und ließ seine Hüften gegen sie kreisen. »Drei Minuten und 16 Sekunden, sagt ihr?«

»Hm hm …« Sie waren genauso ins Beobachten vertieft wie ich.

»Pah!« Ich warf meine Haare über meine Schulter zurück und straffte mich. »Das schaffe ich im Schlaf …«, murmelte ich vor mich hin und machte mich auf den Weg zu ihm …

6.

Er fühlte mich kommen. Ich merkte es daran, wie sich seine Schultern anspannten, als ich hinter ihn trat. Und sein Blick war keineswegs überrascht, als ich die beiden umrundete und mich mit verschränkten Armen vor ihnen aufbaute.

Ich wurde angefunkelt. Von ihr wütend, von ihm herausfordernd. Doch er hörte nicht auf, ihren Hals mit seinen Lippen zu verwöhnen und mit seinen Händen ihre kleinen hübschen Brüste zu kneten, während er eine Augenbraue hochzog und in ihre Nippel zwickte. Sie ließ den Kopf selbstvergessen und leise stöhnend gegen seine Schulter fallen.

»Ja bitte?«, fragte er höflich, absolut Herr der Lage und kein bisschen von dem kleinen, strammen Hintern beeindruckt, der sich an seinem Schritt rieb.

»Süß und Scharf will dir mal zeigen, wie das richtig geht.« Das ließ ihn stocken. Für ungefähr eine Sekunde. Seine Partnerin nutzte die Gelegenheit, um mir ihr wahres Gesicht zu zeigen. Ihre makellose Haut verdorrte innerhalb von Millisekunden, ihre Augen wurden schwarz und ihre Fingernägel zu Krallen.

»Lass ihn in Ruhe, du ekelhafte, dreckige *Calla*!«, zischte sie mit einer übermenschlich tiefen Stimme und ich wich schockiert einen Schritt zurück. Doch als sie sich auf mich stürzen wollte, fing er seufzend ihren Arm ab und drehte sie zu sich herum. Sanft sprach er mit ihr – natürlich verstand ich kein Wort, dafür aber ihren Namen. Es war die Drei-Minuten-Schlampe.

Gott, ich konnte sie schon jetzt nicht ausstehen! Mit gebleckten Zähnen musterte sie mich, doch er schob sie an den Schultern von mir weg und sie ging. Hoch erhobenen Hauptes räumte sie das Feld und ich schaute ihr leicht verdattert hinterher, denn als sie mir über ihre Schulter einen kleinen Blick zuwarf, war sie wieder die schönste Frau im Raum. Vielleicht wirkte der Alkohol doch noch …

»Also, Maeva … Was nun?« Schon lag sein Arm um meine Hüfte und zog mich an ihn. Dabei sah er mir dunkel in die Augen. Mir verschlug es den Atem. Aber natürlich, ich hätte damit rechnen müssen. Zurückhaltung war nicht die Stärke dieses wunderschönen, aber gleichzeitig so arroganten ›Mannes‹ vor mir. Mit spöttischem Blick forderte er mich heraus und ich nahm es an, legte meine Hände auf seine breite Brust und lächelte lasziv. Dann biss ich mir langsam auf die Unterlippe, begann meine Hüften zu bewegen und glitt mit meinen Fingern über seinen Oberkörper, bis zu seinem Nacken.

Er war wirklich so muskulös, wie er aussah, und fühlte sich heiß an. Leicht öffnete er den Mund, sein Blick verschleierte sich und wanderte unverhohlen über meine Kurven, die ich gekonnt schlangengleich in einem langsamen, sinnlichen Takt zur Schau stellte. Damit hatte er nicht gerechnet … Kein bisschen, ich sah es ihm an, aber das war noch nicht alles. Langsam ließ ich meine Hände über meinen eigenen Körper hinab gleiten, ließ ihn jede Kontur erkennen und beobachtete ihn dabei unter halb geschlossenen Lidern hervor …

Ich drehte mich um, beugte meinen Oberkörper dabei ein wenig vor, rieb mit meinem Hintern über seinen Schritt und vernahm mit Genugtuung das empörte Zischen. Dann spielte ich mit dem Saum meines Kleides, das mir bis knapp über die Knie reichte. Immer wieder schob ich ihn leicht nach oben und spürte förmlich die Spannung, die von ihm ausging. Ich ließ ihn sehen, dass mein Hintern nicht bedeckt war, zeigte ihm ein kleines bisschen, nur ein wenig nackte Haut, nur um den Stoff dann wieder fallen zu lassen. Als ich mich leise lachend zu ihm umdrehte, war sein Gesicht wie versteinert, aber seine Brust hob und senkte sich schnell.

So sexy ... ich wollte ihn. Jetzt sofort. Gott, wen verführte ich hier eigentlich gerade mit meinem Tanz? Ihn oder mich selbst?

Egal!

Meine Fingerspitzen tänzelten über seinen eleganten Nacken, seine muskulösen Arme; ich ergriff seine männlichen Hände und legte sie an meine Hüften, hielt sie dort fest und ließ ihn meine Rundungen nun selbst spüren.

Ich brannte ... Er brannte.

Unsere Blicke konnten wir beim besten Willen nicht mehr voneinander lösen und jetzt, hier, in diesem Moment, konnte ich es mir eingestehen: Ja, ich gewann und ich verlor gleichzeitig, und es machte mir nichts aus ...

Sanft bohrten sich meine Zähne in meine Unterlippe, während ich auf die Zehenspitzen ging und ihm ins Ohr hauchte: »Nach unten oder nach oben?« Dabei deutete ich die Bewegung mit unseren Händen an. Daraufhin keuchte ich schockiert auf, weil er meinen Kopf an den Haaren zurückzog, mich eindeutig dominierte, die Macht wieder an sich riss und mich dann mit einiger Selbstbeherrschung – das sah ich ihm an – von sich schob. Mit verschlossenem Gesichtsausdruck, aber brennenden Augen.

»Nicht so!«

Damit drehte er sich auf dem Fuß um und verschwand in der tanzenden Menge.

Er ließ mich stehen!

Nachdem ich meine Überverführungsnummer abgezogen hatte! Die hatte sonst immer und überall geklappt. Hatte jeden Kerl willenlos gemacht! Normalerweise reichten ein bisschen nackte Haut und das Wissen, wie ich sie präsentieren musste.

Mann! Scheiße! Verdammte Scheiße!

Seine Abweisung trieb mir die Tränen in die Augen.

Mit geballten Händen setzte ich mich in Bewegung und folgte ihm. Ich wusste nicht genau, was ich tun sollte, aber das würde ich mir nicht gefallen lassen! In einem dunklen Flur, der vom Festsaal wegführte, holte ich ihn ein. Er musste das Klacken meiner Heels bereits bemerkt haben, aber er wurde nicht langsamer.

»Hey!«, rief ich ungehalten, weil ich mit seinen langen, bestimmten Schritten einfach nicht mithalten konnte. Ich fühlte mich … gedemütigt! Ein Zustand, mit dem ich nicht umgehen konnte und er blieb auch noch nicht stehen! Arsch! Kurzerhand bückte ich mich, zog einen Schuh aus und schmiss ihn mit einem lauten Schrei und aller Kraft nach ihm. Und wieder … traf ich … genau seinen Hinterkopf. In dem Moment als es geschah, wünschte ich, es wäre nicht geschehen und zuckte zusammen.

Abrupt blieb er stehen, während nur das Klappern meines Heels, der zu Boden fiel, die Stille zerriss. Seine Schultern waren steif, ebenso wie seine ganze Haltung. Ich schlug eine Hand vor den Mund, als meine Haut vor Anspannung zu prickeln begann – dann war er auch schon bei mir. Seine Hände in meinen Haaren, sein dunkler Blick in meiner Seele und sein Körper an meinem. Er drückte mich gegen die kalte Wand, raubte mir den Atem und nahm kurzerhand Besitz von meinen Lippen. Heilige Scheiße! Das hatte ich nicht erwartet!

Irgendwo krallten sich meine Hände fest, wollten ihn wegschieben, wollten ihn näher ziehen.

Er drängte einen Schenkel zwischen meine, rieb dabei über meinen Unterleib und entlockte mir ein leises Geräusch. Seine warme Zunge schob sich in meinen Mund, umspielte meine – gebieterisch und absolut phänomenal.

Hilfe!

Ich war noch niemals so unsagbar atemberaubend geküsst worden. Mit einem leisen, tiefen Stöhnen beugte er den Kopf weiter, drang noch tiefer in mich ein – unterwarf mich vollkommen. Dann packte er meine Handgelenke und löste seine Lippen von mir. Sein Gesichtsausdruck war kalt – kompromisslos und beherrscht. Er hielt mich mit einer Hand über meinem Kopf an die Wand gepresst und griff mit der anderen zielsicher unter mein Kleid – direkt zwischen meine Schenkel, wo ich bereits brannte.

»Genau das hier …«, keuchte er rau. Mit einem Mal füllte er mich komplett aus und das mit zwei langen Fingern. Ich schrie auf, warf meinen Kopf zurück und hörte wie durch dicken Nebel: »… wollte ich auf diese Art nicht tun!« Er zog sich zurück, drang wieder in mich ein, ließ dabei mein Gesicht nicht eine Sekunde aus den Augen. »Deswegen musste ich gehen und dich stehen lassen …« Erneut glitt er raus und dann wieder rein, strich dabei über meinen G-Punkt, wusste anscheinend instinktiv, wo sich dieser befand. Mein Magen zog sich heftig zusammen. Ich fühlte, wie ich auslief, wie bereit ich wirklich schon für ihn war, und wimmerte hilflos, aber er kannte kein Erbarmen.

»Aber du willst es unbedingt! Also bekommst du es hier in einem kalten Flur!« Wieder strich er über den Punkt und drückte mit seinem Handballen gegen meinen Kitzler. Ich stöhnte rau, nicht dazu fähig, etwas anderes zu tun oder einen klaren Gedanken zu fassen. »Vor allen anderen!« *Alle anderen?*

Meine Beine fingen an zu zittern. »Du weißt nicht, was ich bereit bin, für dich zu tun!« Ach, scheiß auf die anderen! »Aber den Wunsch wirst du nicht bekommen! Ich lasse dich nicht gehen, Josephina!« Meine Augen flogen auf. Er wusste also, wieso ich versucht hatte, ihn zu verführen! Der Atem in meiner Kehle stockte. Sein Gesichtsausdruck war hart und genauso unnachgiebig, wie er mich gerade meinem Orgasmus entgegenfingerte.

»Niemals!« Damit ließ er mich kommen. Jetzt hatte er wohl eher einen Wunsch bei mir frei, denn das waren sicher keine drei Minuten gewesen, außerdem hatte ich noch niemals einen so heftigen Orgasmus wie gerade eben erlebt. Vaginal und klitoral in einem. Meine Beine gaben endgültig nach, aber er hielt mich aufrecht und ließ seine Finger tief in mir, während ich um ihn herum pulsierte. Mein Gesicht landete an seiner Brust, während ich unkontrolliert stöhnte. Er roch so unsagbar gut, so süß, aber nicht zu aufdringlich, gleichzeitig kühl sowie erfrischend, jedoch auch beruhigend – Wahnsinn! Und er war schrecklich talentiert, absolut anziehend. Das hier war das beste Erlebnis, was ich je mit einem Mann geteilt hatte, und ich hatte schon einige Erfahrung vorzuweisen – ich konnte die anderen verstehen.

Dann war es schon vorbei.

Vorsichtig ließ er meine Hände los.

Sie kamen mir zentnerschwer vor und fielen wie leblos an meinen Seiten hinunter. Sanft strich er mir über die Haare und küsste meinen Scheitel, während ich leise und zufrieden seufzte und mich enger an seinen warmen Körper kuschelte. Sein Kuss war so eine intime Geste. Es war so eine unbeschreibliche Nähe, die ich nun zu ihm empfand, dass ich mich wie verzaubert fühlte.

Verzaubert?

Misstrauisch runzelte ich die Stirn. Irgendwas stimmte hier nicht …

»Shhht …«, beruhigte er mich und umarmte mich fester. »Fang nicht schon wieder an. Bleib noch ein bisschen bei mir«, murmelte er in meine Haare. Seine Stimme war rau, sein Schritt hart, aber seine Hände so unsagbar weich und zärtlich.

»Mit was soll ich nicht wieder anfangen?«, nuschelte ich etwas unverständlich gegen seine Brust.

»Mit dem Denken.« Als hätte es diese Erinnerung daran gebraucht, dass es überhaupt existierte, schaltete sich mein Hirn wieder an. Mit einem Ruck riss ich die Augen auf und schob ihn von mir.

»Du hast meinen Kopf lahmgelegt, als du mich gefingert hast. Ich konnte nichts dagegen tun! Und überhaupt, was fällt dir ein, mich einfach so zu überfallen!« Kopfschüttelnd, aber immer noch viel zu zärtlich sah er auf mich herab.

»Ich habe versucht, es nicht zu tun! Erinnerst du dich? Ich habe nicht mit dir tanzen wollen – du hast mit mir getanzt. Ich bin gegangen, doch du bist mir hinterhergekommen, um deinen Schuh nach mir zu schmeißen. Einem Mann steht auch keine Unmenge an Selbstbeherrschung zur Verfügung, besonders keinem Feyr.« Als wäre das klar, zuckte er mit den Schultern. »Außerdem habe ich dir einen Gefallen getan. In meiner Gegenwart stauen sich nun mal die sexuellen Gelüste und ich habe dir lediglich dabei geholfen, sie zu entladen …«

»Ach so? Soll ich dir jetzt eine Dankeskarte schicken, du Arsch! Es hat sich überhaupt nichts gestaut! Ich wollte nur den blöden Rekord brechen!«

»Das war deine Ausrede vor dir selbst.«

»Woher weißt du, dass ich dich verführen wollte, um einen Wunsch frei zu haben?« Jetzt verschränkte er die Arme vor der

Brust und grinste abfällig.

»Ein Mann braucht auch seine Geheimnisse.«

»Japp! Und einem Mann muss man gelegentlich eine reinhauen!« Ich wollte ihn treten, aber er ging lachend einen Schritt zurück. Doch so schnell, wie es kam, stoppte es auch wieder und er neigte leicht den Kopf zur Seite. Fast schon fasziniert blickte er mich an.

»Aber du warst wirklich … gut … So wie du hat mich bis jetzt noch keine betört … und das, obwohl die Verführung eigentlich mein Part ist …« Er leckte sich über die volle Unterlippe und visierte heißhungrig meinen Körper an. Seine Nasenflügel blähten sich. »Ich würde vieles dafür opfern, dich endlich unter mir liegen zu haben, aber eins werde ich nie tun, Maeva. Ich werde *niemals* meine Macht an dich abgeben.« Mein Mund wurde trocken, weil er mir mit seinen letzten Worten eine Haarsträhne aus dem Gesicht strich. Sein Blick wurde weicher, während er leise weitersprach. »Und …«, hauchte er, »ich werde auch nicht zulassen, dass du den Rekord brichst. Denn diesen einen Wunsch, von dem du denkst, dass es dein dringlichster ist, werde ich dir nicht erfüllen. Das habe ich dir bereits gesagt. Du bist jetzt hier, bei mir, und das wirst du bleiben. Du kannst mich dafür hassen, doch schon bald wirst du etwas anderes für mich empfinden. Etwas Besseres als Hass.«

Er küsste mein Handgelenk, glühte mich noch einmal an, verbeugte sich und ging davon …

7.

Melida sah mich an wie ihre neue persönliche Göttin, als ich resigniert zurück an die Bar kam. Die eine Hälfte der Feen tat es ihr gleich und bildete einen begeisterten Kreis um mich, während die andere sich zurückzog, um Mordpläne zu schmieden.

»Er hat fast die Beherrschung verloren.«

»Das ist ihm noch nie passiert.«

»Nein. So konnte ihn nicht einmal eine von uns verführen.«

»Sie könnte *alles* mit ihm machen«, nuschelten sie vor sich hin.

Alles klar …

Ich war froh, erst einmal meine Gefühle in einem weiteren Glas Alkohol zu ertränken. Denn ganz ehrlich: War es nicht andersherum? Konnte er nicht alles mit *mir* machen? Hatte er nicht gerade seine langen wunderbaren Finger in mich geschoben und… Ich fühlte, wie ich wieder feucht wurde. Das konnte doch nicht wahr sein! Allein ein Gedanke reichte nun also aus! Der gewissenlose Bastard machte mich süchtig nach sich! Ich musste hier weg! Wirklich schnell und weit weg!

In Gedanken über dramatische Fluchtpläne versunken erschrak ich mich beinahe zu Tode, als plötzlich am anderen Ende des Saales die Musik mit einem disharmonischen Klang abbrach und von einem grellen, schockierten Schrei abgelöst wurde. Die Hölle brach spontan los, zu schnell, als dass mein Verstand hinterherkam.

Alle rannten kopflos durcheinander, während vom anderen Ende des Raumes ein Knurren ertönte, dann ein Brüllen und weitere Schreie.

Was war denn jetzt …? Einige Elfen stürmten mit verzerrten panischen Gesichtern und Tränen in den Augen auf mich zu, schubsten mich aus dem Weg und liefen weiter. Ich taumelte gegen die Bar und meine Beine knickten ein. Eine Hand, die sich um mein Handgelenk schlang, bewahrte mich vor dem Fallen und Zertrampeltwerden. Mit einem Ruck zog *er* mich zu sich nach oben.

»Alles in Ordnung?«, fragte er knapp und hielt mich sicher gegen sich gedrückt. Ich nickte hektisch. Dann sprang er mit mir hinter den Tresen und schob mich in Sicherheit. »Du bleibst genau hier!«, befahl er und verschwand umgehend.

Die Bar erbebte und wieder vernahm ich ein ohrenbetäubendes Brüllen. Ich musste mir die Ohren zuhalten, um nicht verrückt zu werden. Gott. Was war hier nur los? Neugierig, wie ich war, hielt ich es natürlich nicht lange an meinem Platz aus und krabbelte mit wild klopfendem Herzen an den Rand des Tresens, um den ich dann vorsichtig spähte.

Was ich erblickte, ließ meinen Herzschlag kurzfristig komplett aussetzen.

Riesige, wirklich enorm große Wölfe hatten den Saal gestürmt und griffen die Feen an. Diese gaben allerdings nicht kampflos auf, zeigten dabei ihre fratzenartigen Gesichter, doch am Ende blieb ihnen nur die Flucht. Solange bis … *er* … auf der Bildfläche erschien und sich mit gezogenem Schwert auf sie stürzte. Sein Körper bestand nur aus angespannten Muskeln und Kraft. Seine Hiebe waren zielsicher und er bewegte sich so schnell, dass meine Augen ihm kaum folgen konnten.

Schon bald hatten sich durch sein Eingreifen alle Feen in

Sicherheit gebracht, während er die sechs ponygroßen Wölfe, die gemeinsam agierten, auf einmal in Schach hielt. Sie alle waren an die hintere Wand gedrängt, knurrten ihn mit entblößten Reißzähnen warnend an, aber er ließ sich nicht einschüchtern und trieb sie immer weiter zurück, bis er anscheinend etwas in seinem Nacken spürte und herumwirbelte.

Mir blieb der Atem weg, als ich sah, wie ein riesiger schwarzer Panther mit glänzendem Fell und imposanten Muskeln absolut majestätisch den Raum betrat. Locker schlenderte er auf … *ihn* … zu, während *er* die Augen verengte und in einer angespannten Pose mit kampfbereitem Schwert verharrte. Man hätte eine Stecknadel fallen hören können, so leise war es mit einem Mal. Außer dem hektischen Hecheln der Wölfe war nichts zu vernehmen.

»Sprich mit mir von Angesicht zu Angesicht«, meinte *er* plötzlich völlig ruhig und der Panther tat ihm den Gefallen.

Vor meinen entsetzten Augen verschwamm seine Form, verschoben sich knackend und schmatzend Knochen und Muskeln. Aus Fell wurde Haut, aus Krallen Fingernägel und aus den vier Pfoten wurden zwei muskulöse Beine und braun gebrannte Arme.

Schon nach ein paar Sekunden stand ein Mann vor *ihm.* Nackt. Und … wow … Einfach nur … wow.

Ich sah ihn nur von hinten, somit nicht sein Gesicht, aber dafür den durchtrainierten Körper, die zwei Einbuchtungen über einem leckeren Hintern und raspelkurze schwarze Haare, die einen Kopf bedeckten, den er soeben zur Seite neigte.

»Hast du etwas zu sagen?«, ertönte eine tiefe, männliche Stimme, die in meinem Bauch wohlig nachhallte. *Er* grinste schief und steckte das Schwert in die Scheide zurück. Anscheinend war die Gefahr vorerst gebannt.

»Soll ich lieber etwas zu ihrer oder meiner Verteidigung sagen?«

»Vilas. Hör auf mit deinen Späßchen. Der Spaß hatte in dem Moment ein Ende, als du die Spinnenkönigin gegen ihren Willen auf unserem Territorium genommen hast.«

Urgh!

Er trieb es mit Spinnen? Wie ... *ekelhaft*!

»Oh. Gegen ihren Willen geschah es keinesfalls. Sie wollte es, obwohl, nein warte, genauer gesagt hat sie es sogar gebraucht!«

»Weil sie dachte, es sei ein Traum! Und weil du sie hast denken lassen, sie bräuchte es!«, zischte der Schwarzhaarige mit nur schwer gezügeltem Zorn. Der Feenkönig schien von der Wut des anderen völlig unbeeindruckt zu sein.

»Ice will Krieg. Er hätte sie fast umgebracht, als er dich an ihr gerochen hat. Schon allein deshalb will er dich ausrotten, dich und deine gesamte Rasse.« Ein Muskel an *seiner* Wange zuckte, ansonsten blieb er jedoch völlig ungerührt.

»Und du?«

»Ich denke auch, du solltest in die Schranken gewiesen werden, es sei denn, du entschuldigst dich – bei beiden – und schwörst, dass so etwas nicht noch einmal passiert!«

Ein spöttisches Schnauben war die Antwort, dann ein herzhaftes: »Niemals! Ich habe nichts falsch gemacht! Wenn eine Frau Befriedigung will, wird sie diese von mir bekommen! Dafür existiere ich – unter anderem.«

»Ja! Aber nicht diese! Du wusstest, dass sie tabu ist!« Der nackte Mann ballte die Fäuste.

»Ach ja, stimmt ... die ist ja nur für euch beide reserviert. ... Sag mal ... wen fickt sie eigentlich lieber, und vor allem ... habt ihr einen Schichtplan oder so? Wie regelt ihr das?« Der andere schüttelte den Kopf; er schien dieses Gespräch zu bedauern.

»Du willst offenbar unbedingt Krieg, anstatt mit dir reden zu lassen. … Auf die Art sind schon ganze Völker untergegangen …«, murmelte er, ohne auf die eindeutige Provokation einzugehen. Doch dann zuckte er zusammen und hob den Kopf, schien einen Geruch wahrzunehmen.

Mit einem Mal wirbelte er herum und landete direkt auf der Bar, hinter der ich mich versteckte, gerade so konnte ich einen Schrei unterdrücken. Wie bewegten die sich nur alle so schnell? Starr blickte er auf mich herab. Funkelnde orangefarbene Augen. Ein verwegenes männliches Gesicht. Volle Lippen und spitze Reißzähne dahinter, als er leise knurrte. Ich zuckte vor ihm zurück, rappelte mich keuchend auf und wollte panisch wegrennen, doch … *er* war schon hinter mir, als ich mich umdrehte.

Sofort fühlte ich mich beschützt. Der andere, der immer noch auf der Bar hockte und sich auf einem Arm abstützte, ließ seinen Blick nach oben schnellen. Er visierte … *ihn* hinter mir an. Mein Arm wurde umfasst und ich noch ein bisschen zurückgezogen.

»Sie ist ein Mensch!«, stellte der Barhocker fest.

Er antwortete nicht.

»Was willst du mit ihr?«

»Ich wüsste nicht, was dich das angeht!«

Mit einem Mal sprang der Schwarzhaarige mit der Geschmeidigkeit der Raubkatze in ihm vom Tresen und landete direkt vor mir. Er beugte sich vor und schnüffelte an meinen Brüsten, vergrub sein Gesicht dazwischen. Panisch japste ich auf und wurde sofort außer Reichweite gezogen, hinter breite Schultern.

»Das reicht jetzt!«, stellte *er* … der Fingermeister … zischend klar und baute sich vor mir auf. Nun war es an dem nackten Mann, triumphierend zu grinsen.

»Wieso denn?«, fragte er mit leiser Stimme. »Dir macht es doch nichts aus, deine Feen zu teilen. Wieso nicht auch deinen Menschen, hm?«, bohrte er hinterhältig nach.

»Sie wird nicht geteilt!«, stieß *er* zornig aus. Der andere lachte leise und schüttelte dann den Kopf, als könnte er es nicht glauben.

»Was ist es nur, dass ihr so eine Wirkung auf uns habt?«, fragte er mich plötzlich. Gott, keine Ahnung … Weiß der Geier! Schweiß begann zu fließen … Aber dann fiel mir etwas auf.

»Wen meinst du mit *ihr*? Gibt es hier etwa noch andere Menschen?« Daraufhin gluckste der sexy Kerl, der mich gerade angesprochen hatte, leise.

»Wie lange ist sie schon hier?« Mein Beschützer antwortete nicht, aber jetzt drängte ich mich von einer Ahnung gepackt an ihm vorbei und ging auf den Schwarzhaarigen zu.

»Sag es mir! Kennst du noch mehr Menschen?«

»Hiergeblieben!« Wieder wurde ich am Arm zurückgezogen, aber diesmal nicht nur, um beschützt zu werden.

»Oh ja, bleib bei deinem großen, starken Feenmann. Nicht dass du noch erfährst, dass S…«

»*Schweig*!«, donnerte dieser hinter mir dröhnend, sodass ich zusammenzuckte. »Ich schwöre dir, Sun, noch ein Wort und du wirst diese Burg nicht in einem Stück verlassen!« Sun … was für ein interessanter Name … für einen interessanten … Mann … Panther. Wie auch immer. Seine Augen erinnerten auf jeden Fall an einen orange glühenden Sonnenuntergang. Er grinste spöttisch und schüttelte den Kopf.

»Du bist wirklich ein Bastard, Vilas Wa Rayden. Dir gehören Grenzen aufgezeigt. Ich habe dein Verhalten schon viel zu lange toleriert. Du denkst, du bist der König über diese Welt, doch das bist du nicht. Am schwarzen Tag, im roten Tal wird sich entscheiden, wer von uns der wahre Herrscher ist, und ich sage dir eins: Sie wird dir auch nichts bringen!« Meine Güte, das war ja wie eine Indianerschmonzette – Howgh, ich habe gesprochen und so … Ein abschätzender Blick auf mich zeigte, wen er meinte.

Dann verwandelte er sich so schnell wie zuvor und marschierte gefolgt von seinen Wölfen aus dem Saal.

8.

»Wieso entschuldigst du dich nicht einfach? Wäre das nicht leichter, als einen Krieg auszulösen?« Das war der erste – ziemlich einleuchtende – Einwand, der mir einfiel, sobald wir allein waren. Doch Vilas schaute mich nicht an, sondern blickte immer noch tief in Gedanken versunken dem schwarzen Panther nach und sah sich nicht genötigt, mir zu antworten.

»Was ist er überhaupt?«

»Ein Gestaltwandler …«, erwiderte er abgelenkt, immer noch, ohne mich eines Blickes zu würdigen.

»Ein ganz schön heißer und …« Ich biss mir auf die Lippe, als sein Kopf zu mir herumschnellte und er mich mit verengten Augen anvisierte. Herausfordernd hob er eine Augenbraue und gab mir zu verstehen, dass ich ruhig zu Ende sprechen solle, aber ich traute mich nicht, denn irgendwie ahnte ich, dass mir die Konsequenzen nicht gefallen würden. Außerdem musste ich schon wieder an das denken, was er vorhin mit mir gemacht hatte, wie sich seine Lippen auf meinen angefühlt hatten …

»Mersa ollo Taet! Nicht jetzt! Du bringst mich noch um!« Erzürnt trat er ein paar Schritte von mir weg und verlagerte *etwas* in seiner Hose. »Hör auf damit!«, blaffte er mich an. »Ich kann nicht denken, wenn du ständig heiß wirst!« Vermutlich konnte ich nicht rotwangiger werden. Als ob ich das irgendwie hätte steuern können!

»Du bist selber schuld!«, blaffte ich ihn also auch an und

versuchte, meine Scham zu überspielen. »Und wieso weißt du das überhaupt?«

»Ich spüre es.« Gedankenverloren visierte er mit schief gelegtem Kopf meinen Intimbereich an und klang dabei völlig emotionslos. Seine Augen wurden immer dunkler, er leckte sich über die vollen Lippen! Gott, dieses Knistern konnte ich nun wirklich nicht mehr ertragen, also lenkte ich vom Thema ab und umklammerte meinen Oberkörper.

»Wie willst du nur mit deinen Fe… Feyrs Krieg führen?« Seine Augen verengten sich, als ich sie schon wieder fast Feen nannte, doch ich kriegte noch mal die Kurve.

»Ich habe Verbündete und werde noch weitere Allianzen eingehen«, antwortete er mit den Gedanken immer noch meilenweit entfernt, während er mit zwei langen Fingern über sein Kinn strich. Dann visierte er mich wieder ruckartig an. »Du wirst mitkommen.«

»Wieso?«

»Weil ich es sage!«, blaffte er mich an. Gereizt. Eindeutig. Konnten Feenmänner ihre Tage bekommen?

»Entschuldige dich doch einfach dafür, dass du die …« Ich schüttelte mich angewidert. »… Spinnenfrau gevögelt hast, und gut ist! Wenn das alles ist, was er verlangt, dann …«

»Man entschuldigt sich nur, wenn man etwas falsch gemacht hat! Nicht, wenn man gar keinen Fehler begangen hat! Außerdem habe ich für alles meine Gründe, und jetzt hör auf, dich in Dinge einzumischen, von denen du nichts weißt!«

»Hmpf!« Ich verschränkte die Arme vor der Brust. Gut. Dann sollte er eben in seinem dämlichen Krieg ums Leben kommen! Dann würde ich wenigstens bald wieder nach Hause können!

***

Super. Jetzt saß ich hier. Auf seinem Pferd. Vor ihm … und war eigentlich müde, aber nur eigentlich, denn sein Arm lag locker um meine Hüfte und seine Hand auf meinem Oberschenkel. Zum tausendsten Mal schob ich sie dort weg und erschauerte dann, weil er mir von hinten ins Ohr lachte und seine Nase in meinen Haaren vergrub. Gleichzeitig wurde ich von der Seite mit eisigen Blicken erdolcht, denn ich war nicht die Einzige, mit der er sich aufgemacht hatte. Nein. Da war noch der Esel … jawohl, das war diese Esla für mich, denn aus ihrem Mund war alles ein endloses I-a … Sie hatte ihr ganz eigenes *Ugasa*. Auf einem dritten Pferd ritten Melida und Vilanda. Dann folgte uns noch ein »Tier«, oder besser gesagt ein grooooßer Karren mit vier Beinen, der ständig grunzte, einen eigenen sehr störrischen Willen besaß, und auf dem alle möglichen Dinge unter einem roten Tuch verborgen lagen.

Wir verließen die lunare Zone mit all ihren durchsichtigen Bäumchen. Cheros konnte ihnen instinktiv ausweichen, also blieb seine Nase heil und wir betraten die nächste Ebene, wie *er* es nannte. Die Schattenzone. Es war beklemmend, hier durchzureiten.

Im Großen und Ganzen sah es aus wie in einem ganz normalen Wald, aber es gab überall Schatten, die sich bewegten, umherhuschten und uns lautlos über den Boden gleitend folgten. Es war wirklich unheimlich und ich war froh, jemanden bei mir zu haben, der mich beschützte und mir Sicherheit vermittelte. Deshalb ließ ich auch zu, dass er mich noch enger an sich zog, auch wenn ich dadurch die Anspannung in seinem Körper fühlte, was mich wiederum keineswegs beruhigte.

»Was ist nur mit diesen irren Schatten los?«, fragte ich leise und mit zittriger Stimme. Die Besagten stockten und kamen dann ruckartig auf uns zugeflossen. Mein Herz rutschte in meine

Zehen, fast kreischte ich auf, aber seine Hand landete auf meinen Lippen.

»Du musst leise sein«, flüsterte er in mein Ohr und warf einen Stein – der laut schrie – weit von uns fort. Die Schatten, die wie gebeugt gehende Menschen aussahen, folgten ihm und stürzten sich darauf, doch er verschwand, sobald sie ihn berührten. Ich erschauderte. »Sie hassen laute Geräusche«, erklärte er weiter.

»W-wieso?«

»Es heißt, hier lebten normale … Hurakas, eine Art Menschen, die aus Holz bestehen … aber sie verzauberten den Herrscher dieser Zone – den Schattenkönig –, um ihn sichtbar zu machen, damit sie ihn töten und die Zone übernehmen konnten«, hauchte er leise. Er schmiss noch einen hysterisch schreienden Stein, den er aus der Satteltasche gezogen hatte, in die andere Richtung. »Doch als sie ihn erstachen, verfluchte der König sie alle, worauf sie selbst zu Schatten wurden. Du musst wissen, Schatten hören sehr gut, genau genommen so gut, dass ihnen beinahe jedes Geräusch in den Ohren wehtut, und das macht sie aggressiv.« Er zuckte mit den Schultern, aus denen die Anspannung ein wenig gewichen war. »Sie verschlingen ihr Opfer, reißen es mit in die Dunkelheit und sperren es dort ein. Manche behaupten, dass die Schatten wieder sichtbar werden, wenn sie eine gewisse Anzahl an Wesen in die Dunkelheit gerissen haben, und dass sie es deswegen tun.«

»Sehr nett …« Das hätte ich mit dem Esel auch gerne gemacht. Sie beobachtete mich immer noch, besonders seine Lippen an meinem Ohr. Pft! Dann würde ich ihr eben etwas zum Hassen geben. Ich schmiegte mich noch enger an seinen großen, harten Körper. »Aber du wirst mich beschützen, wenn sie mich holen wollen, nicht wahr?« Ich fühlte, wie er leise aufkeuchte und wie sich seine Finger in den Stoff des feinen Kleides krallten.

»Spiel nicht mit mir, zumindest nicht um die Eifersucht einer anderen zu schüren, Maeva! Das sind widerliche menschliche Abgründe, denen du erliegst« Wie konnte er nur so eiskalt klingen, obwohl er nur flüsterte, und wieso wusste dieser Arsch immer, was meine Beweggründe waren! »Und«, betonte er nun ganz besonders, »stell mir keine Fragen, auf die du die Antwort sowieso weißt! Das lässt dich naiv, wenn nicht sogar dumm erscheinen und das steht so einer intelligenten Frau wie dir nicht!«, fertigte er mich überheblich ab, woraufhin mein Mund aufklappte.

»Die meisten stehen auf naive Frauen!«, singsangte ich lieblich und klimperte ihn über meine Schulter hinweg kleinmädchen-mäßig mit den Wimpern an. Er lachte leise, ignorierte aber meine Worte und winkte den anderen zu.

»Wir machen hier Rast. Heute kommen wir nicht mehr weiter!«

»Was?« Er musste einen Stein schmeißen, weil dies ein wenig zu laut gekommen war. »Hier?«, wisperte ich und sah mich beklommen um.

»Ja.« Behände stieg er ab und sprang auf den Boden. »Cheros hat Hunger und ich auch.« Er rieb sich den Bauch, dann hielt er mir verschmitzt grinsend seine Hand entgegen. Ich klammerte mich mit großen Augen und wild schlagendem Herzen an das Pferd.

»Ich will nicht da runter!«, flüsterte ich aufgeregt, denn dort war ich diesen Schatten viel zu nah. Cheros legte die Ohren an, warf mich aber nicht ab. Was einem Wunder glich, denn Mister Steinwerfer hatte mir gesagt, dass Cheros normalerweise nur ihn auf sich reiten ließ und jeden anderen sofort abwarf.

Diese Riesenpferde hatten einen sehr eigenen Willen. Doch jetzt ließ er es zu, dass ich sogar ganz alleine auf ihm thronte und dabei auch noch hysterisch wurde.

Melida lachte, woraufhin sie einen Stein warf, den sie in einem kleinen Täschchen mit sich trug, um die nahenden Schatten in eine andere Richtung zu locken. Der Esel schnaubte und stieg geschickt ab. Dann stellte sie sich an seine Seite, strich ihm über die Brust und flüsterte ihm lasziv lächelnd etwas ins Ohr. Meine Augen verengten sich ganz von selbst. Er spitzte überlegend die Lippen, schüttelte dann aber den Kopf und wandte sich wieder mir zu.

»Die Antwort lautet Ja, und jetzt komm! Ich hasse es, Hunger zu haben!«

»Hä?« Ungeduld kam wieder in seinen funkelnden Augen durch.

»Na auf deine Frage vorhin! Natürlich werde ich dich beschützen!«, zischte er und Vilanda warf den Stein für ihn. Ich fragte mich, ob der Vorrat unendlich war. »Komm jetzt, du dickköpfiges Frauenzimmer!«

Schnaubend gab ich nach, aber nur, weil Cheros auch schnaubte und anfing nervös zu tänzeln. Bevor ich jedoch absteigen konnte, murmelte er seinem Hengst leise etwas zu, worauf dieser die Beine einknickte und sich langsam auf den Boden legte. Dabei klammerte ich mich an seinem muskulösen, aber gleichzeitig so seidig weichen Hals fest, doch er zog mich von ihm und ich wurde dazu gezwungen, eine Nacht zwischen Schatten zu verbringen.

Gott sei Dank schnarchte ich nicht!

9.

Seraphina

(einige Zeit davor)

Wie eine Verrückte schrubbte ich mich mit den Schwammblumen ab, die an dem kleinen Fluss zur Genüge wuchsen. Meine Arme, meinen Bauch, meine Beine und vor allem meine intimste Stelle. Auch mein Gesicht, sogar meine Haare und meinen Hals. Fast schon hysterisch rieb ich über meine Haut. Denn wenn er jemals erfahren oder erriechen würde, was geschehen war, dann würde er komplett durchdrehen.

Die Gestaltwandler waren zwar ein nymphomanisch veranlagtes Volk, das es meist fröhlich durcheinander trieb, aber ich war ein Mensch und gehörte nur Ice. Manchmal auch Sun … und gelegentlich Lava. Aber das war's dann auch schon! Mehr Nebenbuhler tolerierte der weiße Wolf nicht. Zumindest nicht, was mich anging! Und er hielt sich ja schließlich auch zurück und bestieg keines seiner Wolfsweibchen mehr. Daher war das ein mehr als faires Abkommen für meine Seite, aber ich hatte gerade dermaßen dagegen verstoßen, dass ich mich schämte.

Wütend pfefferte ich den – dabei grell schreienden – Schwamm ins Wasser.

Verdammt! Ich hatte wirklich gedacht, ich würde träumen!

So ein attraktiver Mann konnte doch auch nur ein Traum sein!

Wie er da so nackt und wunderschön in den glitzernden Wellen gestanden hatte. Ganz reglos wie eine Statue, ein Abbild der Perfektion. Mit diesem Nebel um ihn herum … Die Hand, die er nach mir ausgestreckt hatte, der Blick, der mir durch Mark und Knochen gegangen war …

Himmel! Wirklich!

Wie hätte ich denn wissen können, dass er echt war, als er mich in seine muskulösen Arme schloss und mitten im Fluss im Stehen von vorne und von hinten und von allen Seiten nahm, als würde es kein Morgen mehr geben. Er war so dominant, so berauschend, ich war wie in Trance gewesen, konnte diesen Lippen, dieser Stimme und seinen heiseren Worten nicht widerstehen.

Ich war überall wund!

Dass es vielleicht doch real gewesen war, wurde mir erst klar, als ich danach atemlos am Ufer zurückblieb und in den Himmel starrte. Es wäre nämlich endlich Zeit zum Aufwachen gewesen, aber egal, wie lange ich dagelegen hatte, ich war nicht aufgewacht, auch als es schon anfing zu dämmern. Während die zwei Sonnen sich gemütlich über den Himmel schoben, dämmerte es auch mir: Das war kein Traum gewesen! Ich hatte es mir auch nicht eingebildet, völlig gleichgültig, wie ich es drehte und wendete. Und jetzt steckte ich tief in der Scheiße! Um den Schaden zu beheben, war ich also wieder ins Wasser gehechtet und hatte begonnen, mich zu reinigen …

Nun packte ich mir einen neuen Schwamm, unterdrückte dabei die Tränen und das ungläubige Quietschen des wuschigen Dinges mit dem empörten, kleinen Gesicht in meiner Hand und schrubbte weiter, bis meine Haut schmerzte und sich rötete. Der Geruch musste doch irgendwann, irgendwie … verschwinden, sodass Ice es nicht merken würde!

Ein Rascheln brachte mich dazu, mich umzudrehen, und da war er … *Ice.*

So wie immer, wenn ich ihn ansah, geriet mein Herz in Aufruhr und rutschte für einige Schläge eine Etage tiefer, mein Bauch wurde warm und mein Blick sehnsüchtig.

Aufrecht stand er am Dschungelrand, mit blassem, riesigem Körper. Jeder Muskel saß am rechten Fleck. Mit hellblauen Augen starrte er mich an. Seine blonden Haare hatte er sich straff zurückgebunden, sodass seine markanten Gesichtszüge betont wurden, und dann waren da noch diese unglaublichen Lippen … Mein Unterleib zog sich verlangend zusammen – so wie immer, wenn ich ihn sah. Animalisch, obwohl er in Menschengestalt war, und so mächtig … Genau das war er.

Mit einem Mal verengte er die Augen und legte den Kopf leicht schief. Seine Nasenflügel blähten sich … Die Hand mit dem Schwamm erstarrte an meinem Bauch.

Ich hielt den Atem an, als er von der Erhöhung nach unten sprang, direkt ins spritzende kniehohe Wasser, und dann mit lauerndem Gesichtsausdruck auf mich zukam. Der Schwamm fiel mir wild motzend aus der Hand, ansonsten war ich unfähig, mich zu rühren. Denn ich machte mir fast in die nichtvorhandenen Hosen, als er riesengroß vor mir stehen blieb und sich herabbeugte, um an meinem Hals zu schnüffeln.

»Oh, hi, Baby … ähm Wolf … ich meine, Ice, ich hab dich auch vermisst!« Ich wollte ihn zitternd umarmen und an mich drücken, damit er nicht weiter an mir schnupperte, aber er knurrte warnend. Und das klang weder harmlos noch war es leise, sondern glich einem tiefen Grollen, das tief in seiner breiten Brust seinen Ursprung fand und mich auf eine gewisse Art betäubte, jedoch auch sämtliche Nerven in mir zum Vibrieren brachte und mich sogar erregte. Er packte meine Haare, gewohnt dominant, zog meinen Kopf zurück und roch als Nächstes direkt an meiner Kehle … Ich erschauerte instinktiv, so wie immer, wenn er mit seinen perfekten Lippen und den tödlichen, spitzen Zähnen der zarten Haut am Hals zu nahe kam. Mit ihm zu leben war ein Spiel mit dem Feuer – so viel wusste ich bereits, aber ohne ihn zu leben, würde bedeuten, nie wieder seine Flammen zu spüren. Eiskalt zu sein. Denn Ice war der eine, den ich schon immer über alles geliebt hatte. Auch als ich es am wenigstens gewollt hatte. Er zog meinen Kopf wieder zurück, blickte mir prüfend in die Augen. Währenddessen versuchte ich, wie die Unschuld vom Lande auszusehen und lächelte schwach.

»Was?«, wollte ich amüsiert fragen, aber er legte mir einen Finger auf die nervös bebenden Lippen. Außerdem fletschte er ein klein wenig die Zähne, was mich dazu brachte, vor ihm zurückzuzucken, bevor er unverhofft vor mir auf die Knie fiel.

»Ice, nein!« Ich wollte ihn noch abwehren. Doch er fing meine Hände auf und presste sein Gesicht, und vor allem seine Nase, zwischen meine Schenkel – dann war alles zu spät! Mit einem Brüllen, das nur aus einer Wolfskehle stammen konnte, sprang er auf die Beine, und da war er wieder … mein Urinstinkt – meine Angst, der ich mich in seiner Nähe eigentlich nicht beugen durfte. Normalerweise gelang es mir perfekt, denn ich wusste tief in mir genau, dass er mich nie verletzen würde, weil auch das Tier, das jeder Gestaltwandler immer in sich trägt, mir absolut loyal ergeben war.

Doch nun ging es nicht anders, ich drehte mich um und rannte. Was das Schlimmste war, was ich jemals hätte tun können. Denn es weckte seinen Jagdtrieb, den er in meiner Nähe IMMER unterdrücken musste. Schließlich war ich nur ein kleines Menschlein und roch für ihn appetitlicher als jede andere Beute.

Normalerweise war die Liebe zu mir stärker als die animalischen Instinkte. Jetzt nicht.

Ich kam nicht weit. Mit einem Sprung überbrückte er die Distanz, obwohl ich schon mindestens zehn Schritte gelaufen war, und brachte mich damit so hart zu Fall, dass jeder Knochen in meinem Körper rebellierte. Wie eine Wand aus Muskeln und Fleisch drückte er mich in den rauen Dschungelboden und vergrub die Finger in meinen Haaren, sodass ich mich keinen Millimeter rühren konnte. Er zog meinen Kopf hoch und knurrte: »WER?«

Ja, so leicht war es für ihn, sein kleines Menschlein wieder einzufangen, und ich wusste, dass er sich dabei auch noch beherrschen musste, um sich nicht von seinen Trieben übermannen zu lassen, mir die Kehle rauszureißen und meine Eingeweide zu fressen. Ich antwortete nicht und versuchte stattdessen, meinen Herzschlag zu beruhigen.

»Wer war es?«, knurrte er erneut. »Es war keiner aus unserem Clan, auch niemand von Suns!« Sogar seine normale Stimme klang übermenschlich grollend und tief.

»Ich weiß nicht, was du …«, wollte ich atemlos lügen. Er riss meinen Kopf so fest und ruckartig zurück, dass es schmerzte und ich aufschrie.

»Seraphina!«, presste er mit vermutlich letzter Selbstbeherrschung hervor. »Lüg mich nicht an! *Nicht jetzt*!« Die leisen Worte waren Warnung genug und sofort liefen meine Tränen über.

»I… Ich wollte es nicht! Ich dachte, ich träume!«, verteidigte ich mich schnell. »Ice, du weißt, dass ich nur dich liebe und Sun … und Lava – ein bisschen, nur ganz wenig. Also nein, eigentlich liebe ich euch alle auf unterschiedliche Arten, aber sonst keinen! Ich schwöre es dir!«

»Natürlich weiß ich das! WAS. IST. PASSIERT!« Er bekam kaum die Zähne auseinander.

»Ich wollte mich nur waschen, aber davor habe ich mich ein bisschen ans Ufer gelegt, um den Sonnenuntergang anzusehen. Du weißt ja, was ihr drei letzte Nacht mit mir gemacht habt, und ich war ziemlich müde … Ich dachte, ich wäre eingeschlafen, und als ich die Augen wieder öffnete, stand er im Wasser. Reglos. Mit dem Rücken zu mir. Als hätte er meinen Blick gespürt, drehte er sich um und hielt mir seine Hand entgegen. Ich weiß nicht, wieso, aber ich ging zu ihm … es war wie ein Rausch, als würde mein Körper einer anderen Macht als meiner gehorchen und magisch angezogen werden. Ähnlich wie Sun oder du es manchmal mit mir macht. Ich konnte mich nicht wehren, genau genommen dachte ich gar nicht daran. Alles, was ich wollte, war meine Hand in seine zu legen … und ab diesem Zeitpunkt hab ich ihn alles mit mir tun lassen, was er wollte … *alles*.« Ich schluckte vor dem letzten Wort und schloss geschlagen die Lider. Tränen liefen heiß über meine Wangen. Ich schämte mich so sehr … und wusste nicht, wie ich meine Tat rechtfertigen sollte.

Ice drehte mich mit einem Ruck herum, und zwar so schnell, dass mir davon übel wurde.

»Wie hat er ausgesehen? Seraphina, sieh mich an, verdammt!« Zaghaft kam ich dem Befehl nach. In Ice' eisblauen Augen loderte immer noch der Zorn, aber er hatte sich unter Kontrolle, wenigstens ein bisschen. Doch ich spürte an seiner kalten Energie, die beinahe gewaltsam durch meinen Körper rauschte, wie sehr er innerlich brodelte. Sie war aufwühlend und ablenkend und zornig und rasend und zerstörerisch. »Sag es mir!«, forderte er rau.

»Er hatte tiefschwarze Haare. Sie waren relativ kurz … nach hinten gestrichen …« Die Gestaltwandler kannten nämlich so etwas wie einen Kamm nicht. Genauso wenig wie Besteck, Strom oder Kleidung – alles Dinge, von denen mir mein Opa immer erzählt hatte, bevor er gestorben war. »Er war groß und auf seinem Körper leuchteten, immer wenn der Mond durch die Wolken schien, irgendwelche Symbole auf … Silbern … Auf seiner Leiste war eine Art Pflanze aufgemalt, die sich in Ranken über seine Haut schlängelte – ebenfalls silbern glühend – und mich irgendwie an Rosen erinnerte …«

»Dieser elendige…!« Mit einem Ruck trennte er sich von mir und war für meine menschlichen Augen verschwunden. Etwas weiter weg schlug er mit der Faust in einen Baum. Der Kollos aus Holz ergab sich der unnachgiebigen Kraft und fiel laut krachend um. Hoffentlich wohnte darin keine Baumnymphe!

Ich rappelte mich etwas auf, und umschlang mit beiden Armen meine Beine, während ich mit großen Augen darauf wartete, was Ice als Nächstes tun würde. Dabei versuchte ich krampfhaft, mich unsichtbar zu machen. Zwar wusste ich, dass er mich nicht verletzen würde, zumindest nicht ernsthaft, aber ich wollte ihn lieber nicht aus den Augen lassen. Noch ein paar Bäume fielen … dann war er plötzlich wieder mit dem Gesicht direkt vor meinem und ich zuckte zurück.

»Seraphina! Keine Angst!« Das klang alles andere als nett oder beruhigend, sondern äußerst warnend. Angst stachelte sein Tier nur noch mehr an und ich schloss die Lider, atmete tief durch … Dann öffnete ich sie wieder und streckte die Hand nach seinem Gesicht aus.

Obwohl er ein Killer war, eine Bestie, ließ er sich von mir berühren und stöhnte auch noch leise, als meine Fingerspitzen über seine Wange strichen.

»Es tut mir leid …«, murmelte ich und er kniff gequält die Augen zusammen, atmete genauso tief durch wie ich gerade eben. Ohne Vorwarnung stand er wieder und hob mich auf seine Arme. Ich versteckte mein Gesicht an seinem Hals, während er sich in Bewegung setzte. »Es tut mir leid«, murmelte ich erneut, während er mich nach Hause trug.

»Ich weiß.« Auch diese Worte klangen eher erzwungen und keineswegs sanft.

»Willst du mich jetzt nicht mehr?«

Ein Schnauben war die einzige Antwort.

***

Sun tobte. Ebenso wie Ice. Sie wüteten durch die gesamte Höhle, nachdem sie alle anderen rausgeschmissen hatten, denn zusammen steigerten sie sich bis ins Unermessliche …

Lava, meine rothaarige wunderhübsche beste Freundin in dieser und jeder anderen Welt und Suns … *Angetraute*, aber auch irgendwie meine – ach, das war alles kompliziert –, und ich standen nur Händchen haltend daneben und wussten nicht, wie wir sie wieder beruhigen sollten.

Als Sun fertig gebrüllt hatte, kam er auf mich zugeschossen, doch Lava schob sich sofort vor mich und fauchte ihn an.

»Fass sie nicht an!« Sie starrten sich in die Augen, bereit, bis aufs Blut zu kämpfen oder sich wahlweise anders abzureagieren. Und tatsächlich: Sun wich knurrend zurück, brüllte erneut auf und verwandelte sich in einen Panther. Ice wechselte mit der Anmut, die mich immer wieder verwunderte, in die Form seines Wolfes und gemeinsam stürmten sie aus der riesigen Höhle.

Auch gut.

Als sie zurückkehrten, waren sie blutbeschmiert und hatten einen Plan. Einen ganz tollen …

Sie klärten mich darüber auf, dass er eine Fee sei. Wobei ich mir mehr als einmal ein Schmunzeln verkneifen musste, denn ernsthaft, so sah doch keine Fee aus, aber ich hielt mich zurück, denn die beiden waren zu keinerlei Scherzen aufgelegt. Stattdessen wollten sie die Feenburg stürmen und sie alle niedermetzeln. Denn ihre Ehre war verletzt. Sie hatten ein Abkommen mit ihm, doch der Feenherrscher hatte sich nicht daran gehalten. Niemals würden sie ihm das durchgehen lassen, er würde bluten … und noch mehr bluten und … dann würden sie ihm das Haar abschneiden. Ich fragte mich, wieso das so schlimm sein sollte, schließlich war er keine Frau, aber sie steigerten sich schon wieder dermaßen in ihre Wut, dass es brenzlig wurde … Ihre Energien peitschten wild um sich, so sehr, dass es fast wehtat.

Lava und ich standen hilflos daneben und wussten nicht, wie wir die beiden beruhigen sollten. Bis sie mich plötzlich küsste. Mein leises, verwundertes Stöhnen, als ich ihren süßen Mund auf meinem fühlte, lenkte sie sofort ab – vollkommen.

Am Anfang war es ungewohnt mit ihr gewesen, aber jetzt gehörte ihr Körper genauso mir wie meiner ihr. Der Schreckmoment war schnell vorbei, weswegen meine Hände sofort über ihre zarte Haut glitten und ich sie an den Hüften an mich zog.

Es war einfach, die beiden auf andere Gedanken zu bringen, indem wir uns küssend und leise stöhnend aneinander schmiegten. Ich mit meinen dunkelbraunen Haaren, meinem weißen engen Leinenkleid und sie komplett nackt und geschmeidig mit ihren brennend roten Locken, die sich mit meinen vermischten. Ihre Hand schlängelte sich abwärts und strich zärtlich zwischen meinen Beinen entlang. So wissend wie Lava hatte mich noch nie jemand berührt und ich ließ es gern zu … Mittlerweile wusste ich, was für einen Genuss es bedeutete, Sex mit jemandem zu haben, der ebenfalls einen weiblichen Körper … und damit das Feingefühl einer Frau besaß.

Am Anfang, also beim ersten Mal, als ich mit ihr Sex gehabt hatte, wäre ich vor Scham fast gestorben. Monatelang hatte ich mich gegen die Anziehung gewehrt, nachdem sie mich eines Tages auf einmal geküsst hatte. Ich wollte, nein, konnte einfach nicht mit einer Frau schlafen, egal wie sehr ich sie begehrte. Dennoch konnte ich ihren Kuss einfach nicht vergessen.

Eines Tages waren es meine beiden Männer leid.

Also hielten mich Sun und Ice einfach fest und ließen Lava ihre mündlichen Talente zwischen meinen Beinen beweisen, und tja … ein Mann wird *niemals* so genau wie eine Frau wissen, wie und wo sie berührt werden möchte. Das zeigte mir Lava sanft und einfühlsam und noch so vieles mehr …

Auch jetzt verwöhnte sie mit ihren Fingern gekonnt meine Brustwarzen durch den dünnen Stoff hindurch, und ich ahnte, was gleich geschehen würde. Mit einem Ruck wurde ich von ihr fortgerissen und die schönsten Lippen dieser Welt senkten sich besitzergreifend auf meinen Mund. Mir wurde sofort klar, dass das hier nicht sanft und schön werden würde. Ice musste so lange in und auf meinem Körper wüten, bis nur sein Geruch daran haften, nur sein Samen in mir sein würde … Bis er mich wieder als die Seine markiert hätte. Danach würde Sun folgen. Und dann beide zusammen. Aber ich wollte es nicht anders haben und hatte mich an ihre wilde Seite gewöhnt. Schließlich waren das keine Schmusetiere, sondern Wesen, die stark von ihren animalischen Instinkten geleitet wurden.

»Mein, Serahina … du bist mein!«, knurrte Ice in meinen Mund, dann presste er mich gegen die Wand, schlang mein Bein um seine Hüfte und … war tief in mir. Meine Fingernägel krallten sich in seine muskulösen Schultern, während er mich hochhob und ich auch das andere Bein um ihn legte. Er biss mich … ich stöhnte. »Keiner außer uns berührt dich! Und er wird dafür büßen … Egal, was es kostet …«, raunte er noch, bevor er auch schon in mir explodierte.

Dann überließ er Sun das Feld, der seinen Besitzanspruch genauso klarmachte wie Ice, indem er mich herumdrehte und dann von hinten tief in mir versank. Währenddessen verrenkte ich meinen Kopf, um dabei zuzusehen, wie Ice sofort wieder hart wurde und sich selbst berührte. Unter seinem brennenden, besitzergreifenden Blick drohte ich zu verglühen und ich stöhnte auf.

»Sun …«, jammerte ich von meiner eigenen Erregung fast wahnsinnig, aber auch er fand nur seine Erlösung und verweigerte mir meine. Lava drehte mich zu sich und küsste mich, streichelte mich … Sun verwöhnte sie dabei von hinten, flüsterte ihr ins Ohr und fickte mich dabei mit den Augen … Ich drohte zu verbrennen – ich liebte es.

Irgendwie landeten wir in dieser Konstellation auf dem Boden … Ice in meinem Mund und Lavas Lippen an meiner Mitte … Sun hinter ihr.

Und während Suns heiße, Lavas beruhigende und Ice' erfrischende Energien über und durch mich hindurch fegten und ich schließlich in tausendundeinem Orgasmus zerbarst, war mir noch nicht klar, wie hoch der Preis für meinen Ausrutscher mit dem Herrscher der Feyr wirklich sein würde …

10.

Nach gefühlten Jahren hatten wir schließlich Donnervögel, Behemots und vor allem Orks an unserer Seite. Die ersten zwei Arten waren ja noch akzeptabel, schon weil sie durch ihre Schönheit bestachen, wenn auch ziemlich gefährlich. Die Behemots waren graue beziehungsweise beigefarbene Bären mit säbelzahntigermäßigen Hauern und riesigen Pranken, aber im Grunde genommen echt kuschlig. Er bestach sie mit einem nie leer werdenden Sack voller gegorener Bumbären, mit denen sie sich nach Lust und Laune ›betrinken‹ konnten.

Die Donnervögel wiederum waren riesige goldene Adler mit weisen, roten Augen, die sich anscheinend mit … *ihm* … über ihre Gedanken unterhielten. Als er aus dem ›Karren‹ ein goldenes Ei holte, flippten sie fast aus. Später erzählte er mir, dass dies ihr einziger Nachkomme sei, den sie vor langer Zeit in einem anderen Krieg verloren hatten … Ich vermutete, er hatte das Ei gestohlen und genau auf diesen Moment gewartet, um es zurückzugeben … Somit wären sie ihm für immer verbunden.

Die Orks allerdings wollte er überzeugen, indem er ihnen in Aussicht stellte, mit dem Esel Sex zu haben. Weil ihm das nichts weiter als spöttische Mienen einbrachte, griff er nach mir und zog mich nach vorn.

In einer fremden Sprache zählte er eindeutig meine Vorzüge auf, bis ihre schleimigen Augen begannen, verlangend zu strahlen. Schließlich war ich ein Mensch, und so wie die Fabelwesen und Mythen hier normal waren, galt ich als Rarität. Allerdings wollte ich den Orks auf keinen Fall in die Hände fallen! Direkt am Lagerfeuer, wo wir uns mitten im Wald mit ihnen trafen, bekam ich einen Wutanfall. Ich schlug ihn, ich trat nach ihm, ich beschimpfte ihn … dann bändigte er mich mit stahlhartem Griff und einem ebensolchen Ausdruck. Er knurrte mir in Gedanken zu, dass er mich NIEMALS teilen würde, ob ich das immer noch nicht verstanden hätte, und dass ich von einem guten Bluff anscheinend keine Ahnung hatte! Das wollte ich ihm auch geraten haben! Die Orks waren widerlich. Grün, mit Eiterwarzen übersäht, nackt und sehr, sehr riesig.

Das war auch schon unsere einzige wirkliche Auseinandersetzung während der Reise.

Ansonsten ignorierte er mich überwiegend und näherte sich mir auch nicht weiter als unbedingt nötig. Im Gegenzug machte ich auch keine Anstalten mehr, den Rekord zu brechen. Ich wusste, ich würde ihn nicht übertrumpfen, nicht reinlegen können, er würde seine Macht nicht abgeben.

Also blieb mir nur eine Möglichkeit: Im roten Tal am schwarzen Tag würde ich die Seiten wechseln. Denn dieser Sun schien andere Menschen zu kennen, und die wussten vielleicht, wie ich wieder nach Hause kam.

Klar. *Er* hatte mir zwar das Leben gerettet, aber dank ihm war ich ja erst hier in dieser verrückten Welt und in dieser unmöglichen Situation gelandet! Deswegen hatte ich nicht wirklich ein schlechtes Gewissen und bereitete mich innerlich auf den Kampf vor, aber davor wollte ich Antworten. Wieso war ich hier? Wo gab es noch andere Menschen und wie viele? Und so ganz nebenbei: Wie würde ich wieder heimkehren?

Er beantwortete mir keine einzige Frage. Natürlich nicht. Alles, was er tat, war mich zu belächeln und mich damit auf die Palme zu bringen. Gut. So machte er es mir leichter … Aber gleichzeitig auch schwer, ob bewusst oder unbewusst.

Jeden Abend übte er mit seinem riesigen Diamantschwert die wundersamsten Abfolgen. Mit nacktem Oberkörper … glänzenden Muskeln, wechselnden Haarfarben und silberleuchtenden Tätowierungen. Ich fragte die Feen, warum sie manchmal leuchteten und dann beinahe komplett verschwanden, doch sie lachten mich nur aus … Irgendwie kam ich mir immer mehr wie der kleine unwissende Mensch vor, der ich tatsächlich war.

Ihm bei seinem Training zuzusehen, war wie einen Traum zu beobachten. Das Licht der Monde, das Strahlen seiner Haut, die Anmut seiner Bewegungen, die tödliche Kraft hinter jedem einzelnen Hieb.

Er faszinierte mich.

Aber ich traute ihm nicht.

Ich wollte ihn.

Doch gleichzeitig hasste ich ihn.

Besonders, als er am Abend vor der Schlacht das Schwert verstaute und mich mit schief gelegtem Kopf ansah. Sein Blick war dunkel – eine einzige Einladung, genau wie der Rest von ihm. Ohne Worte sagte er: *Den morgigen Tag werden wir womöglich nicht überleben und ich will dich – jetzt. Vielleicht ist es unsere letzte Chance, um herauszufinden, wie weit ich dich treiben kann … Weißt du noch … im Flur … Das war erst der Anfang … Maeva … Du willst mich, so sehr, wie du noch nie etwas gewollt hast. Gib es zu.*

Mir stockte der Atem. Und ich sah weg.

Ich hasste ihn nur noch mehr, als er sich daraufhin mit dem Esel davonmachte … in die Nacht, weit in den dunklen Wald dieser Zone, aber nicht weit genug, denn ihre lustvollen Schreie konnte ich bis zu mir hören … Und wie lustvoll sie waren! Ich hätte an ihrer Stelle unter ihm liegen können und ein Teil von mir wollte es tatsächlich. Doch als er mich gefragt hatte, war ich zu stolz gewesen, mich ihm einfach hinzugeben, auch wenn nun mein Herz bei jedem tiefen Stöhnen schmerzte, das er einer anderen entlockte. In dieser Nacht machte ich kein Auge zu!

Dementsprechend ausgelaugt und mürrisch war ich am nächsten Morgen. Die Bumbeeren, die ich mir zum Frühstück gepflückt hatte, schmeckten nicht. Auch nicht das süße Wasser aus den kleinen handlichen Wasserspeiern, die wir dabeihatten. Überall herrschte hektische Betriebsamkeit. Wir wurden von etwa eintausend Kriegern aller möglichen Arten begleitet, doch ich folgte *ihm* wie ein Schatten, denn alleine wagte ich mich nicht zwischen diese Furcht einflößenden Wesen. Allerdings konnte ich ihn nicht ansehen. Ihm machte es nichts aus, weil er so viel zu tun hatte, dass er auf mich gar nicht achtete. Hier ein paar Donnervögel instruieren, hier ein paar Behemots tätscheln, dort mit Orks lachen und nebenbei seine Feen gewohnt herrisch durch die Gegend scheuchen.

Der Kerl war ein echter Pascha. Kühl, unnahbar … so war er mir am liebsten. So konnte ich mir gut einbilden, dass es mir egal wäre, wenn er heute bei dem Kampf ums Leben käme. Und ich nicht wüsste, wie sich dieser Körper nackt an meinen gepresst anfühlen würde.

***

Ich hatte noch niemals so viele große Wölfe und Raubkatzen auf einem Haufen gesehen. Alle möglichen Rassen, alle möglichen

Farben. Und ekelhafte riesige Spinnen – mit schwarzen Körpern, haarigen Beinen und roten Augen – in der Größe eines Bernhardiners. Sie schienen geradewegs meinem persönlichen Horrorfilm entsprungen zu sein und mischten sich fröhlich unter die Gestaltwandler. Alles in allem bildeten seine Feinde eine Furcht einflößende Front mitten im schwarzen Tal zwischen riesigen pechschwarzen Klippen. All diese Zähne, all diese Krallen waren nichts gegen diese widerlichen langen Beine … Aber nicht nur das. Sie waren *ihm* durch die Spinnen zahlenmäßig überlegen. Was ihm aber offensichtlich egal war.

Von meinem Hochsitz auf einer Klippe an der Seite des Schlachtfeldes, wo sich die verschiedensten Fabelwesen (unter anderem Schneewittchen mit ihren sieben Zwergen, ein verdammtes Einhorn und ein waschechter Dschinn) mit Popcorn, Getränken und anderen fantasievollen Köstlichkeiten versammelt hatten, beobachtete ich das Geschehen.

Hier, umzingelt von Feen, die auf mich aufpassen sollten, hatte ich eine perfekte Aussicht darauf, wie er sich in den aufgehenden Sonnen majestätisch von seiner Kriegermasse löste und durch das schwarze Tal ritt. Eine Hand am Heft seines Schwertes, die andere locker die Zügel haltend, die er sowieso nicht brauchte. Seine nun silbernen Haare wehten im Wind. Sein Körper war ein einziges Spiel aus Muskeln. Über ihm flogen die Donnervögel hinweg und mir wurde plötzlich klar, woher sie ihren Namen hatten, denn ihr Flügelschlagen klang wie ein nie enden wollendes Donnergrollen. Hinter ihm standen penibel aufgereiht seine wunderschönen, aber durch ihre Manipulationen tödlichen Feen, gemischt mit den Orks und den riesigen Behemots. Die große Truppe blieb völlig reglos stehen und er ritt alleine weiter durch die pechschwarze Ebene.

Ein Panther – Sun – sowie ein riesiger weißer Wolf trennten sich von den Gestaltwandlern und diesen Monsterspinnen und schlenderten ihm entgegen. Sie waren nur halb so groß wie Cheros, aber sicher doppelt so gefährlich.

In der Mitte zwischen ihren Truppen trafen sie sich. Feiner schwarzer Sand erhob sich in die Luft, aufgewirbelt durch die Donnervögel. Die Sonnen verdunkelten sich etwas und drohten von der Schwärze dieser schrecklichen Wüste verschluckt zu werden, die nichts als den Tod widerspiegelte. Vor meinen Augen wurden wieder Knochen knackend verschoben und Muskeln schmatzend woanders platziert. Es verschwanden ein paar Haare und ein paar Schwänze. Dann standen da der schwarzhaarige Gott und ein dunkelblonder Adonis. Ich fragte mich, ob der Blonde der Anführer der Spinnen war, denn von ihnen war keine mit nach vorne getreten.

Die Herrscher sprachen miteinander. Ich hörte nur undefinierbares Genuschel, obwohl ich mich nach vorne beugte, und alle um mich herum ankeifte, damit sie endlich still waren – unter anderem, damit die blöden Zwerge aufhörten, ihr bescheuertes Lied zu singen, womit sie schon die ganze Zeit meine Nerven folterten. Sie verstummten und schmollten.

Plötzlich ging durch beide Massen ein Raunen. Anscheinend hatte jeder hier ein besseres Gehör als ich. Missmutig fragte ich Melida neben mir, was denn besprochen wurde, aber sie winkte nur ab und sagte, ich solle leise sein, weil es gerade so spannend sei. Super.

Wütend verschränkte ich die Arme vor der Brust und betrachtete gähnend meine Nägel. Die müssten mal wieder maniküirt werden – ob es hier Beautysalons gab? Nagellack? Nagelf…

Grob wurde ich am Arm gepackt und nach oben gerissen.

In einem Moment saß ich am Rande des baldigen Schlachtfeldes, im nächsten stand ich mitten in der schwarzen Wüste zwischen den zwei Heeren.

Vor mir Sun und sein Begleiter. Hinter mir Vilas – sein Schwert an meiner Kehle.

»Spinnst du?«, rief ich aus, versuchte mich aus seinem unnachgiebigen Griff zu winden und keuchte dann schmerzverzerrt auf, als er mir den Arm weiter nach oben verdrehte. »DU MISTKERL!«

»Still!«, raunte er mir zu, dann wandte er sich an die zwei schockiert aussehenden Gestaltwandler. »Zieht ab, sonst wird ihr Blut vergossen!« Na super! Echt toll! Dafür hatte er mich in diese Welt geholt? Um einen Krieg zwischen ihnen zu vermeiden? Oder zu entfachen? Was war denn jetzt los? Wieso sollte es ihnen etwas bedeuten, ob mein Blut vergossen wurde oder nicht? Was interessierte sie denn, wenn ich starb?

Dann merkte ich, wie die beiden mich taxierten. Besonders der Dunkelblonde starrte mich so intensiv an, dass ich davon Gänsehaut bekam. Er legte den Kopf leicht schief, blähte die Nasenflügel und riss dann die Augen weit auf. Er sah zu Sun – dieser ignorierte ihn jedoch und erwiderte ausdruckslos: »Bring sie um. Mir ist es egal.« Seine Stimme klang kalt und ruhig. Etwas Warmes waberte mir unsichtbar entgegen … nistete sich mit jedem Wort tiefer in meinem Bauch ein. Der Dunkelblonde knurrte Sun an, wie nur der Wolf in ihm es konnte, worauf ein Muskel an dessen Wange zuckte, aber er ergänzte weiterhin völlig ruhig: »Tu dir keinen Zwang an, Vilas. Ich kenne die Menschen. Sie bringen sowieso nur Probleme …«

Oh scheiße!

Und jetzt?

Er würde mich doch nicht etwa einfach abstechen, ohne mir zu sagen, wieso! Das wäre wirklich unfair!

»Ähm … könnte ich vielleicht darauf hinweisen, dass …« Das Schwert schnitt leicht in die Haut meines Halses und es brannte wie Feuer. In dem Moment war ich mir sicher, er würde es tun! Sein Griff, sein angespannter Körper – alles an ihm zeigte, dass er bereit war, mir sofort mein Leben zu nehmen, und mein Herz rutschte bis in die Fußsohlen. Blut rann aus der Wunde, noch war sie nicht tief. Zumindest äußerlich, aber in meinem Inneren hatte er mich derart verletzt, dass auf ewig Narben zurückbleiben würden.

Ich bemerkte, wie der Wolf in Menschengestalt die Hände zu Fäusten ballte, wie der Muskel an Suns Wange erneut zuckte, aber wusste, sie würden ihn nicht aufhalten – niemals. Wieso auch? Ich war verloren und würde sterben. Hineinkatapultiert in diese verrückte Welt, in der Blüte meiner Jahre, aus meinem beschaulichen, einfachen Leben … und ich wusste nicht einmal, wieso.

Es tut mir leid, Seraphina … dachte ich und schloss die Augen. Bereitete mich darauf vor, dass mein rotes Blut gleich den schwarzen Sand bespritzen würde.

»Niemals.« Seine Lippen, die das murmelten, waren in meinem Haar.

»NEIN!« Ein Schrei durchdrang die Stille, worauf Vilas nur für mich fühlbar durchatmete und den Druck der Klinge verringerte. Meine Lider flogen auf und ich sah in die Richtung, aus der die weibliche, starke Stimme gekommen war.

Da kämpfte sich jemand zwischen den Spinnen und Gestaltwandlern hervor, braune Haare, blitzende Augen, ein weiblicher Körper in weißes Leinen gehüllt, als wäre es ein enges, sehr knappes Kleid, geballte Fäuste … Diese wirklich schöne Frau war eindeutig bereit zu kämpfen! Wer war das denn jetzt? Und vor allem, war sie tatsächlich ein MENSCH? Kein Gefunkel, keine Ekelhaftigkeiten, keine unüblichen Gliedmaßen, kein Fell, keine berauschende Stimme … keine heftige sexuelle Ausstrahlung. Sie wirkte tatsächlich wie ein ganz normaler Mensch und tief in meinem Inneren zog sich etwas zusammen, als unsere Blicke aufeinandertrafen.

Sie war eine natürliche Schönheit, dichtes, wehendes Haar, klare Haut, volle Lippen, hohe Wangenknochen – ungefähr in meinem Alter. Mit einem störrischen Ausdruck im Gesicht stapfte sie entschlossen über das Schlachtfeld. Energie umwaberte sie fast sichtbar, ich konnte es nicht anders sagen … machtvoll … dunkel und voller Zorn. Sie schimmerte bläulich, aber auch orange glühend. Wie selbstverständlich stellte sie sich zwischen die zwei mächtigen, animalischen Kampfmaschinen und forderte: »Sie wird nicht sterben!«

Beide fixierten sie mit gefletschten Zähnen; gleichzeitig fühlte ich, wie etwas Heißes von Sun auf sie überfloss, von der anderen Seite etwas Kühles von dem Dunkelblonden. Es verstärkte den Schimmer um sie herum. Die Energien kitzelten meine Nerven, aber sie schien es gar nicht zu bemerken.

»Wer sagt das?« Ich hörte das überlegene Lächeln in der Stimme des Bastards hinter mir, und sah ich da richtig? Wurde sie ein wenig rot, als er sein Wort und sicherlich auch seinen Blick auf sie richtete?

»Ich sage das! Anführerin des Spinnenvolkes und Herrscherin über die Gestaltwandler! Wir werden uns ergeben. Ich verzichte auf deine bescheuerte Entschuldigung, aber lass sie gehen!« Oh! Also war *sie* … also hatte *er* mit *ihr* … Sie sah gar nicht aus wie eine Spinne …

»NEIN!«, knurrten Sun und der Dunkelblonde synchron und sie verdrehte tatsächlich die Augen.

»Das ist so typisch! Wegen einer verdammten Entschuldigung wollt ihr euch niedermetzeln und sie auch noch opfern? Seht ihr nicht, dass sie unschuldig ist? Ich sage: NEIN!«

»Oh doch!« Das kam von dem Wolf. Er duckte sich sprungbereit, sah Vilas so eiskalt an, dass ich davon erschauderte. Sie hingegen ließ sich nicht beirren. Stattdessen wandte sie sich an Sun.

»Sun, bitte …« Er presste die Zähne so fest aufeinander, dass sein Kiefer knackte, aber er gab nicht nach – schüttelte nur knapp den Kopf.

»Geh wieder nach hinten!«, zischte er ihr zu.

Ein Pumaweibchen löste sich von den Raubkatzen und kam auf unsere kleine süße Gruppe zugetrabt. Ich fragte mich, was sie vorhatte, und vor allem, wieso Sun geschlagen den Kopf nach vorne fallen ließ, sobald er bemerkte, dass sie sich auch näherte. Mit ihrem Kopf schubste sie Sun gegen den Hintern und ich hätte fast gelacht, wäre da nicht Vilas' immer noch schmerzhafter Griff an meinem verdrehten Oberarm gewesen.

»Wir werden nur gehen, wenn du sie uns gibst«, knurrte Sun unwillig und die vermeintliche Menschenfrau fing an, von einem Ohr bis zum anderen zu strahlen. Sie zwinkerte mir zu … Dem Dunkelblonden klappte die Kinnlade auf, er wirbelte herum und wollte etwas erwidern, aber sie legte ihm die Hand auf den Arm und murmelte etwas …

»Und?«, fragte Vilas provokant.

»Wir werden dich und die Deinigen nicht weiter bekriegen …«, grollte Sun düster und erstach die Menschenfrau mit Blicken.

»Noch etwas?«, hakte Vilas samtig nach. Sun knurrte warnend

und seine Augen verdüsterten sich. Hätte er einen Pantherschwanz gehabt, hätte der jetzt wild und warnend ausgeschlagen. Vilas Stimme war purer Samt. »Wenn ihr herausgefunden habt, wie man sie benutzt, werdet ihr es mir unverzüglich mitteilen und sie zurückgeben. Unversehrt!«

»Auf keinen Fall!« Das war die Menschenfrau. Sie hatte die Arme verschränkt und sah genauso knallhart aus, wie Vilas die Forderung ausgesprochen hatte. Er zuckte mit den Schultern, dann intensivierte er seinen Griff und ich fühlte, wie sich der Druck der Klinge an meinem Hals erneut verstärkte.

»NEIN!«, riefen die Frau und Sun gleichzeitig. Die Raubkatze fauchte und hieb mit einer Pranke nach Vilas. Er würde mich tatsächlich einfach so umbringen, ohne mit der Wimper zu zucken. Ich war erstarrt, aber er hielt inne.

»Also?«, fragte Vilas befriedigt.

»Wir werden dich über Fortschritte informieren, aber zurückbekommen wirst du sie nur, wenn sie es so will.« Das war der Dunkelblonde. Wann hatte er eigentlich seine Meinung geändert? Oder sagte er das nur, weil sich die Fingernägel der Menschenfrau in seinen Unterarm bohrten?

Ich fühlte Vilas' Unmut förmlich, aber er gab sich zufrieden. »Gut.« Somit stieß er mich von sich, geradewegs in die Arme des Dunkelblonden, der mich zum Glück auffing, bevor ich Bekanntschaft mit dem schwarzen Sand machte.

»Ich gebe euch drei Phasen! Dann will ich Ergebnisse!« Ohne einen einzigen eiskalten Blick auf mich zu werfen, verschwand er.

Aus der ›Zuschauertribüne‹ drang ein unbefriedigtes Raunen.

Überall erhoben sich Gestalten, flogen davon, verpufften oder gingen schmollend zu Fuß, während ich immer noch mit weit aufgerissenen Augen auf die Stelle schaute, an der er bis eben noch gestanden hatte.

Dafür

würde

er

büßen!

»Traue niemals einem Feyr.« Die Frau klang grimmig, sah auch auf die Stelle, dann mich an. Ihr Blick war mir vertraut, auch die Form ihrer Augen, ihrer Wimpern, sogar ihre Oberlippe kam mir irgendwie bekannt vor. Und als sie meine Hand nahm, war es, als würde etwas von mir an seinen richtigen Platz zurückkehren. »Ich bin auch ein Mensch, und du hast keine Ahnung, wie froh ich darüber bin, deine Bekanntschaft zu machen!«

11.

Seraphina

»Wie konntet ihr das vor mir verheimlichen!? Sie ist ein Mensch! Und ihr habt es nicht für nötig gehalten, mir etwas davon zu sagen! Ihr wisst doch genau, wie wichtig es mir schon immer war, jemanden zu finden, der so ist wie ich!«

»Du bist schon lange kein Mensch mehr«, konterte Ice.

»Nur weil ich mich euch angepasst habe, heißt es nicht, dass ich mein menschliches Dasein komplett aufgegeben habe und nicht gerne jemanden an meiner Seite hätte, der ein bisschen weiter denkt, als seine Triebe ihm befehlen! Wie konntest du das vor mir verheimlichen?« Mit in die Hüften gestemmten Händen baute ich mich vor Ice auf. Er wagte nicht, meinen Blick zu erwidern und murmelte kleinlaut, aber dennoch sauer: »Sun hat es befohlen …«

»AHA! Und da haben wir es wieder! Das kleine Hündchen!« Nun sah er mich doch an und knurrte hörbar, was mich aber nicht daran hinderte, weiterhin wütend zu sein. Also wandte ich mich zu Sun um, der mit verschränkten Armen an der Wand lehnte und unseren Streit amüsiert beobachtete. »Und du!« Aufgebracht stach ich mit meinem Finger auf seine Brust ein. »Von dir hätte ich auch mehr erwartet! Ich dachte, wir vier vertrauen uns!« Lava, die auf dem Bett gesessen hatte, trat jetzt an meine Seite.

»Ich wusste nichts davon, Süße! Ich schwöre!«

»Ich weiß! Das ist auf deren Mist gewachsen!« Ich nahm Lavas Hand. Sie musste mich davon abhalten, auf Sun und Ice loszugehen, denen gar nicht klar war, was sie mir angetan hätten, wenn sie gestorben wäre. Schließlich war es das, worauf ich Jahrelang gehofft und gewartet hatte, seitdem mein Opa getötet worden war – ein Zeichen aus der Menschenwelt. Das war meine Chance, mehr über die Menschen herauszufinden! Opa hatte zwar sein Bestes getan, aber er war ein Mann und konnte mir in weiblichen Dingen nicht weiterhelfen. Außerdem war es einfach schon zu lange her, seitdem Ash, ein schwarzer Gestaltwandlerwolf und Ice' Bruder, ihn vor meinen Augen zerfleischt, ich dadurch meinen Weg in Ice' und Suns Arme und somit meinen Platz in dieser Welt gefunden hatte …

Am Anfang hatte ich mich damit eher arrangiert, nun fühlte ich mich meistens regelrecht wohl. Trotzdem sehnte sich etwas in mir immer noch danach, mehr über die Menschenwelt und vor allem das normale menschliche Verhalten zu erfahren und vielleicht sogar irgendwie, irgendwann dorthin zurückzukehren – zumindest, um zu wissen, wie es da war, wo ich ursprünglich herkam. Auch wenn ich Ice niemals hätte verlassen können, selbst wenn ich die Möglichkeit gehabt hätte. Ajax (ein widerlicher Kerl!) hatte damals versucht, uns zu trennen. Er wollte mich durch ein Tor, das die Gestaltwandler danach zerstört hatten, von dieser Welt in die andere schicken, aber etwas hatte mich hier zurückgehalten. Ich konnte es einfach nicht durchschreiten.

Ice und ich vermuteten, dass meine Gefühle für ihn dafür verantwortlich waren.

Denn bei unserem ersten Sex waren irgendwieunsere Seelen miteinander verschmolzen, indem Ice' Energie – sein Wolf – dauerhaft Besitz von mir ergriffen hatte. Auch Sun hatte einen Teil von sich in mir zurückgelassen, als er mich vor Ewigkeiten markiert hatte. Seitdem war ich Teil dieser Welt, immer von ihren Energien umgeben. Sun hingegen hatte eine andere Theorie aufgestellt: Zu dieser Zeit war Leben meinem Bauch herangewachsen, und er war der Meinung, dass deshalb das Tor für mich unpassierbar geworden war.

Leider war Ice' und mein Baby gestorben. Gestaltwandler und Menschen können keine überlebensfähigen Kinder zeugen – das hatten wir auf die harte Art lernen müssen. Nie würde ich die grauenhaften Stunden vergessen, als ich zwischen Tod und Leben geschwebt hatte, und es hieß, entweder das Kind oder ich. Sun und Ice hatten sich für mich entschieden. Eine Entscheidung, die ich ihnen genauso übel nahm, wie ich sie ihnen nicht verdenken konnte, denn so deformiert, wie der Fötus gewesen war, hätte er niemals überleben können. Es war ein winziges kleines Baby mit einem Wolfskopf und seltsamen leuchtend blauen Schuppen am ganzen Körper gewesen. Doch trotz seines seltsamen Äußeren war es wunderschön für mich gewesen. So rein, so unschuldig. Ich hatte wochenlang geweint. Es tat weh, zu wissen, dass ich niemals einen kleinen Ice auf meinem Schoß haben … dass ich niemals Mutter werden würde. Andererseits hatte ich natürlich Lavas und Suns Kinder. Da war Sweet. Mittlerweile fast ein Teenager, in Menschenjahren ausgedrückt, und der vierjährige Fire … der die Kindergärtner-Löwinnen rund um die Uhr auf Trab hielt. Er war wie mein Sohn, weil ich Sun und Lava liebte, als wären sie ein Teil von mir.

»Ich entscheide immer noch, wer hier wem was sagt oder nicht …« Sun trat vor, nah an mich heran, und wollte mich mit seinem Körper einschüchtern. Seine Energie wurde so heiß, dass sie mich fast bei lebendigem Leib verbrannte. Aber im Moment war ich zu wütend, zu verletzt …

»Ich hasse dich!«, spie ich ihm entgegen und fühlte, wie die Tränen der Enttäuschung fast überliefen. »Ich wusste immer, dass ich dir eigentlich nichts bedeute ...« Und was tat der Arschkater? Er verdrehte die Augen! Irgendwann einmal würde ich sie ihm dafür auskratzen!

»Das ist so nicht richtig ...«, schaltete sich nun Ice ein – wie immer vernünftig, aber auch dämlich –, das kleine bescheuerte Hündchen eben, das seinen Meister immer und überall verteidigen würde. »Natürlich bedeutest du ihm etwas, trotzdem kann er deine Gefühle nicht verstehen.«

»Ruhe!«, knurrte ihm Sun zu. Wurden da seine Ohrspitzen etwa rot? Das konnte nicht sein, denn Gestaltwandlern waren unangenehme Situationen und Peinlichkeiten völlig unbekannt.

»Seraphina, wie wäre es ... wenn du mit ihr sprichst?«, lenkte mich Lava auf ihre einfühlsame Art ab.

»JA!«, zischte ich, ohne den Blick abzuwenden, außer um ihn zwischen dem Arschkater und dem Verräterwolf hin und her zu schwenken.

Dann verschwand ich durch die Tür, die erst sichtbar wurde, wenn man wusste, wo sie sich befand, und eilte wütend durch den hellen Gang der Höhle, die wir über Jahre hinweg mit einigen Naturanbetern wieder erschaffen hatten. Die alte war bei einem Zyklopenüberfall fast völlig vernichtet worden, bei dem wir auch viele Mitglieder des Rudels verloren hatten. Ja, WIR! Natürlich *wir*! Ich gehörte ihnen, sie gehörten mir! ALLE.

Trotzdem war ich sauer, als ich das Zimmer der Menschenfrau betrat.

Sie sprang sofort aus ihrem Bett und hechtete in eine Ecke des Raumes, nur um dort zu verharren. Auch ich blieb wie vom Donner gerührt stehen und betrachtete sie das erste Mal, seitdem wir sie mit hierher mitgenommen hatten, ausgiebig. Sie war eine wirklich schöne, junge Frau, mit reiner, leicht gebräunter Haut, keine einzige Narbe entstellte ihren Körper. Nicht so wie meinen, dem man das raue Leben in dieser Welt sofort ansah. Das rote, mit golden schimmernden Nähten durchzogene Kleid umschmiegte ihre relativ große, aber dennoch schlanke Gestalt vorteilhaft. Es gab kein einziges Gramm Fett zu viel, was ihr jedoch in Zeiten des Hungers zum Verhängnis werden würde. Ihre Augen waren riesig und leicht katzenhaft, die Farbe strahlend und die Wimpern dunkel und lang. Ihre hohen Wangenknochen verliehen ihr etwas Erhabenes. Die Nase hingegen war ein wenig zu groß, was ihrer Schönheit aber keinen Abbruch tat, stattdessen wirkte sie dadurch speziell, und ihre Lippen waren fast so voll und perfekt wie die von Ice. Sie sah mich auch genau an und im selben Moment merkten wir, dass wir den Kopf schief gelegt hatten. Ich grinste und näherte mich ihr. Wieso musste ich jetzt an Gänseblümchen denken?

»Hallo.«

»Hi«, antwortete sie immer noch wachsam, während ich zu dem Bett ging und mich darauf niederließ.

»Ich tue dir nichts …«, murmelte ich und registrierte zu spät, wie dämlich sich das im Grunde anhörte. Das sagte doch jeder … auch sie zog nur spöttisch eine Augenbraue hoch, worauf ich lachen musste. »Ich meine das ernst! Weißt du, wie lange ich darauf warte, einen Menschen zu treffen?«

»Wie lange denn?«, fragte sie ehrlich neugierig und ihr Körper entspannte sich etwas. Sie kam dennoch ziemlich vorsichtig auf mich zu und setzte sich auf das Bett – ans andere Ende. Eine komische Art sich zu unterhalten … »Und bist du auch ein Mensch?«

»Sehr, sehr lange … und soweit ich weiß schon.«

»Wie bist du hierhergekommen?«, erkundigte sie sich verschwörerisch. Ich bemerkte Hoffnung in ihren Augen, Hoffnung, die auch mich am Leben erhalten hatte. Etwas, was kein Mensch jemals verlieren darf. Dennoch musste ich sie jetzt zerstören, denn ich konnte ihr nicht das geben, was sie wollte ... den Weg zurück.

»Durch eine Art Portal, was aber nicht mehr existiert.« Enttäuscht schloss sie die Lider und einige Sekunden befürchtete ich, sie würde tatsächlich anfangen zu weinen. Doch dann öffnete sie sie wieder und mir strahlte purer Kampfeswille entgegen. Ich mochte sie ... irgendwie, obwohl ich sie kaum kannte.

»Ich kann und werde hier nicht bleiben!«, stellte sie klar.

»Okay ...«, meinte ich leichthin. Sie war nicht meine Gefangene, wusste ich doch selber zu gut, wie übel es war, eine zu sein. Wenn sie wollte, würde ich ihr sogar helfen zu fliehen. Scheiß auf Sun und Ice!

»Okay?« Ihre Augen wurden groß. »Du würdest mich gehen lassen? Einfach so?«

»Natürlich«, bestätigte ich sanft und ihr Gesicht verzog sich misstrauisch.

»Wieso?«

»Weil ich weiß, wie es ist, gegen seinen Willen festgehalten zu werden. So kam ich zu den Gestaltwandlern. Und wie bist du in dieser Welt gelandet?« Ich würde ihr erzählen, was sie wissen wollte, solange sie mir ebenfalls Antworten lieferte – quid pro quo. Es war wie ein stiller Pakt.

»Ich bin ... auf einer uralten, staubigen, total langweiligen Burg in einen Spiegel gezogen worden ...«, murmelte sie leise und sah auf ihre dreckigen Finger in ihrem Schoß.

»Aus der Menschenwelt?«

»Ja.« Wachsam inspizierte sie mein Gesicht und ich wusste genau, was sie darin fand. Unbändige Neugier und auch … Mitgefühl … »Du hast nichts verpasst …«, sagte sie irgendwie herablassend und mir war nicht klar, was sie meinte, bis sie leise weitersprach. »Hier, in dieser Welt, scheint mir alles furchtbar kompliziert und auch erschreckend … aber im Endeffekt ist es sehr einfach …«

»Das glaube ich nicht!«, rief ich aus. Opa hatte mir endlos viele Geschichten über die Menschen erzählt, weil er gewollt hatte, dass ich wusste, wo ich herkomme und was für Ideale dort herrschen. »Ich habe gehört, dort gibt es nur Menschen und Tiere. Nicht solche Wesen wie hier …«

»Das stimmt.«

»Und stimmt es, dass es dort, ähm … wie heißt es … Autos gibt?«

»Das stimmt auch.« Sie lächelte milde, während ich nicht wusste, was ich als Nächstes fragen sollte.

»Und Häuser … so hoch, dass sie in den Himmel ragen.«

»Das stimmt auch.«

»Und … und … Säle … in denen man sich … wie hieß das noch? Ach ja … Filme ansehen kann?«

»Das stimmt auch …«

Und so ging es die nächsten Stunden weiter. Meine Fragen nahmen kein Ende und alle beantwortete sie lächelnd und mit einigem Spaß. Es war wahnsinnig interessant. Opa hatte mir ja auch viel erzählt, aber sie war eine Frau in meinem Alter, sie lebte das Leben, das ich mir immer vorgestellt hatte. Mich erstaunte jedoch, dass sie dort aufgrund ihrer Schönheit Geld bekam. Dies benötigte man wiederum, wenn man Essen kaufen wollte. Nur verstand ich nicht, wie das funktionieren sollte, Geld gegen Äußerlichkeiten.

Ja, sie war hübsch, ihre Anmut sowie ihr Aussehen waren einmalig und verleiteten jeden dazu, sie genauer zu betrachten, weil sie herausstach. Ihr Gesicht, ihre Augen, ihre Lippen blieben einem garantiert in Erinnerung. Sogar mir erschien sie besonders hübsch, obwohl ich es mit Wesen wie Lava, Ice und Sun zu tun hatte. Alle von der Natur mit einem perfekten, kraftvollen Äußeren gesegnet. Laut ihrer Erzählung hatte sie in einer Wohnung gelebt, ein Auto besessen und Freundinnen gehabt … Sie war gern tanzen gegangen und Kaffee trinken und in einen sogenannten Beautysalon. Es hörte sich himmlisch an, aber auch total irreal. Ich konnte es mir kaum vorstellen und so flog die Zeit nur so an uns vorbei.

Irgendwann, als die Wände langsam die Abenddämmerung widerspiegelten, die sich über den Wald legte, hatten wir es uns auf dem Bett gemütlich gemacht und betrachteten den künstlichen, aber dennoch echt wirkenden Sternenhimmel über uns. Sogar die Eulen hatten ihren Schluckauf.

»Und du bist also durch diesen Spiegel gefallen und bei den Feyrs gelandet?«, fragte ich gähnend und sie tat es mir nach.

»Ja … na ja … also ich bin nicht direkt gefallen … ich bin hindurchgezogen worden … von … von … *ihm* …«, murmelte sie kleinlaut und ich drehte meinen Kopf, um sie skeptisch von der Seite anzuschauen.

»Von wem?«

»Von Vilas, dem totalen Arschloch …« Ich musste lachen, weil sie eher bockig klang als – wie vermutlich beabsichtigt – tödlich.

»Wieso hat er das getan?«

»Weil … er mich irgendwie gesehen hat … und in meine … keine Ahnung, was das heißt, ich verstehe seine dämliche Sprache nicht – geblickt hat und dann zu mir meinte, dass wir zusammengehören … Das hat er zumindest versucht, mir zu verklickern. Aber anscheinend wollte er mich für andere Zwecke.«

»Hmmmm …« Irgendwas war doch komisch an der Sache! Zuerst … verführte er mich in der Quelle … und dann holte er einen anderen Menschen in diese Welt. »Er plant etwas«, stellte ich fest und sie nickte.

»Offensichtlich.«

Wir sahen beide einige Zeit an die Decke und hingen unseren Gedanken nach … Mit einem Mal fragte sie leise: »Du hattest Sex mit ihm?«

Meine Wangen wurden sofort knallrot. Es war mehr als unangenehm, so eine Frage hätte ich einem Menschen niemals zugetraut. Die hatten doch angeblich ein Gespür für unangenehme Situationen, so was wie Anstand, oder?

»Ja«, murrte ich.

»Wie war es?«, hauchte sie kaum hörbar. Nun drehte ich mich ganz um und sah sie an. Diese wunderschöne Frau, die geschlagen ihre Lider schloss, um meinem Blick auszuweichen, und die genauso wie ich rot anlief.

»Oh nein …«, murmelte ich.

»Was?«, brummte sie mich düster an und öffnete die Augen wieder. Ich lächelte, aber ohne jeglichen Humor – eher mitleidig.

»Du … magst ihn.«

»Ich mag ihn NICHT!«, spuckte sie mir sofort kämpferisch entgegen. »Er hätte ohne mit der Wimper zu zucken mein Blut vergossen, und letztendlich hat er mich seinen Feinden überlassen! Den Bestien! Den ungezügelten Gestaltwandlern! Ich bin ihm egal, wieso sollte ich ihn dann mögen?«

»Bist du nicht.« Jetzt richtete sie sich auch auf und sah mich mit verengten Augen an.

»Wenn du ihm egal wärst, hätte es das kleine Wörtchen ›unversehrt‹ nicht in seiner Forderung gegeben …«

»Ja … nachdem mich die Gestaltwandler benutzen können, um irgendetwas herauszufinden.«

»Ich frage mich, was …«, murmelte ich leise vor mich hin und sie schloss sich meinem missmutigen Denkerblick an.

»Ich auch …«

»Ich werde es herausfinden!«, versprach ich düster, da … erklang plötzlich ein GONG, wurde von Wand zu Wand weitergetragen und ich erstarrte. Ein GONG war gut, das hieß, wir bekamen freundlichen Besuch. Doch dann ertönte der GONG erneut, was bedeutete, dass wir mit einem unliebsamen Gast zu rechnen hatten.

Ich sprang auf die Beine, genauso wie sie.

»Du bleibst hier in diesem Raum!«, wies ich sie an und eilte zur Tür.

»Was?« Sie lief mir hinterher und ihr Blick schrie: *Bitte lass mich nicht allein!*

»Nur vier Leute wissen von dieser Tür und wo sie sich befindet, du bist sicher. Solange du hier drin bleibst!«, wiederholte ich nachdrücklich, auch wenn ich ein schlechtes Gewissen hatte, weil ich nicht bei ihr bleiben konnte, doch ich hatte andere Sorgen. Schlimmere! Viel schlimmere!

12.

Ich rannte direkt in Ice' und meinen Schlafraum, doch da war er nicht. Bei Sun und Lava war auch niemand. Genauso wenig wie sonst irgendwo in diesem endlosen Gang. Also bog ich um die Kurve und lief die steinernen, natürlichen Wendeltreppen hinab, direkt in eine männliche Brust. Es war Ice ... oh Gott sei Dank war es Ice, dessen Finger sofort meinen Oberarm umfingen und mich mit sich zogen.

Meine Spinnen, die die ganze Zeit wirr an der Decke entlanggekrabbelt waren, erstarrten sofort, sobald sie mich sahen, und warteten auf Befehle. Ja, sie verstanden, was ich sagte, und ja, sie taten ALLES für mich. Ich wollte das zwar nicht, aber auf eine gewisse Art dachten sie wohl, sie hätten mir ihre Befreiung von Ajax zu verdanken, der sie versklavt hatte, und sich seitdem an meine Fersen geheftet. Am Anfang war ich erschrocken und angewidert gewesen. Zu Suns Amüsement hatte ich zuerst versucht, mich zu verstecken, dann sie zu vertreiben, aber keine Chance ... Irgendwann hatte ich sie einfach akzeptiert. Als schwaches Menschlein in dieser übernatürlichen Welt war es gar nicht so schlecht, seine eigene unzerstörbare, unendliche Leibgarde zu haben.

Ice brachte mich zu Suns Felsen, er war der höchste in der Halle. In den anderen Nischen, die überall in den Stein gehauen waren, saßen bereits die kampfbereiten Raubkatzen und Wölfe – teilweise in Menschen-, teilweise in Tierform.

Um den Altar herum, der das Zentrum von allem bildete, versammelten sich die Spinnen, deren Beine dabei Geräusche verursachten, die wie fließende Kieselsteine klangen. Die Wände der Höhle projizierten ein tiefes Meer, durch das gruslige Geschöpfe schwammen. Es war eine optische Illusion, wie sie alle Wände in dieser Festung zierten und von Zimmer zu Zimmer variierten.

»Was ist los?«, fragte ich Sun, der bereits breitbeinig auf seinem Felsen stand, um den *Gast* zu empfangen.

»Eine verdammte Fee … schon wieder …«, murmelte Sun mir zwischen zusammengebissenen Zähnen hindurch zu. Was wollten die denn schon wieder? Ihr Anführer sollte mir ruhig zwischen die Finger kommen! Nun hatte ich zwei Rechnungen mit ihm offen.

Ich ballte meine Hände auch zu Fäusten und schaute zum Eingang der Höhle. Dann presste ich die Lippen aufeinander, weil Ice sich vor mich schob. Mir war klar, warum, aber diese permanente Beschützernummer nervte, und zwar enorm! Unter Einsatz meiner Schultern quetschte ich mich zwischen ihm und Sun wieder nach vorne und motzte dabei lautstark …

Kurz darauf stöhnten die gesamten Gestaltwandler auf und … gingen zu Boden, zumindest jene, die ihre menschliche Form beibehalten hatten. Die tierischen und ich blickten uns nur panisch um … Was?

Verwirrt sah ich zu Ice, der auf alle viere gefallen war und seine Finger fest in den Stein unter sich bohrte. Jeder Muskel an seinem Rücken war angespannt und bebte förmlich. Ice stöhnte wiederholt und automatisch durchflutete es mich heiß – das war nämlich dieses eine Stöhnen … dieses spezielle … wenn er erregt war und an der Schwelle zum Orgasmus stand … Und es hatte hier im Moment absolut nichts zu suchen.

»Ice?«, wisperte ich und ging vor ihm in die Knie. Vorsichtig wollte ich sein Gesicht berühren, um seine Aufmerksamkeit zu erlangen und ihm in die Augen zu schauen. Doch er ließ es nicht zu und wich vor mir zurück. Ice war mir zuliebe der einzig Bekleidete unter den Gestaltwandlern und unter seinem Lendenschutz, der aus einem dreckigen Tuch bestand, war er steinhart. Schockiert sah ich ihm ins Gesicht, als er auch schon mit einem weiteren Stöhnen nach unten griff und sich selbst unter dem Stoff umfasste. Er schloss die Lider, die Stirn gerunzelt, die Nasenflügel gebläht, und spannte sich am ganzen Körper an. »Ice … was ist mit dir?« Vorsichtig krabbelte ich auf ihn zu, doch er knurrte mich an.

»Bleib weg!«

»NEIN!« Störrisch wie eh und je berührte ich seine plötzlich von Schweiß bedeckte Brust und … er … hatte einen Orgasmus. Einen heftigen … genauso wie Sun neben uns und jeder andere menschliche Gestaltwandler in dieser Halle. Fast wurde ich von der sexuellen Energie, die plötzlich alles flutete, ohnmächtig, auf jeden Fall verknotete sich mein Bauch und auch ich fiel in mich zusammen. Denn … ich war alles andere als immun gegen die Energien der Gestaltwandler – also ihre inneren Tiere, und die wollten plötzlich alle Sex … *mit mir*!

»Oh Gott!«, keuchte ich und wich zurück, als Black vor uns auf den Felsen hechtete, eindeutig erregt, und mich ins Visier nahm. Seine Augen waren schwarz, völlig animalisch, und er fletschte die blitzenden spitzen Zähne, bevor er auf mich zusprang und von … Sun attackiert wurde. Sun hatte sich verwandelt … anscheinend konnte er so widerstehen – wem oder was auch immer. Weitere Gestaltwandler in Menschenform versuchten den Felsen zu stürmen. Sun brüllte sie aus vollem Halse an, aber es half nichts und das machte mir wirklich Angst.

Mit einem Mal wurde ich an den Haaren rumgerissen. Irgendjemand hatte mich erwischt … und drückte mich auf den Rücken. Gerade wollte ich nach dem Dolch an meinem Lianengürtel greifen, da bemerkte ich, dass es Ice war, der meine Beine auseinanderzwang … Seine Augen waren genauso gruslig und schwarz – eiskalt und leer. Als wäre er nicht da, als gäbe es nur noch diesen HUNGER … den er an mir stillen müsste und würde. Nichts anderes schien zu zählen.

»ICE!«, schrie ich grell, da packte er schon meine Hände und zerrte sie über meinen Kopf, obwohl ich sie noch nicht genutzt hatte, um ihn von mir zu schieben. Er hielt mich an Ort und Stelle und drang mit einem festen Stoß in mich ein. Ich keuchte auf. Dann zog er sich schon zurück, knurrte in mein Ohr, packte meine Hüften so fest, dass ich vor Schmerz aufschrie, und schob sich erneut mit einem mächtigen Ruck in mich. Ich schrie erneut, Tränen traten in meine Augen und gleichzeitig explodierte ich. So wie auch er.

Erst jetzt bemerkte ich, dass alle um uns herum nur darauf warteten, dass er sich von mir löste und sie alle … berührten sich. Obwohl ich gerade erst gekommen war, stöhnte ich bei diesem Anblick leise auf, und presste mein Gesicht an Ice' Halsbeuge. Er stemmte sich hoch, verließ mich aber nicht und knurrte wieder – lang gezogen und warnend. Seine Zähne waren gefletscht und blitzten gefährlich. Erst jetzt wurde mir klar, dass er gar nicht mich anknurrte, sondern die anderen. Schon begann er erneut, sich in mir zu bewegen. Zwar wusste ich genau, dass er einen Orgasmus gehabt hatte, aber er war dennoch hart. Und weil er so erregt war, war es auch sein Tier – welches ja auch in mir war –, was mich unsagbar anheizte.

Ohne die anderen aus den pechschwarzen, düsteren Augen zu lassen, stieß er immer wieder in mich und ich wusste, er würde das die ganze Nacht, bis in alle Ewigkeit tun, um mich zu schützen. Denn er war eine Ausnahme. Anderen Gestaltwandlern würde es nicht so leicht fallen, mit einem zerbrechlichen, duftenden Menschlein Sex zu haben. Sie würden mich dabei zerfleischen, wenn auch unabsichtlich …

Wieso ich? Und woher kam überhaupt diese rasende Erregung, die von allen männlichen Gestaltwandlern in der Halle Besitz ergriffen hatte. Ich schloss die Augen und zog Ice zu mir herab, versteckte mein Gesicht an seiner Schulter und ließ es über mich ergehen … Ich kam … er kam … er machte weiter … und wir hatten noch einmal einen Orgasmus.

Ich fragte mich, wann ich auseinanderbrechen würde oder ob wir so bis in alle Ewigkeit weitermachen müssten. Wenn ja, wäre das bei Weitem nicht der übelste Tod.

»WAS?« Mit diesem Ausruf löste sich die sexuelle Erregung in der Halle in Luft auf und Ice brach sofort zusammen. Er schaffte es noch, sich von mir zu hieven und neben mir absolut atemlos auf dem Rücken zu landen. Völlig verschwitzt und fertig – genau wie ich.

Zuerst konnten wir uns beide nicht rühren. Den anderen Gestaltwandlern ging es genauso, alle lagen total fertig irgendwo rum. Keuchend richtete ich mein Kleid … versuchte mitzubekommen, was nun schon wieder geschah, und schaute hinab zum Eingang.

Dort stand eine der schönsten Frauen, die ich jemals gesehen hatte … Sie hatte strahlend gelbes Haar, genauso leuchtende blaue Augen und einen Körper wie eine Göttin. Und sie war eine Fee, denn je nachdem, wie das Licht einfiel, sah man gelb glänzende Tätowierungen über ihre Haut geistern. Mit einem Blick, der nur als tödlich bezeichnet werden konnte, sah sie MICH an. MICH? Wieso mich?

»Du hast meine Verführung geklaut und auf dich übertragen!«, zischte sie mich an. Gerade eben hatte sie noch gestanden, im nächsten Moment drückte Sun sie an der Kehle gegen die nächstbeste Wand.

»Du wagst es«, knurrte er sie an, »einfach in mein Heim einzudringen und zu versuchen, uns alle zu unterwerfen?« Sie röchelte als Antwort. »Ich sollte dich auf der Stelle hier und jetzt …«

»DAS würde ich nicht tun …« Es war die samtige Stimme von Vilas, die durch die Höhle hallte. Er trat lässig ein. Auch er bedachte *mich* zuerst mit einem Blick, von dem ich allerdings knallrot wurde, schließlich hatte ich ihn schon nackt über und in mir gehabt. Nicht nur einmal, und ob ich wollte oder nicht, ich konnte nicht umhin, zuzugeben, dass er an Attraktivität locker mit meinen Angebeteten mithalten konnte … Ich sah zu Ice, der immer noch nach Luft ringend vor mir lag, die Feen aber nicht aus den Augen ließ. Sobald er Vilas erblickte, knurrte er, aber ihm fiel zum Glück nicht der warme Schauer auf, der meine Wirbelsäule hinabrieselte, sobald der tödliche Feyr mir in die Augen schaute und mir dabei zuzwinkerte. Ich zeigte ihm einen sehr menschlichen Finger, dessen Bedeutung mir Opa beigebracht hatte.

»Es war nur ein Test, mein Freund. Nur ein Test!« Vilas klopfte Sun auf den Rücken, im nächsten Moment lag er stöhnend auf dem Boden. Ich hatte gar nicht gesehen, dass Sun zugeschlagen hatte. Am Kragen seiner Lederkleidung zog Sun ihn wieder auf die Beine und rammte ihn an die Wand neben seine Feenfrau.

»WAS für ein Test?«

»Ob ihr immun gegen unsere Verführung seid. Und weißt du was? Ihr seid es nicht …« Vilas zwinkerte Sun zu, woraufhin ich sogar von hier mitbekam, wie Sun erbleichte. Ruckartig ließ er Vilas los und trat einen Schritt zurück, als hätte er sich verbrannt.

»Das ist nicht möglich! Wenn sie jemandem gehorchen, dann mir!«

»Ist es, wie du gerade gemerkt hast … Wie viele Orgasmen hattest du, während du gekämpft hast, damit sich nicht dein halbes Rudel auf dein Menschlein stürzt?« Vilas Stimme war wirklich Samt und Seide, konnte leicht mit Suns mithalten. Sun knurrte und Ice richtete sich langsam und bedrohlich auf, auch er war weiß wie der Schneeberg in der Wüstenzone geworden.

»Du weißt, was das heißt, oder? Ich bin der Stärkere von uns beiden. Ich habe euch in der Hand. Euch alle …«, wisperte Vilas und Sun wurde stocksteif, seine Muskeln bebten förmlich vor Anspannung. »Ich lasse euch euer Land …«, hauchte Vilas und begann, Sun zu umkreisen, als wäre er das Raubtier. Noch nie hatte ich gesehen, dass Sun sich so etwas gefallen ließ. Die Macht, die Vilas hatte, musste wirklich sehr, sehr stark sein. »Aber ich will sie!« Und dann sah er geradewegs zu mir hoch. Seine silberglitzernden Augen spießten mich geradezu auf und ich keuchte. Sofort erhob ich mich und wurde von Ice im letzten Moment zurückgehalten.

»Das kannst du vergessen!« Amüsiert überging Vilas meinen Einwurf. »Und die andere will ich natürlich auch zurück. Sie gehört mir.«

»Sie gehört gar keinem!«, rief ich wieder dazwischen, riss mich von Ice los und begann umständlich, die riesigen Plateaus hinunterzuklettern. Ich würde ihn eigenhändig erstechen, wenn er sie gegen ihren Willen mitnehmen würde, und allein schon dafür, dass er Sun bedroht hatte, wollte ich ihn von meinen Spinnen aus diesem Dschungel hetzen lassen. Natürlich stoppte mich Ice erneut, bevor ich die Reihen meiner Spinnen passiert hatte.

»Nein, Seraphina! Geh nicht in seine Nähe!« Abfällig schnaubend umklammerte ich meinen Dolch fester.

»Wieso willst du jetzt plötzlich beide?«, fragte Sun und lenkte somit die Aufmerksamkeit wieder auf sich.

»Weil du dich niemals an das Abkommen halten würdest. Sie wäre für immer verloren, wenn ich sie bei dir lasse.« Sun grinste spöttisch.

»Und? Sie ist doch nur ein Mensch?« Vilas verengte die Lider und seine Muster auf der Haut glühten unheilvoll auf.

»Nicht schon wieder …«, stöhnte Ice hilflos und zog mich mit dem Rücken an sich. Seine Lippen waren sofort wieder gierig, wie nach stundenlangem Sex ohne Orgasmus, und seine Zähne verletzten aus Versehen meine Haut, als er auch schon meinen Rock über meinen Hintern nach oben schob. Oh Gott! Nein! Nicht vor diesen Fremden!

»Ice! Reiß dich … jetzt … zusammen! Das … geht … so … nicht!«, keuchte ich, traute mich aber nicht, ihn von mir zu schieben oder mich zu sehr zu wehren, denn alle anderen Gestaltwandler krochen und krabbelten schon wieder aus jeder Ecke zu mir wie in einer Horror-Vision und fixierten mich mit gierigen Augen.

»SCHLUSS JETZT! ALLE!«, rief ich gleichzeitig mit einer Stimme aus der anderen Ecke des Saales und tatsächlich … rührte sich mit einem Mal keiner mehr. Ich folgte dem herrischen Klang. Am Eingang des Flurs, der zu den Schlafgemächern führte, stand sie – blond, wunderschön, sauer – und funkelte Vilas an. Bevor irgendjemand reagieren konnte, war Sun bei ihr – genau genommen hinter ihr und rieb sich an ihrer Rückseite.

»Wie du willst, Vilas … dann benutze ich eben sie … Wenn ich sie als Erster besteige, gehört sie mir – für alle Zeit … So sagt es das Gesetz«, raunte er heiser an ihrem vor Schock erstarrten

Gesicht, griff ihr an die Brust und schob sie grob gegen die raue Steinwand.

»NEIN!«, fauchte Vilas und mit einem Mal verpuffte die sexuelle Energie komplett. Sofort fielen Ice und ich atemlos gegeneinander.

»Es tut mir leid …«, wisperte er in mein Ohr. Ich tätschelte seinen zitternden Arm, mit dem er immer noch meinen Bauch umfing. Er konnte doch nichts dafür! Sun grinste, nun wieder Herr der Lage, und ließ keineswegs von der jungen, schönen Frau ab.

»Hmmm … jetzt, wo du dein Wort gebrochen hast, sehe ich keinen Sinn darin, mich noch an meins zu halten …« Er schob ihren Rock nach oben, entblößte allen einen perfekten weiblichen Hintern und ich rief: »Wehe, Sun!« Nicht weil ich eifersüchtig war, sondern weil ich wusste, dass sie es, dass sie IHN nicht wollte, so wie ich damals.

Sie wollte diesen Vilas … ich sah es in dem Blick, den sie ihm zuwarf. Er war ihr Held, egal, was er ihr angetan hatte, und egal, was sie sich versuchte einzureden. Sie dachte, sie könnte es verbergen, aber hinter all dem Hass, mit dem sie ihn nun anfunkelte, lag auch jede Menge … Zuneigung. Tiefe Zuneigung.

»Lass sie los, sofort!«, murmelte Vilas jetzt kaum hörbar, dafür aber tödlich.

»Ich denke gar nicht daran!«, erwiderte Sun fröhlich und grinste anzüglich. »Sie duftet viel zu gut und sie hat einen starken Geist … Ich mag das an weiblichen Wesen … nicht so wie du … Du magst sie abgerichtet wie Marionetten, hörig und devot – geistlos. Mit so einem Powerpaket kommst du doch gar nicht klar … Nicht wahr?«, fragte er sie, aber sie zischte nur.

»Lass mich los, du Arschloch!« Sun lachte, und ich ging seufzend zu den beiden. Ice folgte.

Ich legte Sun eine Hand auf den Arm. »Sun …«

»Jetzt nicht!«, knurrte er mir abgelenkt zu, ohne mich anzusehen. Er ließ Vilas nicht aus den Augen.

»Lass sie los …«, forderte ich dennoch sanft. »Sie kann nichts dafür, und was auch immer ihr mit ihr vorhabt, sie ist nützlicher, wenn sie euch freiwillig hilft.« Nein, hier sagte ich nicht UNS, weil ich grundsätzlich nichts davon hielt, wenn kleine Menschlein von üblen Fabelwesen ausgenutzt wurden.

»Wieso nur sie?«, fragte Vilas spöttisch. »Es geht hier nicht nur um sie … sondern um euch beide – zusammen.«

»Hä?«, ertönte von uns unisono. Sun knurrte sofort, doch Vilas lachte nur.

»Ihr denkt immer noch, ihr seid kleine einfache Menschlein, oder? Dabei lebst du so lange hier … Ist dir denn noch nie etwas aufgefallen, Seraphina?« Und sobald mein Name fiel, keuchte die blonde Schönheit in Suns Armen auf.

»Seraphina!«, wisperte sie, und bei der Art, wie ihr die Silben über die Lippen kamen, zog sich etwas in meiner Brust zusammen.

»Du kennst mich?«, fragte ich und wich schockiert zurück, als plötzlich eine Träne über ihre Wange lief und sie mich ansah wie eine Erscheinung.

»Endlich … Ich wusste, dass du lebst …« Mein Herzschlag setzte fast aus.

»Was?« Sie lächelte … nein, sie strahlte … Sun ließ zu, dass sie sich aus seinem Griff wand … und mir dann um den Hals fiel.

»Ich bin's, Josephina! Deine Schwester!«

»Josi!«, wisperte ich atemlos und fühlte, wie mir auch die Tränen in die Augen stiegen.

13.

Josephina

Seraphina war nicht mehr das kleine pummlige Mädchen, das nicht mal einen Schritt machen konnte, ohne in ein Fettnäpfchen zu treten. Stattdessen war aus ihr eine starke, erwachsene Frau geworden, die für das, was sie wollte, einstand. Ein Teil von mir hatte insgeheim geahnt, dass sie meine verschollene Schwester war, aber da ich mir nicht sicher sein konnte und sie Opa mit keiner Silbe erwähnte, hatte ich nicht gewagt, sie darauf anzusprechen … Ursprünglich hatte ich angenommen, sie niemals wiederzusehen, denn die Suche hatte sich schwierig gestaltet. Nur wenige Anhaltspunkte hatten für Hoffnung gesorgt. Wohl auch kein Wunder. Denn wer bitte würde davon ausgehen, dass sie sich in einer anderen Welt aufhielt? Selbst mir wollte das noch nicht so richtig in den Kopf. Deshalb war es umso merkwürdiger, ihr nun beim Abendessen gegenüberzusitzen.

Im Schneidersitz auf dem Boden, mit einem Blatt als Teller, während auf weiteren Blättern seltsame Speisen angerichtet waren. Sie erklärte mir, wie man die Früchte und das Gemüse aß, ohne dabei draufzugehen, worauf ich ihr einen Ist-das-dein-Ernst-Blick zuwarf. Doch sie zuckte nur mit den Schultern und zeigte mir eine Art selbst gebackenes Brot, was richtig köstlich aussah. Aber man musste erst das Innere essen und dann die Kruste, sonst bekam man ganz schlimme Blähungen.

Sie erzählte, dass es sogar sein konnte, dass man fünf Meter in die Höhe schoss, wenn man furzte. Damit spielten liebend gerne heimlich die kleinen Gestaltwandlerkinder. Seraphina erzählte mir auch, dass ich dieses Brot nur ihr zu verdanken hätte. Bis sie zu den Gestaltwandlern gestoßen war, hatten sie überwiegend Fleisch gegessen – roh. Nun nicht mehr … Überhaupt schien sie sich hier richtig wohlzufühlen, zwischen riesigen, primitiven und tödlichen Bestien, entweder in Menschen oder Tierform.

Vor allem wenn sie, so wie jetzt, zwischen Ice und Lava saß … die rothaarige Schönheit gehörte zu dem Anführer, wobei ich mich fragte, wieso sie so freundlich zu mir war. Immerhin hatte ihr Kerl mich vorhin besteigen wollen! Doch sie hatte das Ganze nur grinsend beobachtet, während dieser Sun mich beinahe vergewaltigt hätte. Seraphina war im Nachhinein auch keine große Hilfe, denn sie konnte mir nicht versichern, dass er es nicht getan hätte … was mich heute Nacht nicht ruhig schlafen lassen würde.

Fazit: Das war alles so fern meiner Realität, dass ich überhaupt nicht hinterherkam. Seit ich in dieser Welt war – allein die Tatsache irritierte mich noch immer –, hatten sich die Ereignisse überschlagen, sodass ich mich regelmäßig kneifen musste, um mir sicher zu sein, nicht zu träumen. Der einzige Lichtblick war Seraphina, der ich als einziger hier traute, auch wenn wir so lange getrennt gewesen waren – ganz im Gegensatz zu diesen Wesen –, schließlich war sie mein Fleisch und Blut. Doch da gab es natürlich noch Vilas, der mir irgendwie unter die Haut ging. Dieser saß übrigens etwas weiter weg von mir, natürlich mit dem Esel. Wieso musste er gerade sie mitnehmen? Und nicht Melida oder die, deren Name ich gerade vergessen hatte …

Im Moment störte sie mich nicht wirklich, denn sie visierte mit ihrem funkelnden Diamantenblick ununterbrochen Seraphinas Blondie an und ich konnte förmlich fühlen, wie bei meiner Schwester langsam, aber sicher alle Sicherungen durchbrannten. Der Esel quälte nämlich den armen Mann während des Essens damit, ihn mit ihrer sexuellen Energie zu foltern und somit … seinem Penis keine Ruhe zu gönnen.

Mit einem Mal sprang Seraphina sie an und saß plötzlich auf ihrem Bauch. Sie hielt ihr ein Messer an den Hals, während alle anderen erstarrten … alle außer Sun … der lachte leise, was warm in meinem Bauch widerhallte, und aß ruhig weiter, ohne sie zu beachten. Niemand griff ein. Sogar der Esel rührte sich nicht, während Seraphina ihren Dolch fester gegen ihre Kehle drückte und ihr etwas zumurmelte. Anstatt sich zu wehren, starrte der Esel Seraphina nur aus leicht zusammengekniffenen Augen an, was mich sehr wunderte. Schließlich keuchte sie auf.

»Oh, das ist wirklich interessant …«, murmelte Vilas und legte den Kopf schief. »Es scheint, als wäre sie völlig immun … nicht wahr, Esla?« Der Esel fauchte ihn förmlich an, Seraphina jedoch lächelte eiskalt und stieg von ihr runter.

»Gegen was bin ich immun?«, wandte sie sich an den Feyr und steckte ihren Dolch weg.

»Gegen unsere Verführung …«, meinte Vilas leichthin … und gab mit einem ziemlich brennenden Blick auf ihren langen, drahtigen Körper zu: »Das ist definitiv neu. Könnte etwas … mit unserem letzten Treffen zu tun haben … Wenn ich am Abend im Bett liege, spüre ich dich übrigens manchmal immer noch um mich herum. Denkst du auch ab und zu an mich?« Er klimperte mit den meterlangen Wimpern, für die jedes Beauty-Model getötet hätte.

»Ice, nein.« Mit völlig gelassener Stimme hielt Sun den Dunkelblonden zurück. Der hatte sich nämlich gerade mit gefletschten Reißzähnen auf Vilas stürzen wollen. Unter seiner Haut verschoben sich bereits die ersten Knochen, was ECHT freaky aussah. Er blieb aber in Menschengestalt, wenn auch mit verbissenen Zähnen und auf Vilas liegendem Todesblick. Der lebte echt gefährlich.

Seraphina trat wütend zwischen die beiden, packte Ice an der Hand und zog ihn mit sich. Nicht ohne jedoch dem Esel noch ein Zwinkern zuzuwerfen. Die Fee sah so aus, als würde sie bereits Rachepläne schmieden, und ich verengte die Augen. Dieses Wesen würde uns noch Probleme machen, ich erkannte gewissenlose Schlampen auf zehn Kilometer Entfernung, selbst bei Nebel – in welcher Welt auch immer. Die waren überall gleich.

Vilas und der Esel würden erst mal bei den Gestaltwandlern bleiben … wieso auch immer … Er bestand darauf, da ließ er nicht mit sich diskutieren. Dafür würde er sein immenses Wissen mit Sun teilen, um weiterzukommen … in welcher Sache? Ich hatte keine Ahnung!

Auf jeden Fall hatten sich meine Prioritäten grundlegend geändert. Nun lautete mein Plan nicht mehr, alleine aus dieser Welt zu flüchten, sondern meine kleine Schwester mitzunehmen. Ich war so glücklich, sie gefunden zu haben, stolz auf die starke Frau, die sie geworden war, aber auch traurig wegen der Jahre, die wir nicht miteinander verbracht hatten. Obwohl blutsverwandt, standen wir uns gegenüber wie Fremde. Es tat weh. Aber sie hatte nicht einmal gewusst, dass sie eine Schwester besaß. Seraphina hatte mir während des Essens erzählt, dass Opa niemals über seine Vergangenheit gesprochen hatte. Wieso er hierhergekommen war, würde also für ewig ein Rätsel bleiben.

Auf jeden Fall würde sie nicht hierbleiben wollen. Dessen war ich mir sicher!

Gut, ihre Männer sahen umwerfend aus, aber das Leben hier war alles andere als einfach oder gar luxuriös. Sie würde die Menschenwelt – ihre Welt – lieben. Und ich nahm mir vor, dass wir uns so bald wie möglich aufmachten … Je länger wir hierblieben, umso schlechter.

Vor allem weil ich seinen silberfunkelnden Blick unentwegt auf mir spürte, und das, obwohl sein blöder Esel irgendwann dazu überging, Vilas beige Lederhose aufzuschnüren, mit der Hand hineinzugreifen … und ihm ordentlich einzuheizen. Er redete währenddessen ganz normal mit Sun, dem Einzigen, der sich überhaupt mit ihm unterhielt, und egal, wie sehr sie sich anstrengte, sie brach keinen weiteren Rekord. Ganz im Gegenteil. Irgendwann packte er sogar ihr Handgelenk und zog sie von sich weg, sprach dabei immer noch weiter, als wäre sie nur eine nebensächliche Störung, die es zu beseitigen galt. Leider ertappte ich mich dabei, wie ich in diesem Moment grinste, was ihn auf mich aufmerksam machte, denn er sah zu mir. Er verstummte sofort und legte den Kopf schief.

»Gibt es etwas, was du mir sagen willst, Maeva?« Ich grinste lieblich und lutschte die letzte überdimensionale Brombeere aus, deren Saft köstlich schmeckte.

»Außer, dass ich dich im Schlaf erwürgen werde, nein.« Er lachte und stand dann auf. »Welches Zimmer habe ich? Damit sie auch weiß, wohin sie muss«, fragte er Sun. Der wirkte grimmig und erstach ihn mit Blicken, antwortete aber:

»Zwanzig Schritte auf der rechten Seite.«

»Ich geh jetzt schlafen, kommst du mit?« Er streckte mir seine verdammt schöne, verdammt männliche, verdammt starke Hand entgegen.

»Ich komme nach … muss mir erst noch eine Mordwaffe besorgen.« Ich zwinkerte ihm zu, worauf er nur lauter lachte, dann drehte er sich um, machte einen Satz von einem Hallenende zum anderen, wo sich die Treppe befand, und verschwand. Ich atmete tief durch, doch jetzt, wo er weg war und ich mich wieder auf etwas anderes konzentrieren konnte, fühlte ich den Blick des Esels auf mir, der mir schlimme Dinge androhte.

»Vielleicht geh ich doch gleich schlafen …«, verkündete ich fröhlich und stand auf. Die weibliche Fee wollte hochschießen, aber Sun streckte ruhig seine Hand nach ihr aus und zog sie wieder nach unten. Dabei aß er immer noch …

»Gute Nacht!«, meinte ich, bekam dafür komische Blicke aus allen Ecken und ging nach oben in mein Zimmer. Dort lag ich dann, während die Nacht über die Wände hereinbrach, und konnte kein Auge zumachen.

Was nun? Wie fliehen?

Ich entschied mich, nichts zu überstürzen und erst mal Kraft zu tanken. Meine Reise war bis jetzt der Horror gewesen und ich fühlte mich, als könnte ich mindestens eine Woche durchschlafen. Dieses Bett war das, was meinem alten Dasein am Nächsten kam, und irgendwie tröstlich. Es gab sogar ein Kopfkissen und eine Bettdecke.

Nur eins störte … hier allein zu schlafen. Normalerweise sorgte ich immer für männliche Schlafpartner. Ohne sie fühlte ich mich noch einsamer und benutzte die Decke als Körperersatz, an die ich mich seitlich schmiegte. Morgen würde ich Seraphina fragen, ob es hier so etwas wie Duschen gab … vielleicht sogar Make-up und … eine Nagelfeile … Das wäre himmlisch … Mit diesem Gedanken schlief ich ein. Mit einem Lächeln auf dem Gesicht, denn ich hatte sie tatsächlich gefunden …

14.

Seraphina

Bereits den ganzen Abend über war Ice schweigsam und ich wusste genau wieso. Nichts, was ich hätte sagen können, hätte ihm geholfen. Also blieb ich während des Essens still und auch als wir die Treppen nach oben gingen. In unserem Raum angekommen, der eigentlich nur aus einem riesigen mit unsagbar weichen Fellen bedeckten Bett bestand, hob er mich auf die Arme und legte mich darauf. Mit einem wahnsinnig traurigen Gesichtsausdruck, der mein Herz brach, zog er mir dann das Kleid aus und zischte, als er die blauen Flecken von seinem Überfall vorhin erblickte. Sie bedeckten den Großteil meines Oberkörpers, waren aber besonders an den Rippen, meinen Brüsten und den Hüften sichtbar. Außerdem gab es einige Kratzer an meinem Hals von seinen Zähnen.

»Ice ... das in der Höhle war wirklich nicht so schlimm ...« Ich fing seine Hand ein, die hilflos über die Wunden strich, und küsste seine Fingerknöchel.

»Nicht schlimm ...«, schnaubte er ironisch, ohne mich anzusehen.

»Was hättest du denn tun sollen? Zulassen, dass sich die anderen auf mich stürzen?« Er antwortete nicht, sondern legte seinen Kopf auf meinen Bauch, sein Gesicht von mir abgewandt. Ich strich ihm zärtlich durch die Haare.

»Was ist das?«, fragte er nach einiger Zeit leise.

»Was?«

»Dieses … dieses Gefühl …«

»Welches?«

»Ich fühle mich, als würde ich jeden Moment wahnsinnig werden, weil ich dir das angetan habe, und ich will dich dazu bringen, dass du dich von mir fernhältst. Gleichzeitig geht das nicht, weil ich ohne dich sterben würde.«

»Das ist Reue und Unsicherheit! Beides übrigens sehr menschlich, und denk nicht mal in diese Richtung!« Er reagierte nicht. »Ice!« Ich richtete mich auf und versuchte in sein Gesicht zu sehen, aber er vergrub es an meinem Bauch und atmete dort tief durch.

»Es war noch niemals so stark … Ich wollte dich zerstören, Seraphina … Ficken und dabei zerfleischen, bis nichts mehr übrig bleibt.«

»Dafür hast du dich ja gut gehalten«, scherzte ich, um seine Todesstimmung aufzulockern.

Er schüttelte den Kopf. »Was, wenn sie es noch mal tun? Was, wenn ich dann nicht dabei bin? Was, wenn ich doch dabei bin und es nicht aushalte?«

»Vilas hat Sun geschworen, es nicht noch mal zu tun.«

»Du siehst ja, wie er zu Schwüren steht.«

»Hmmm …« Da musste ich ihm recht geben. »Aber wieso hat es sich nur auf mich ausgewirkt? Und was hat die Fee damit gemeint, ich hätte ihre Verführung geklaut?«

»Das hast du … Elfen verführen mit ihrer Magie, damit sie ihrem Opfer unwiderstehlich erscheinen. Die Verführten platzen fast vor sexuellen Gelüsten nach der Verführerin … und sie kann sie damit völlig in den Wahnsinn treiben oder sie zu allem bringen, was sie will. Unsere ganze Lust hat sich aber auf dich fokussiert – als wärst du eine Fee …« Mit einem Mal richtete Ice sich auf und sah mich an. »Vielleicht solltest du zur Eisebene gehen … Das ist mir nicht geheuer, Seraphina.« Das war die Heimat der Spinnen, die ihre Netze in riesige Eisbäume gesponnen hatten. So hoch am Himmel, dass es dort lauschig warm war. Langsam, aber sicher verging mir das Lachen, trotzdem versuchte ich es weiter …

»Um mir dort den Arsch abzufrieren, ist es das, was du willst?« Ice biss die Zähne aufeinander, seine Augen funkelten warnend.

»Seraphina, das ist kein Spaß!«

»Er wird es nicht noch mal tun, weil er genau weiß, dass Sun dann Josi umbringen würde, noch bevor er richtig hart ist!« Ice zuckte mürrisch mit den Schultern, war noch nicht überzeugt, aber er schwankte, also legte ich nach. »Was riechst du, wenn Vilas Josi ansieht?«

Er dachte nach … »Er riecht genauso wie Sun, wenn er Lava ansieht.«

»Siehst du!« Ice verstand nun gar nichts mehr … Ich versuchte, langsam zu sprechen. In diesen emotionalen Dingen befanden sich die Gestaltwandler auf dem geistigen Stand von vierzehnjährigen, dauergeilen Pubertierenden – zumindest glaubte ich das. »Vilas würde nichts tun, das Josi gefährden könnte. Sie ist ihm unter die Haut gegangen, so wie ich euch beiden unter die Haut gegangen bin. Deswegen ist er auch hierhergekommen … Er will auf sie aufpassen.«

Ice schnaubte abfällig. »Dieses … Wesen … weiß nicht, was es heißt, auf jemanden aufzupassen. Für ihn zählt nur er selbst.«

»Jetzt nicht mehr«, gab ich lapidar zurück. »Und außerdem … war Sun am Anfang bei mir nicht genauso?«

»Nein. Ganz sicher nicht, du hast es nur so aufgefasst. Sun passt auf unser Rudel auf. Immer.« Ich hatte sie lieben gelernt. Seine Ergebenheit Sun gegenüber, weil ich beide Männer liebte und wir beide ein Teil eines großen Ganzen geworden waren – mit Lava zusammen. Ice würde niemals etwas auf Sun kommen lassen. Das wäre ohne diese bedingungslose Ergebenheit nicht möglich. Ice war ein Alpha, nur eben nicht, was Sun betraf. Und in dieser Beziehung, die uns vier verband, musste es immer einen geben, der den Ton angab und einen, der diesem auch folgen konnte. Der sich selbst nicht so wichtig nahm, der sich gerne führen ließ. Lava und Ice hielten sich an uns. Und zwar nur an uns. Niemals würde ich sie verlassen und niemals hätte ich gedacht, dass Ice' Gedanken in diese Richtung gehen könnten. Mir wurde ganz schlecht.

»Du willst doch nicht wirklich, dass ich dich verlasse und in die Eisebene gehe, oder?«, fragte ich leise und Ice zuckte zusammen, als hätte ich ihn geschlagen.

»Nein!« Er hob eine Hand und umfasste meine Wange. »Das ist das Letzte, was ich will. Was ich will, ist für immer mit dir zusammen zu sein, auch wenn ich weiß, dass dies nicht möglich sein wird.«

Ja … weil ich irgendwann alt und zerbrechlich und er immer noch jung und wunderschön sein würde. Er musste nicht altern, wenn er das nicht wollte. Ich hatte ihm verboten zu altern und er war auch mir ergeben. Somit würde er meinen Wünschen folgen – immer. »Denk das niemals, Seraphina.« Er beugte sich vor und küsste mich. Meine Lider glitten automatisch zu und meine Hand in seinen Nacken. Doch er zog sich zurück. »Wenn ich aber merke, dass dir etwas gefährlich wird, werde ich alles tun, um diese Gefahr zu eliminieren, auch wenn sie aus mir selbst besteht.«

Seine Worte lösten in mir einige eiskalte Schauer aus, also versuchte ich sämtliche unliebsamen Gedanken zu verbannen und seine Nähe zu genießen.

Wir hatten keinen Sex, davon hatte ich erst mal genug! Wir lagen einfach Arm in Arm da, ohne ein Auge zuzumachen …

15.

Seraphina

Wir würden in die Drachenebene reisen. In eine Zone weit oben in den Bergen, in der ich noch nie gewesen war. Das störte mich nicht weiter, schließlich war ich in vielen Ebenen noch nicht gewesen, dafür war diese Welt zu riesig.

Dies verkündete mir Sun am nächsten Morgen, sobald wir allein waren …

Er und Lava waren mitten in der Nacht zu uns gestoßen und hatten uns auf ziemlich lüsterne, absolut erotische Weise geweckt, bei der weder Ice noch ich Nein sagen konnten. Obwohl mein ganzer Körper schmerzte …

»Wieso sollten wir zur Drachenebene gehen?«, fragte ich und benutzte die feste Rückenflosse von einem Zackenfisch, um mein Haar zu kämmen. Sun antwortete nicht, lag nur faul und wunderschön auf dem Bauch in den zerwühlten Fellen und sah belustigt dabei zu, wie ich mit meinen wirren, langweilig braunen Locken kämpfte. Ice war mit Lava jagen gegangen, sodass wir allein waren. Wir nutzten die Zeit, denn es gab einiges zu besprechen. Sun wusste Dinge, von denen ich noch keine Ahnung hatte, und starrte mich die ganze Zeit so seltsam an.

»Das werde ich dir nicht sagen. Noch nicht«, antwortete er knallhart, rollte sich auf den Rücken und streckte sich stöhnend. Ich versuchte zu ignorieren, dass er halb steif war.

»Wieso nicht?«

»Weil es noch nicht an der Zeit ist …« Er stöhnte noch mal und strich über seine klar definierten Bauchmuskeln hinab bis zu seinem Schritt … Dort umfing er sich, während sein Tier mich schnurrend lockte.

»Sun!«, murmelte ich und fühlte, wie meine Wangen rot wurden.

»Was?«, fragte er unschuldig und klimperte mit seinen endlos langen Wimpern.

»Hör auf damit!«

»Mit was denn?«

»Mit dieser rolliger-Arschkater-Ablenkung!«, zischte ich und er lachte.

»Kater können nicht rollig sein!« Grinsend schwang er sich auf die Beine und war im nächsten Moment direkt vor mir. Ohne Vorwarnung umfasste er mein Gesicht, beugte sich herab und küsste mich – küsste mich, wie nur Sun es konnte, während seine Energie mich heiß streichelte. »Ich will mehr …«, murmelte er an meinen Lippen und schob mich gegen die Wand. »Jetzt!« Seine Macht, die er irgendwie … zu was auch immer formen konnte, drang wie zwei Finger unverhofft in meinen Körper ein und ich keuchte verzweifelt. Meine Beine gaben fast unter mir nach.

»Du hattest heute Nacht genug!« Mein Protest war nicht so stark wie erhofft, denn er drückte sich bereits wieder hart an meinen Bauch.

»Wann waren wir das letzte Mal nur zu zweit?« Verlockend knabberte er mit seinen gefährlichen Reißzähnen an meinem Hals.

»Vorgestern, Sun.« Ich klang trocken. Juhu!

»Hmmm … Ich kann mich nicht mehr erinnern … Ich glaube, ich brauche eine Auffrischung.« Nun war es an mir, die Augen zu verdrehen und dann zu stöhnen, weil er meinen Hintern packte und mich hochhob.

»Aber nur kurz!«, japste ich und warf meinen Kopf zurück, als er in mich eindrang.

***

Die nächsten Stunden ging ich mit meiner Schwester – es war immer noch komisch, jetzt plötzlich eine richtige, echte Schwester zu haben – zum Fluss. Wir erledigten unser Morgengeschäft und badeten danach in dem angenehm warmen, glasklaren Wasser. Sie genierte sich kein bisschen, entledigte sich vor allen ihrer Kleider und stieg voller Freude in die Fluten. Wenn ich daran dachte, wie ich mich damals wegen meiner Nacktheit angestellt hatte, schmollte ich ein kleines bisschen. Für sie schien es so natürlich wie für die Gestaltwandler, nackt herumzulaufen. Sie erklärte mir, das hätte mit ihrem Beruf zu tun, also dem, womit Menschen ihr Geld verdienten.

Mit viel Geschick fing ich Josi auch einen Zackenfisch, schlug ihn tot und zeigte ihr, wie sie seine Rückenflosse als Kamm benutzte. Dabei versuchte ich Sweet, die auch mit dabei war, auszufragen, wieso wir denn zur Drachenebene gehen sollten. Ich hatte gehört, da gäbe es nichts … gar nichts. Kein Leben und dementsprechend keinen Tod. Einfach nur nichts. Außer einem riesigen schwarzen Vulkan. Sie schwieg beharrlich, während sie faul auf dem Rücken lag und sich sonnte. Natürlich ganz weit weg vom Wasser, denn sie hasste es mittlerweile genauso wie ihre Mutter.

Später, als ich mit meiner Schwester das Mittagessen sammelte, trafen wir Ice, der auch gerade jagte. Josi stieß einen

Todesschrei aus, als plötzlich die riesige Wolfsgestalt mit blutverschmiertem Maul aus dem Gebüsch schoss. Er leckte sich die Schnauze sauber und grinste mich an, ja, das konnte er tatsächlich auch in Tiergestalt, und kam lässig zu uns getrottet. Ich tätschelte seinen schneeweißen, weichen Kopf, der sich auf meiner Brusthöhe befand, und kicherte dann, weil er schnaubend an mir rumschnüffelte, bevor er anfing, mich abzulecken. Am Hals, am Dekolleté, und das mit samtig weicher Zunge. »Ice, hör auf!« Am wuschigen Kragen zog ich meinen Angebeteten in Tiergestalt von mir weg. »Ich hab schon gebadet!«

Er schnaubte und verwandelte sich, womit er kurz darauf das erste Mal in all seiner ziemlich denkwürdigen Pracht vor meiner Schwester stand und sie knallrot wurde. Ich nutzte die Gelegenheit, als wir gemeinsam zurück zur Höhle gingen, um auch ihn auszufragen, doch er sagte kein Wort! Keiner offenbarte etwas, wenn Sun das so befohlen hatte. Das machte mich nach wie vor unsagbar sauer!

»Das ist nicht dein Ernst, Ice! Wenn ich dorthin mitgehen soll, dann will ich auch wissen, wieso!«

»Er will es dir erst sagen, wenn er sich sicher ist.«

»BOAH, ICE!«, schrie ich und verschränkte meine Arme vor der Brust. »Gut! Solange ich nicht weiß, warum wir dort hingehen, gehe ich auch nicht mit!« Er schnaufte erschöpft und strich sich durch die Haare.

»Seraphina, bitte ... du weißt, wie es endet, wenn du rebellierst ...«

»Lass mich in Ruhe, Hündchen! Renn lieber zu deinem Meister!« Ice knurrte mich an, sodass Josi von ihm abrückte; ich jedoch ignorierte ihn nur. Wütend drehte er sich um und verschwand im dichten knallbunten Dschungel.

Bereits im Sprung begann er, sich zu verwandeln. Jetzt war er sauer, aber ich auch!

Sobald wir alleine waren, fragte mich Josi mit großen Augen: »Sag mal … sind alle Gestaltwandler so monströs bestückt wie deine?«

»NEIN!«, antwortete ich murrend.

***

Wie erwartet wurde ich sofort von einer der persönlichen Wachen von Sun abgefangen, sobald ich die Höhle betrat, und zu seinem Felsen beordert. Ice hatte also gepetzt. Na schön!

Sun lag träge rücklings auf seinem Plateau und nutzte Lavas Bauch mit dem flauschigen roten Fell als Kopfkissen. In ihrer Pumaform badete sie ihn gerade. Mit festen Zungenstreichen schrubbte sie immer wieder über seinen Kopf – was Sun mehr als widerwillig über sich ergehen ließ, während er die Beine weit von sich gestreckt und die Hände auf dem flachen Bauch verschränkt hatte. Irgendwann wurde es ihm zu viel und er drehte sich zu ihr um. »Ich bin doch schon sauber!«

Sie hob nur ihre Lefzen, zeigte ihm kurz ihre wunderschönen Reißzähne und er legte sich murrend wieder in Putzpose. Die beiden waren so unsagbar süß zusammen! Fire hüpfte währenddessen um sie herum, spielte Davonlaufen-vor-der-Kindergärtner-Löwin und rannte fast in mich, als ich die Stufen hochging. Ich fing ihn auf, bevor er stürzen konnte, und schwang ihn in die Luft. Ich liebte sein Jauchzen und wie sich sein kleiner kompakter Körper anfühlte, sobald ich ihn an mich drückte. Dabei klammerte er sich vertrauensvoll an mir fest und ich strich mit meiner Nase über seine – das liebte er auch, es war irgendwann eine geheime Geste zwischen uns beiden geworden.

»Sei brav«, murmelte ich ihm zu, bevor ich den goldigen Sun-

Verschnitt weitersausen ließ. Er war schon so groß – wie doch die Zeit verging … Aber das wehmütige Lächeln verschwand, als ich die Stufen nach oben stapfte und direkt über dem Bauch des Arschkaters breitbeinig und mit verschränkten Armen stehen blieb. Das bisschen, was er dabei unter meinem engen Rock sah, kannte er sowieso in- und auswendig.

»Was?«, keifte ich und er blickte grinsend zu mir hoch, jedoch wie erwartet nicht etwa in meine Augen oder so. »Musst du Ice so quälen?«

»Das geht dich gar nichts an!«

»Das tut es wohl.«

»Tut es nicht!« Er verdrehte die Augen, doch gleichzeitig spürte ich seine Energie, die sich um uns herum verdichtete und drohend meine Beine hochkroch. Seine ohnehin kaum vorhandene Geduld war eindeutig erschöpft. Lava warf mir, obwohl in Pumaform, warnende Blicke zu und schüttelte den Kopf. Sie gab mir damit zu verstehen, dass ich aufhören sollte, ihn zu reizen, aber wann hörte ich jemals damit auf? Auch noch, wo es gerade erst anfing, Spaß zu machen!

»Du wirst mitkommen. Freiwillig oder nicht«, stellte Sun knapp klar.

»Ach? Du willst mich schon wieder zu irgendwas zwingen? Ich dachte, die Sache mit der Freiheit hätten wir schon vor Jahren geklärt? Außerdem kannst du mich nicht mehr beherrschen! Versuch es und ich hetze dir meine Spinnen auf den Hals!« Ich hatte die Schnauze voll! Bei dieser Drohung wandelte sich sein gesamter Ausdruck, genauso wie seine Körpersprache. Seine Muskeln verhärteten sich, wie auch seine Mimik, bevor er langsam aufstand und sich vor mir aufbaute, um zu hauchen: »Ich werde sie zerfleischen, eine nach der anderen, und … deine Schwester da drüben …« Er nickte in ihre Richtung.

Sie war unsicher am Höhleneingang stehen geblieben und sah jetzt mit verengten Augen zu uns. »… hebe ich mir bis zum Schluss auf.«

»Das würdest du nie tun!«

»Willst du mich erneut herausfordern, Menschenmädchen?«

»Ja! Das will ich!«

»Du hast da nur eine Sache nicht bedacht …«, wisperte er in mein Gesicht und strich mir eine Strähne hinters Ohr. Ich schlug seine Finger weg. »Ice. Gehört. Mir. Er wird alles stehen und liegen lassen, wenn ich es ihm befehle und DU bist Vergangenheit. Ich kann dich einfach aus seinem Kopf streichen, wenn ich das will. Oder ihm gar befehlen, dich zu hassen …« Allein bei diesem Gedanken traten mir vor Verzweiflung die Tränen in die Augen … denn das war eine meiner größten Ängste. Ice zu verlieren. Und eine sehr realistische Drohung, die Sun ohne mit der Wimper zu zucken wahr machen würde. Er war ihr Herrscher und die Gestaltwandler ihm absolut hörig. »Seraphina, vergiss nie: Euer Bund hängt von meinem Wohlwollen ab. Immer.«

Ja, Sun liebte mich zwar, aber wer hätte jemals behauptet, Liebe wäre gerecht? Er liebte mich auf seine eigene, animalische Art, aber vor allem liebte er seine Macht. Mir wehzutun, um seinen Willen durchzusetzen, war für ihn noch nie ein Problem gewesen. »Ich weiß genau, wie es in dir aussieht. Ich BIN ein Teil von dir geworden. Ein Teil meines Tieres hat von dir Besitz ergriffen und ich erkenne meinesgleichen mit einem Blick. Ich weiß, dass du in deinem Inneren eine geborene Herrscherin bist. Du hast sie in dir. Die Kraft und das Wissen, aber auch die Güte und den Mut. Ich habe es bereits bei unserer ersten Begegnung gewusst, als ich unter dir im Laub lag … Also überlege gut und entscheide weise, welche Schlacht du gewinnen kannst und wem du unterlegen bist«, säuselte er schleimig und sein Panther strich schnurrend durch mein Innerstes.

»Ich hätte niemals gedacht, dass ich das sagen würde: Aber so sehr, wie gerade eben, habe ich dich noch nie gehasst.« Mit diesen Worten drehte ich mich um und ließ ihn stehen. Sun war für mich gestorben.

***

Wir sammelten uns alle am übernächsten Morgen bei Dämmerung vor dem Höhleneingang. Von den Gestaltwandlern würden Sun und Ice genauso wie acht Wölfe aus dem Rudel mitgehen. Die Spinnen waren ja sowieso immer irgendwo in meiner Nähe – unzählig. Dann noch Brüno der Bär, ein Gestaltwandler, der erst letztes Jahr zu uns gestoßen und für den ich sehr dankbar war. Denn auf ihm konnte ich reiten! Endlich! Und musste daher nicht mehr jede Strecke zu Fuß zurücklegen. Außerdem schlief er wenigstens nicht die ganze Zeit wie unser alter Bär und man konnte sich gut mit dem etwas rundlichen Mann unterhalten. Dann waren da noch meine Schwester, Vilas und sein blondes Feenweib, das eindeutig ein Auge auf Ice geworfen hatte. Auf Ice, der immer noch ziemlich sauer und die letzten zwei Nächte nicht in unser Bett gekommen war.

Es tat weh … ich wusste zwar, dass er mit keiner anderen Sex hatte – das war die entscheidende Bedingung für mich gewesen, um mich damals überhaupt auf ihn einzulassen –, doch trotzdem suchten mich in der Hinsicht oft Zweifel heim. Die Gestaltwandler lebten normalerweise nie monogam. Alles andere als das!

Mit eiskalten Berührungen hob er mich auf Brüno und verwandelte sich dann sofort, genauso wie alle anderen Gestaltwandler.

Wahrscheinlich um der Feen-Verführung nicht mehr zu erliegen, denn als Tiere konnten sie sich dagegen besser wehren.

»Komm zu mir hoch!«, bot ich meiner Schwester an und klopfte einladend auf Brünos Hintern, sodass es staubte. Dieser sah mich mit einem ziemlich mörderischen Blick über seine Schulter an. Entschuldigend lächelte ich und tätschelte ihn. Vilas, der ein riesiges Urpferd ritt, lachte nur und drängte Brüno mit dem stattlichen und tödlichen rosenroten Hengst zur Seite. »Sie reitet mit mir!«

»Das tue ich sicher nicht!«, stellte Josi klar, umrundete das Urpferd und ergriff meine Hand. Vilas Gesicht hätte nicht dämlicher aussehen können, als sie es sich hinter mir gemütlich machte. Er war es eindeutig nicht gewohnt, wenn jemand seine Befehle nicht befolgte. Hier hätte locker noch eine Person Platz gehabt und unter uns war es flauschig warm und weich. Perfekt.

Der Trupp setzte sich in Bewegung und ich winkte noch den Baumnymphen zu, die ich mittlerweile als wirklich gute Nachbarn ins Herz geschlossen hatte. Sie halfen mir immer mal mit Rosenstaub aus, den man zum Süßen benutzte und der nur sehr schwer zu bekommen war.

So lange hatte ich den Dschungel, meine Heimat, nicht verlassen, dass jetzt tatsächlich meine Hände schwitzig wurden. Wir mussten durch zwei Zonen, um in das Drachenland zu gelangen, und was dann? Keine Ahnung!

Das gelbhaarige Gift gesellte sich auf ihrem quietschgelben Urpferd zu Sun und Ice, woraufhin ich die Augen verengte. Sie sollte es nicht wagen, tat es aber trotzdem, also bat ich Brüno, ein bisschen schneller zu gehen und sich zwischen sie und Ice zu zwängen. Brüno tat es gemächlich trottend. Sein Näherkommen sorgte bereits dafür, dass der Hengst aufgeregt tänzelte und aggressiv schnaubte, letztendlich aber zurückwich und sich hinter uns einreihen musste. Und so ritt ich zwischen dem schwarzen Panther und dem weißen Wolf mit meiner Schwester hinter mir einer ungewissen Zukunft entgegen. Doch ich ahnte, dass sie etwas mit meiner Vergangenheit zu tun hatte.

16.

Josephina

Dieser Dschungel war echt nicht zu unterschätzen. Bäume schlugen plötzlich aus, wenn man ihnen auf die Wurzel trat, und in den erfrischenden Gewässern lauerten kleine, tödliche Wassermänner wie Piranhas. Ich war unendlich froh, dass ich Seraphina dabeihatte. Sie kannte sich hier ziemlich gut aus und verstand dennoch meine menschlichen Bedürfnisse. Opa hatte ihr ALLES über diese Welt erzählt ... woraufhin ich mich fragte, ob er schon öfter hier gewesen war, noch bevor er sich vielleicht sogar dazu entschlossen hatte, für immer mit ihr hierherzukommen. Doch als ich ihr meine Vermutung mitteilte, konnte sie diese weder bestätigen noch entkräften. Sie hatte also genauso wenig Ahnung wie ich. Die schaukelnden Bewegungen des Bären wiegten mich irgendwann in einen unruhigen Schlaf. Wirre Träume störten mein Unterbewusstsein.

Träume davon, wie Vilas in mein Zimmer in der Gestaltwandlerhöhle schlich ... und plötzlich dunkel über mir aufragte. Träume davon, dass es zwischen meinen Beinen brannte, sobald er mir so nah war und mir zuflüsterte: »Ich kann nicht mehr widerstehen«, bevor er sich mit einem Mal über mich beugte und mich küsste. Sanft ... langsam ... und betörend. Dabei legte sich seine Hand um meinen Kiefer und sein Knie drängte meine Beine auseinander.

Die Lust nahm sofort zu, übermannte mich genau genommen völlig. Ich krallte mich in seine feinen, seidigen Haare und zog ihn mit einem Stöhnen über mich. Genoss es, dass ich mich an seinem harten Schwanz reiben konnte. Endlich! Er war so sexy! So lange hatte ich bereits keinen Sex mehr gehabt und er war wandelnder Sex auf zwei Beinen. Auch ich konnte ihm nicht mehr widerstehen.

Meine Finger waren geschickt, als sie die Schnüre seiner Hose öffneten, mein Keuchen verwundert, als ich ihn umfasste. Er war so groß, so bereit, so verführerisch. Sein Grinsen dreckig, als er sich schamlos in meiner Hand bewegte ... ohne mich aus den Augen zu lassen, ehe er sie von sich löste, über meinem Kopf festhielt und ... sich mit einem Stoß in mich schob. Ich kam auf der Stelle ...

Und wachte an Seraphina gekuschelt laut stöhnend auf.

OH KÖTEL! Verwirrt wich ich vor ihr zurück, während sie mich nur auslachte und ich mich verschlafen umsah.

»Ist etwas, Maeva?« Vilas stand neben mir, berührte mein Bein und die Stelle kribbelte verdächtig. Als er mich einfach an der Hüfte packte und mich von dem Tier herunterhob, kribbelte mein gesamter Körper. Obwohl ich gerade in meinem Traum einen echten Orgasmus gehabt hatte, stöhnte ich laut, sobald er mich berührte. Ich war so verwirrt, dass ich gegen ihn sank. Mein Geist war völlig umnebelt; ich spürte noch seine Lippen auf meinen und seinen Schwanz in mir ... bevor ich mit einem Mal völlig klar im Kopf wurde und mich abrupt von ihm stieß.

»Ich muss mal!«, teilte ich Seraphina mit und flüchtete ins nächste Gebüsch – vor allem vor ihm. Ich hörte sie noch verwirrt fragen, was ich denn müsse, da war ich schon hinter dicken Bäumen verschwunden und lehnte mich dort dagegen, um tief durchzuatmen.

Der Traum hatte mich völlig überrumpelt, besonders weil er so intensiv gewesen war …

Meine Beine waren immer noch so weich, dass ich an dem Baum hinabrutschte, die Ellbogen auf die Knie stützte und mir die Haare raufte. Kötel … danach sehnte ich mich also unterbewusst? Tatsächlich? Oder war es vielleicht eine seiner Manipulationen gewesen? Wenn er mich im wachen Zustand in Trance versetzen konnte, gelang ihm das, wenn ich schlief, sicher noch besser. Vielleicht hatte er mich deswegen berührt, um mir so diese Bilder zu schicken? Wieso bemühte er sich überhaupt? Es war doch klar, dass ich für ihn ein Mittel zum Zweck und nichts weiter war! In dieser schwarzen Wüste hätte er mich einfach abgestochen!

»Das hätte ich nicht.« Ich schrie auf, als seine kühle Stimme neben mir erklang. Mir war völlig entgangen, dass er sich mir genähert hatte und sich nun vor mir im satten Gras niederließ. Eindeutig konnte er meine Gedanken lesen!

»Hättest du wohl!« Er verzog das Gesicht und stützte sich hinter sich auf seinen Armen ab, die Beine aufgestellt und breit. Dann legte er den Kopf schief.

»Wenn du das denken willst, nur zu. Ich kann es nicht ändern. Aber ich werde nicht zulassen, dass du mich hasst.« Und plötzlich griff er in sein Haar und riss sich ein einziges seiner nun silbernen Haare aus. Es funkelte im Licht des Mondes wie ein Diamantfaden. Er reichte es mir.

»HÄ?«

»Das ist ein Wunsch«, murmelte er verhalten, ohne mich anzusehen, und ich nahm ihm das Haar sofort aus den Fingern. »Dieses Haar wird dir alles erfüllen, was du dir wünschst. Du musst es dafür nur zerreißen.« OH mein GOTT! Er schenkte mir eine Karte für den Weg zurück nach Hause!

Das konnte doch nicht sein? Wieso tat er das?

»Wieso tust du das?«

»Weil … ich nicht das Monster bin, das du in mir siehst.«

»Aber … aber … kann ich mir damit wünschen, nach Hause zu kommen?« Er nickte knapp und ließ mich nicht aus dem angespannten Blick, so als hätte er Angst, ich würde es auf der Stelle tun und mich vor seinen Augen auflösen.

»Kann ich meine Schwester mitnehmen?« Wieder nickte er.

»Gibt es irgendwelche Bedingungen? Wachsen mir grüne Warzen, wenn ich den Wunsch nutze, oder sonst etwas?« Er schüttelte den Kopf.

»Schwöre!«

»Ich schwöre.«

»Wieso nutzt du diese Wünsche nicht selbst?«

»Ein Feyr kann keine Feyr-Wünsche für sich selbst nutzen.«

Ich sah das funkelnde dünne Ding an wie die Erleuchtung persönlich und drückte es schließlich an mein Herz. »Danke!« Strahlend schloss ich die Lider. Nun würde ich aus diesem Albtraum rauskommen! Endlich!

»Bevor du diesen Wunsch nutzt, möchte ich dir noch etwas sagen …« Sofort verdüsterte sich meine Stimmung und ich sah ihn aus verengten Augen an. War ja klar …

»Was?«, zischte ich knapp.

»Den wahren Grund dafür, dass ich dich hierher geholt habe …« Oh wow … Er fuhr harte Geschütze auf, doch er würde mich niemals dazu bringen, diesen Ort nicht zu verlassen, jetzt wo ich konnte!

Sein Blick war in den dichten Dschungel gerichtet, als er begann, sanft zu erzählen. »Vor ein paar Monaten … blickte ich in die Quelle und sie zeigte mir die Zukunft dieser Welt.

Ich sah einen grausamen Krieg … einen Krieg, den niemand überleben wird … zumindest die meisten nicht. Eindringlinge werden uns töten, durch eine Macht, der wir nicht gewachsen sind, bis ein explodierender Pilz die restlichen Überlebenden eliminiert. Sein schwarzer Rauch wird die komplette Welt verdunkeln und das Sonnenlicht fernhalten, was einen jahrelangen Winter zur Folge hat, so stark, wie er nicht mal in der Eis- und Schneeebene existiert. Anders kann ich es nicht beschreiben … Ich begann, in den alten Feyr-Büchern zu forschen. Irgendwas musste es doch geben, das die Eindringlinge aufhalten kann. Ich fand nichts … bis ich mich eines Abends mit meinen Brüdern traf. Sie erzählten mir, es gäbe hier ein Menschenmädchen, das heilende Fähigkeiten besaß … Und ich wurde stutzig. Denn heilende Fähigkeiten hat normalerweise NIEMAND … Sie meinten weiter, ich solle die Quelle erneut aufsuchen, wenn die zwei Monde genau in einer Linie standen und dann noch einmal hineinsehen, was ich tat. Und ich sah dich und deine Schwester.«

Er fesselte mich wieder mit seinem Blick, ich konnte nicht atmen … »Und?«, bohrte ich weiter. Humorlos grinste er mich an.

»Ich forschte weiter …«

»Was hast du herausgefunden?«

»Dass ihr beide die mächtigsten Wesen dieses Universums seid.«

»WAS?«

»Ruhig!« Mit einem Mal saß er direkt vor mir und hielt mir den Mund zu. Seine Augen funkelten unsagbar – fast ehrfurchtsvoll. »Uns darf keiner hören … zumindest ab jetzt …« Und dann beugte er sich vor und flüsterte in mein Ohr: »Ihr tragt das Blut des Drachen in euch. Des einzigen Drachen, den es in diesem Universum je gab. Er wurde in einem anderen Krieg versteinert … und jeder dachte, sein Blut wäre mit ihm gestorben. Ist es aber nicht. Denn es gab eine Zeit, als er in Verbannung lebte. Als Mensch … und er zeugte unzählige Kinder in eurer Welt. Über Generationen hinweg wurde das Blut weitergegeben. Eure Mutter hatte dieses Blut in sich. Es wurde immer schwächer, sodass sich seine Nachfahren irgendwann nicht mehr verwandeln konnten, aber es hat immer noch heilende Kräfte … und es könnte selbst ihn wieder zum Leben erwecken.«

Ich musste lachen, aber es ging nicht anders … »Du denkst doch wohl nicht wirklich, dass ich dir diese abgedrehte Geschichte abkaufe!« Er wich zurück und funkelte mich alles andere als freundlich an.

»Kaufen?«

»Ich glaube dir diese Geschichte nicht!«

»Das ist keine Geschichte … deine Schwester *hat* heilende Fähigkeiten.«

»Das glaube ich auch nicht!«

»Frag sie.« Darauf erhob er sich in einer geschmeidigen Bewegung. Sanft sah er auf mich herab … das war ungewohnt, nichts von seiner Arroganz, die ihn sonst bei jedem Schritt umgab, war noch übrig … »Mir ist klar, dass du denkst, diese Welt und ihre Bewohner verachten zu müssen, weil sie anders sind und weil du sie nicht verstehst. Nicht alles Schlechte ist nur schlecht und nicht alles Gute nur gut. Auch nicht eine Welt.« Damit drehte er sich um und marschierte davon, ließ mich mit meinem Wunsch allein … Der Mistkerl!

***

»Seraphina …«

»Hm?« Sie saß am Lagerfeuer und starrte blicklos in die Flammen. Dies war der erste Moment, in dem ich mit ihr alleine sprechen konnte, seitdem Vilas mir diesen Wahnsinn erzählt hatte. Sie wirkte traurig und müde, aber sie lächelte mich an, als ich mich zu ihr auf den riesigen weichen Pilz setzte, der perfekt als Stuhl diente.

»Was ist los?«, fragte ich sie leise und schaute auch in die züngelnden, wärmenden Flammen. Wir hatten gut gegessen, ich war schläfrig und träge … trotzdem konnte ich es nicht erwarten, endlich aufzubrechen. Keine Minute länger wollte ich hier in seiner Nähe bleiben!

»Ach … Probleme mit Ice … und Sun …« Sie winkte ab und wollte sich nichts anmerken lassen. Doch sie wirkte völlig verloren und verunsichert. Um sie zu trösten, legte ich ihr einen Arm um die Schulter.

»Bist du glücklich hier?« Meine kleine Schwester sah mich mit ihren wunderschönen Augen fragend an, bevor sie ihre Stirn runzelte und ihren Kopf an mich lehnte, während ich meine Wange auf ihr Haar bettete. Irgendwie war es völlig natürlich, sie in den Armen zu halten und ihr Kraft zu spenden. Vielleicht erinnerte sich mein Unterbewusstsein noch aus Kindheitstagen daran.

»Na ja … ich denke mal … wirklich glücklich ist man selten … Oder man verpasst zumindest, es zu merken, weil man ständig dem hinterherjagt, was man nicht hat«, antwortete sie ausweichend.

»Okay. Dann stelle ich meine Frage anders. Würdest du gerne wieder in die Menschenwelt zurückkehren?«

Sie versteifte sich, bevor sie von mir wegrutschte. »Wieso?«

Ich lächelte verschwörerisch und beugte mich zu ihr, um ihr

ins Ohr zu flüstern: »Ich habe einen Wunsch von einer Fee frei, die wir beide sehr gut kennen … und der kann uns geradewegs nach Hause bringen.«

»Nach Hause …«, wiederholte sie leise und blickte nachdenklich in die Flammen. Sie zögerte! Tatsächlich! Doch dann kam dieser dämliche Ice aus dem Wald mit einem riesigen schuppigen Vieh über den breiten Schultern und warf es vor uns auf den Boden.

»Ist das ein Biberfisch?«, fragte Seraphina sofort aufgeregt und er grinste schief, bevor er nickte und die Arme vor der breiten Brust verschränkte. Sie klatschte in die Hände. »Ich dachte, ich würde nie wieder einen essen. Oh Josi, die sind köstlich und sooo schwer zu fangen! Es braucht Stunden und viel Geduld, gelegentlich auch Überredungskünste … manchen Fischen muss man sogar etwas vorsingen, um sie anzulocken. Das ist so süß von Ice! Aber so ist er eben. Er tut alles für mich …« Mit einem Mal verdunkelte sich ihr Gesicht und das Lächeln verschwand von ihren Lippen, bevor sie abweisend »Danke …« murmelte. Dann verschränkte auch sie die Arme vor der Brust und sah demonstrativ mit erhobenem Kinn von ihm weg.

Er verdrehte lediglich die Augen. »Ich suche noch Beeren, damit kannst du ihn füllen«, informierte er uns noch, ehe er sich zum Gehen wandte. Lautlos verschwand er im Gebüsch und sie seufzte schwer, bevor sie sich straffte und sprach, ohne mich anzuschauen.

»Es gab eine Zeit, da hätte ich mir beide Hände abgehackt, um in die Menschenwelt zu kommen. Zeiten, da habe ich sie alle verachtet und nur Bestien in ihnen gesehen … aber jetzt, Josi … jetzt sind sie meine Familie. Vielleicht … würde ich dennoch gehen … wenn es Ice nicht gäbe … Ich kann und werde ihn nicht mehr verlassen.«

WOW! WAS?

»Was?« Empört sprang ich auf die Beine. Das konnte sie nicht ernst meinen! »PAPA ist dort in der Menschenwelt und wartet auf uns! ER ist deine Familie und er hat dich jeden Tag gesucht! Er hat ALLES dafür getan, um dich zu finden!«

Sie schüttelte den Kopf und schloss die Lider. »Es tut mir leid, Josi … wirklich … aber nichts wird mich jemals von Ice trennen. Nicht einmal er.« Langsam stand sie auf und nahm meine Hände in ihre. Sie waren rau im Gegensatz zu meinen und ihre Augen schwammen in Tränen, als sie mich ansah.

»Jospehina, benutze diesen Wunsch für dich selbst. Kehre zurück in die Welt, die du liebst, und berichte ihm, dass es mir gut geht. Dass ich geliebt werde und dass ich frei bin und dass ich ein Leben führe, das ich nicht aufgeben will. Ja, natürlich habe ich Probleme und Kummer. Aber das gehört dazu – wo auch immer. Küsse ihn von mir und sag ihm … wie dankbar ich bin, dass er so lange nach mir gesucht hat, dass er mich nicht aufgegeben hat, und sage ihm auch, dass er jetzt damit aufhören und seinen Frieden finden soll. Tust du das für mich?«

Auch meine Augen füllten sich mit Tränen und ich umklammerte ihre Finger fester. »Nein! Das werde ich nicht tun! Ich lasse dich hier nicht zurück!«

Sie lächelte matt und hob eine Hand, um mir durch die Haare zu streichen. »Du musst, große Schwester, du bist zu zart und zerbrechlich für diese Welt.«

»Ich bin nicht zart!« Na gut … im Gegensatz zu meiner kleinen Schwester vielleicht schon. Tagtäglich musste sie hier ums blanke Überleben kämpfen, während ich jahrelang aus vollen Zügen meine Unbedarftheit hatte genießen können.

»Doch, das bist du.« Okay! Dann eben anders!

»Vilas denkt, wir haben irgendein Drachenblut in uns! Dass

wir Drachenschwestern oder so was sind!«, platzte es aus mir und … Seraphina lachte aus vollem Halse.

»Ganz sicher nicht … ich bin ein ganz normaler Mensch und du auch!«

»Seraphina … hast du heilende Fähigkeiten?« Sofort wurde sie bleich … Es war deutlich zu erkennen, obwohl sie nur von dem blauen Feuer und den zwei Monden erhellt wurde. Kein gutes Zeichen … Sie ließ meine Finger los, als hätte sie sich verbrannt, schüttelte den Kopf und wich zurück. Nun fühlte ich, wie auch mir das Blut aus den Wangen wich. »Du HAST solche Fähigkeiten?«

»Ja … also nein … also … ja, irgendwie … aber ich kann es nicht kontrollieren … Was hat Vilas noch gesagt, weiß Sun davon? Und Ice?« Ihre Augen waren riesig und verzweifelt und ihre Hände zitterten mit einem Mal, als ich sie wieder umfing.

»Das weiß ich nicht … ich weiß nur, dass Vilas gesehen hat, dass wir … ähm Drachenblut in uns haben und dass wir wahrscheinlich … irgendeinen Drachen zum Leben erwecken können, der einmal diese Welt in einem großen Krieg retten wird.«

Sie wirbelte herum und brüllte aus vollem Halse. »SUUUUUUUUUN!«

Die Hände zu Fäusten geballt und die Lippen aufeinandergepresst stand sie dann da und starrte in die Dunkelheit … Als würde er jemals ihrem Ruf folgen … doch … ein paar Minuten später erschien der schwarze Panther und trottete genau aus der Richtung, in die sie blickte, gemächlich näher.

»Hast du gehört, was wir gerade besprochen haben?« Ihre Stimme klang tödlich. Diese Tonlage kannte ich von ihr überhaupt nicht und mein Respekt vor ihr wuchs immer weiter …

Sun nickte kurz. »Weißt du davon, was Vilas Josi erzählt hat?« Er nickte erneut! Seraphina begann am ganzen Körper zu beben, und ehrlich … obwohl sie meine kleine Schwester war, hatte sie im Moment etwas wahnsinnig Angst einflößendes an sich. Ich an Suns Stelle wäre nun besser gelaufen, doch er verdrehte lediglich die orangefarbenen Pantheraugen.

»Weiß Ice auch davon?« Sie bekam kaum die Zähne auseinander und Sun nickte wieder … Das war der Moment, in dem sie total erstarrte. Während sie ihn fast schon … verloren ansah, schluckte sie hart.

»Stimmt das? Bin ich kein Mensch?« Noch mal bejahte er stumm und es legte sich eine angespannte Stille über die Szenerie. Entschlossen straffte sie die Schultern, kam auf mich zu … und … nahm meine Hand. Sie verschränkte unsere Finger und sah Sun eiskalt in die Augen.

»Ich habe hier bei diesen Lügnern nichts mehr zu suchen, Josi … benutze deinen Wunsch!« Mein Atem stockte in meiner Kehle. »Los!«, wisperte sie mir zu, während sie Sun nicht aus den Augen ließ, der bei diesen Worten sofort anfing, sich zu verwandeln. Wild griff ich in meinen BH, denn ich wusste, jetzt musste es schnell gehen. Dort hatte ich Vilas' Haar verstaut. Ich ignorierte dabei den Stich in meiner Brust, wenn ich daran dachte, dass ich ihn nie wiedersehen würde, und fluchte leise, weil ich es nicht sofort fand.

»Beeil dich!«, wisperte mir Seraphina zu und befahl dann ihren Spinnen: »Lasst ihn nicht zu uns!«, als Sun in seiner menschlichen Form mit erhobenen Händen auf uns zukam.

»Serpahina, was wird das?«

»Ich verlasse euch!«, spie sie ihm entgegen, während ihr die Tränen überliefen. Ich packte ihre Hand fester und suchte wilder.

»Hör mir zu! Ich wollte dir keine falschen Flausen in den

Kopf setzen! Ich wollte erst mit dir darüber reden, wenn wir sicher wären, dass es stimmt!«

»Wie lange ahnst du schon, dass ich nur zum Teil menschlich bin?!«, fragte sie nur eiskalt. In der Zwischenzeit hatte ich das Haar gefunden und wollte es gerade zerreißen, da hielt sie meine Hand auf. »Wie lange, Sun?« Er verzog das Gesicht, bevor er sich durch die raspelkurzen schwarzen Haare strich und unwillig knurrte.

»Seitdem du mich bei der Jagd auf dich das erste Mal geheilt hast.«

Sie presste die Lippen aufeinander, ließ ihn nicht aus den Augen und murmelte mir zu: »Jetzt. Hier gibt es nichts mehr, was mich hält!«

»Ich will mit meiner Schwester zurück in die Menschenwelt!«, murmelte ich leise, nahm das Haar und wollte es gerade zerreißen, da wurde es mir aus den Fingern gerupft … von Vilas, der mit einem Mal vor uns stand. Wunderschön grinsend und absolut bösartig.

»Zu spät, Maeva … Zu spät …« Er packte Seraphina und mich an den Oberarmen und dann … wurde alles schwarz.

17.

Es war so unsagbar heiß, dass ich nicht atmen konnte, sobald ich mit einem heftigen Gefühl der Übelkeit auf den Boden krachte. Kurz darauf kam Seraphina neben mir auf dem dunklen schwarzen Stein auf, der irgendwie … schuppig aussah. Wo zum Teufel waren wir plötzlich?

»Josi …«, keuchte sie, robbte zu mir und nahm meine Hand. Wir schauten uns in die Augen … und dann zur Seite – wo sich ein riesiger Abgrund vor uns auftat. Rauch und Dampf stiegen von dort nach oben und verursachten diese unbändige Hitze. Die Luft flirrte und erschwerte uns das Atmen. Selbst der Himmel schien zu brennen, denn er war mit blutroten Schlieren überzogen, die sich trotz der Nacht kräftig hervorhoben. Vorsichtig richteten wir uns auf und … bemerkten, dass wir auf einem Vulkan gelandet waren.

»Das lief besser als erwartet.«

Über uns stand ein ziemlich angespannter Vilas. Er starrte Seraphina mit einem Ausdruck an, der mir eine Gänsehaut bescherte, bevor er unverhofft direkt über ihr auftauchte, und sie am Hals auf die Beine zerrte.

»Lass mich los!«, schrie sie grell und zog ihren Dolch. Doch er entwand ihn mit einer geschmeidigen Bewegung ihren Fingern, streckte seinen Arm aus und ließ ihn in den lodernden Abgrund zu seiner Linken fallen. Sie kämpfte weiter, indem sie nach ihm trat, aber er hob sie auch schon mit bloßer Kraft nach oben … direkt über den brodelnden Vulkan.

»NEIN!«, rief ich, rappelte mich auf, hustete, weil der dichte Rauch sich in meinen Lungen einnistete, und fiel wieder in mich zusammen. Seraphina röchelte, krallte sich in seinen Unterarm, auf dem die Symbole so stark glühten wie noch niemals zuvor, und versuchte irgendwie Luft zu bekommen.

»Flieg«, murmelte er emotionslos. Dann öffnete er die Hand und … ließ sie fallen.

Mein eigener Schrei dröhnte laut in meinen Ohren und vermischte sich mit dem meiner Schwester, die in die lodernden Tiefen stürzte. Ich hechtete zum Rand und wir sahen uns noch einen kurzen Moment in die schreckgeweiteten Augen, dann verschwand sie aus meinem Blickfeld in der dichten, tödlichen Flüssigkeit.

»SERAPHINA!«, rief ich. Meine Hand schoss nach vorne, als könnte ich sie retten, und ich hätte mich um ein Haar hinterhergeworfen, da umschlangen zwei starke Arme meinen Bauch.

»Nein!«, sagte er erstaunlich ruhig, hielt mich jedoch unerbittlich fest.

»DU HAST SIE GETÖTET!«, brüllte ich und versuchte, mich zu drehen, was er nicht zuließ. Sein Griff wurde, wenn möglich, noch unnachgiebiger.

»Es musste sein«, murmelte er an meinem Nacken und … stöhnte dann mit einem Mal schmerzverzerrt auf. Seine Arme lockerten sich sofort und ich stolperte nach vorne, beinahe über den Abgrund.

Mein Lebenswille setzte endlich ein und ich ruderte wild mit beiden Armen ... Ich versuchte mein Gleichgewicht zu halten, während mein Herz mir bis zum Hals schlug und ... schaffte es im letzten Moment. Meine Augen brannten aufgrund des dichten roten Rauchs. Als ich mich umdrehte, sah ich den Esel, der über Vilas stand. Mit einem wunderschönen Dolch in der Hand, auf dem die zahlreichen Diamanten trotz der Dunkelheit um die Wette funkelten. Die Spitze war rot und Vilas lag keuchend auf dem Boden. Offensichtlich hatte sie ihm in den Rücken gestochen, doch er interessierte sie nicht weiter. Sie grinste *mich* an – irre ... und machte einen Schritt über ihn hinweg, um auf mich zuzugehen. Er packte ihren Fuß, doch sie verschwand einfach und ... tauchte hinter mir auf – den Dolch an meinem Hals. Seine Augen verengten sich und spiegelten Todesangst wider.

»Koc la nek!« Seine Stimme bebte und mit schmerzverzerrtem Gesicht richtete er sich auf die Knie auf, bevor ... er weicher fortfuhr: »Nok meile fas keir na sta ...« Die Hand mit dem Dolch an meinem Hals zitterte, während ich fühlte, wie das Sichtfeld in meinen Augenwinkeln verschwamm ... der Rauch war zu dicht und er brannte in meiner Lunge wie die Hölle.

Dann verschwand Vilas plötzlich, im selben Moment wirbelte uns der Esel herum und ... schubste mich ... in den Vulkan.

Einige Sekunden benötigte ich, um zu verarbeiten, was eben geschehen war. In dieser Zeit genoss ich geradezu den freien Fall, aber schließlich machte sich mein Magen bemerkbar und mir wurde kotzübel. Plötzlich fühlte ich einen Ruck an meinem Handgelenk und schlug hart gegen die glühende, schuppige Vulkanwand. Ich schrie auf und war sofort sicher, mir alle Knochen in meinem Körper gebrochen zu haben ...

Unter mir brodelte die Lava, peitschte fortwährend nach oben und drohte, mich zu verschlingen.

Ich sah hoch … direkt in seine silberglühenden, weit aufgerissenen Augen, direkt bis auf seine Seele. Vilas hielt mich fest, als würde sein Leben davon abhängen, hatte die Stirn vor Anstrengung gerunzelt und die vollen Lippen vor Schmerz aufeinandergepresst. Doch ich wusste, er würde mich nicht fallen lassen – niemals. Und … völlig unbemerkt schlich sich ein Lächeln auf meine Lippen … Eines, das direkt in meinem Herzen entstand und sich nicht aufhalten ließ.

Im nächsten Moment blitzte hinter ihm eine entstellte Fratze auf. Der Esel zeigte sein wahres Gesicht und schwarze Augen funkelten mich hasserfüllt an. Ihre Klinge durchtrennte mit einem sauberen Schnitt Vilas Handgelenk. Und dann war da keiner mehr, der mich halten, keiner, der mich retten konnte.

Ich fiel in die glühende Tiefe und hörte noch sein rasendes Brüllen, bevor sie mich erbarmungslos verschlang.

18.

Vilas – Herrscher der Feyr

Ich kniete am Rand des Drachen-Vulkans und sah blicklos in die brodelnde Lava hinab. Meine Arme hingen leblos zu meinen Seiten, während ich kaum den Schmerz verspürte, die die nachwachsende Hand verursachte. Er wurde durch einen anderen, viel quälenderen überlagert.

Niemals würde ich es vergessen und niemals vergeben. Mein herausragendes Gedächtnis, was ich ansonsten wertschätzte, würde mir in dieser Hinsicht einen Strich durch die Rechnung machen und zum Fluch werden.

Sie hatte meinen Namen geschrien, als sie gefallen war … und ich hatte sie nicht gerettet.

Mit ihr war ein Teil von mir gestorben, denn ja … dies war keine Lüge oder Manipulation gewesen. Seit dem ersten Blick war ich mit ihr verbunden, geradezu von ihr gefesselt gewesen. Sofort hatte sie mich in ihren Bann gezogen, wie eigentlich nur ich es vermag.

Sie war meine Königin. Mein Diamant.

Damals war es egal gewesen, dass ich erst ein paar Sonnen davor ihre Schwester verführt und ihr mein Leben in den Bauch gepflanzt hatte, damit dieser Plan funktionieren konnte – und ihre Schwester war nicht zu verachten. Ihre Anziehung auf mich war auch enorm gewesen.

Dabei spielte es keine Rolle, dass ich jedes weibliche Wesen dieser Welt unterwerfen konnte.

Ich wollte nur noch sie.

Doch diesem Verlangen durfte ich erst nachgeben, wenn ich mich um mein Volk gekümmert hätte. Nun war es gerettet – aber nicht sie.

Ich war verloren, mein Leben hatte keinen Sinn mehr. Wofür sollte ich jemals wieder aufstehen? Nirgendwo gab es noch einen Ort, an dem ich sie treffen könnte. Kein Klang würde sich jemals wieder so anhören wie ihre Stimme. Kein Lächeln mich jemals wieder so berühren und keine weiblichen Kurven so reizen. Endlich hatte ich meinen Gegenpart gefunden. Nach tausenden von Jahren. Ich hatte gedacht, wir hätten eine Ewigkeit. Jetzt hatten wir nichts.

***

Es mussten Tage vergangen sein … als die Lava begann, sich zu verändern … Durch das glühende Rot zogen sich eisblaue Streifen … dann orangefarbene und schließlich goldene. Sie verwoben sich, bis sie immer heller glühten. Die dicke Flüssigkeit schien immer heißer zu werden und immer höher zu kochen.

Normalerweise hätten meine Augen jetzt funkeln sollen.

Meine Aufgabe war erledigt.

Ich hatte sie erschaffen und gezwungen zu fliegen oder zu sterben.

Dennoch empfand ich keinen Stolz und auch keine Freude. Da war … nichts. Absolut nichts. Bodenlose Schwärze und darunter Unmengen von Schmerz und Hoffnungslosigkeit.

Alles menschliche Gefühle, die ich normalerweise unterdrückte, bevor sie mich beherrschten. Gleichzeitig verfluchte ich die Tatsache, dass ich überhaupt dazu genötigt wurde, waren doch diese Empfindungen ein Relikt unserer Vorfahren. Denn auch wenn es kaum bekannt war, wir waren sehr wohl mit den Menschen verwandt. Mit all meiner Macht kämpfte ich gegen die Emotionen an. Denn wenn ich sie zuließ, würde ich mich fühlen, als wäre ich selbst in diesen Krater gestürzt und bei lebendigem Leib verbrannt. Ich sah irgendwie alles von oben. War zur Untätigkeit verdammt – für immer. Denn würde ich mich bewegen, oder auch nur DENKEN, dann würden meine Emotionen so stark über mich hereinbrechen, dass ich ihnen nicht standhalten könnte. Das war der große Nachteil der Feyrs – ein Fehler. Sie unterdrückten ihre negativen Gefühle, um sich nur mit den schönen Seiten des Lebens befassen zu können. Leider kam es in Ausnahmesituationen dazu, dass alle unterdrückten Gefühle wieder an die Oberfläche gelangten und einen vernichten konnten, von innen heraus. Deswegen rührte ich mich nicht, traute mich nicht einmal zu blinzeln, sondern konzentrierte mich nur darauf, wie all die glühenden Streifen dicker wurden und sich schließlich zu einem einzigen harmonischen Farbenspiel verbanden. Der Dampf, der aufstieg, spiegelte die Farben wider, tränkte den Himmel mit Eisblau, das zu dunklem Blau geworden war, und starkem, strahlendem Gold. Man konnte das Phänomen noch aus weiter Ferne beobachten.

Die Gestaltwandler würden es auch sehen und annehmen, dass die Schwestern verloren waren, wie geplant. Ich wusste, dass sie niemals zugelassen hätten, dass ihre kostbare Seraphina sich dem Vulkan ergab. Deswegen hatte ich nur auf eine Möglichkeit gewartet, beide außerhalb der Höhle allein anzutreffen. Denn in ihrem Inneren konnte ich uns nicht teleportieren, draußen schon.

Es hatte perfekt geklappt. Sun war tatsächlich so nachlässig gewesen, anzunehmen, ich würde ihn nicht hintergehen. Doch ich musste …

Sobald die Farben eine Komposition gebildet hatten … ließ die Hitze merkbar nach.

Die Lava versteinerte … die Farben wurden immer schwächer, das Glühen immer leichter und das Blubbern verebbte. Kein Rauch stieg mehr auf, stattdessen bildete sich eine dicke blaue Kruste mit goldenen Rissen.

Es war schiefgegangen.

Sie war nicht geflogen.

»Jetzt ist es gut … Wir haben nur noch uns beide … Sie hat dich schwach gemacht und ich helfe dir, wieder stärker zu werden. Stärker als jemals zuvor«, säuselte mir die Tote ins Ohr und ich presste die Lider zusammen. Sofort wechselten die Gefühle in mir die Richtung. Pure unbändige Wut kroch hoch und breitete sich unablässig in mir ihren Weg. Sie ließ das dichte Schwarz Risse bekommen und aufspringen, um mein Innerstes mit rasendem Rot zu füllen.

Ein leises Kreischen durchbrach die dröhnende Stille, die sich über den Vulkan gelegt hatte, sobald dieser für alle Zeiten erloschen war. Es schien von weit weg, fast aus einer anderen Welt zu kommen und ich riss die Augen wieder auf. Das nächste Kreischen erklang nicht mehr hell und fein, sondern glich einem lauten Brüllen, das die Erde unter meinen Knien zum Beben brachte … Erstaunt sah ich hinab zu der versteinerten Kruste und beobachtete, wie sie durchbrochen wurde …

Ein Drache aus blauem, funkelndem Eis stieg mit festen Flügelschlägen aus dem Vulkan und verharrte direkt vor uns. So nah, dass der erzeugte Wind an meinem Körper riss, aber ich konnte mich dagegenstemmen und das Wesen genau betrachten.

Es hatte eine spitze Schnauze und orangefarbene Hörner, die wie Diamanten glitzerten und sich auch über den Rücken zogen, bis zu dem riesigen Schwanz, an dem sie rund angeordnet waren. Die schwarzen Krallen waren so lang wie mein Arm. Die Augen mit den quer geschlitzten Pupillen glühten in einem satten Orange, das mich an den Gestaltwandler-König erinnerte.

Er war riesig. So etwas Großes wie diesen Drachen hatte ich schon ewig nicht mehr gesehen. Genau genommen, seit dem letzten Drachen, den ich geritten hatte …

Seraphina war in dieser Gestalt wunderschön … und sie trug mein Kind unter dem Herzen, was sie davon abhalten würde, mir den Kopf abzureißen, UND was es mir ermöglichen würde, auch sie zu reiten. Später, wenn sie verkraftet hatte, dass ich sie zu ihrer Verwandlung gezwungen hatte.

Wobei … ich könnte sie einem meiner Brüder überlassen. Denn mich würde es ohnehin nicht mehr lange geben … Jeder Drachenvulkan konnte nur einen einzigen erschaffen, dann erlosch er für immer. Und mein Diamant war nach ihrer Schwester gefallen … Josephina würde nicht als Drachenreinkarnation auferstehen. Denn es war vorgesehen, dass jeweils nur eine derart starke Macht existieren durfte, demnach nur ein Drache im Universum. Mithilfe von Josephina hätte ich ihre Schwester leiten können. Sie hätte es mir leicht gemacht, schon allein, weil sie so ein gutes Herz hatte. Wenn sie verstanden hätte, dass es darum ging, die Unschuldigen zu retten, hätte sie alles für diese Welt getan, genau wie ich. Wir drei wären das perfekte Team gewesen. Doch nun war sie verloren … und ich somit auch.

Das Kreischen, das von tief unter der Erde kam, belehrte mich eines Besseren … Es hörte sich an wie die schönste Musik, ließ mein Herz sofort schneller schlagen und mich meinen Körper anspannen. Ich stürzte zum Rand, sah darüber hinweg und … wurde fast von einem weiteren Ungetüm getroffen, das in Höchstgeschwindigkeit aus der Tiefe schoss.

Es war nicht eisblau … sondern golden … und es hatte *ihre* Augenfarbe. Ansonsten waren ihre Krallen und Stacheln schwarz. Die Schuppen glänzten und schimmerten wie die aufgehenden Sonnen, die gerade ihr volles Licht über der Ebene entfalteten und *ihren* Aufstieg umso beeindruckender machten. Sie flog weit in den Himmel – nicht so wie Seraphina, die immer noch mit trägen Flügelschlägen vor mir schwebte und mich nicht aus den Augen ließ –, vollführte dort eine grazile Spirale, verdeckte kurz die zwei Sonnen mit ihrem mächtigen Körper und … schoss dann wieder nach unten. Direkt auf mich zu …

Ich hatte es verdient …

Doch ich würde den Blick nicht von ihr nehmen. Nur am Rande bemerkte ich, wie etwas aus meinen Augen lief, und erhob mich. Meine Arme ließ ich locker hängen, denn mein Schwert würde ich gegen jeden anderen Gegner ziehen, der nach meinem Leben trachtete, aber niemals gegen sie. Meine Beine standen breit und so wartete ich darauf, meine gerechte Strafe zu erhalten. Ich hätte sie vor diesem Fall schützen müssen, hätte sie bei den Gestaltwandlern lassen sollen! Aber ich hatte den Gedanken nicht ertragen, dass sie ihnen hilflos ausgeliefert war, deswegen war ich ihr zu ihnen gefolgt. Und so hatte ich sie auch mit hierher genommen. Dabei wollte ich lediglich ihre Schwester verwandeln und dann beide mit in meine Zone nehmen. Alles, was ich gewollt hatte, war sie glücklich zu machen. Es war mir nicht gelungen. Dafür würde ich nun mit dem Leben bezahlen. Es gab nichts, was sie daran hindern sollte. Sie trug weder ein Kind von mir noch war sie anderweitig an mich gebunden. Stattdessen war sie frei zu tun, was ihr beliebte. Ihr Zorn würde mich vernichten.

Drohend blähte sie die Nüstern, schoss an ihrer Schwester vorbei und stoppte ungefähr eine Handbreit von mir entfernt. Aus ihren wunderschönen königsblau glühenden Augen starrte sie mich an. Ich sah den Menschen darin, sah ihre Wut, ihren Hass und ihr verletztes Vertrauen. Aber auch etwas anderes … unbändige Faszination, was sich wohl auch in meinem Blick spiegelte.

Langsam kam sie noch näher … schnupperte an mir, wobei meine Kleidung heftig umherwehte, ihr Atem heftig daran riss und ich selbigen anhielt … bevor sie mich mit ihrem Kopf zur Seite schob, ihr Maul leicht öffnete und … einen feinen Feuerstrahl ausspie … Hinter mir ertönte ein greller Schrei … und ohne mich umzudrehen, wusste ich, was gerade geschah.

Esla wurde geröstet … was sie tatsächlich umbringen würde. Denn das Feuer eines Drachen konnte so gut wie alles vernichten. Ich zuckte nicht einmal mit der Wimper und sah nur meinen goldenen Drachen an. Nun war Josephinas Auftrag erledigt. Sie lächelte … zumindest interpretierte ich das Funkeln in ihren Augen so, ehe sie sich in die Luft erhob, umdrehte und zu ihrer Schwester flog.

Zusammen machten sie sich davon, weit hinauf, und jagten sich dort wie junge Gestaltwandler vor den aufgehenden Sonnen. Sie spien hier ein bisschen Feuer, fackelten dort ein paar abgestorbene Bäume ab, schraubten sich in den Himmel und stürzten sich dann wieder in ihren Vulkankrater, durch den man bis zum Mittelpunkt dieser Welt gelangen konnte. Dort würden sie auch für immer ihre uneinnehmbare Höhle haben – ein Labyrinth zwischen Strömen aus Lava und mit einer Temperatur, die kein Wesen außer einem Drachen überleben konnte. Kurz darauf schossen sie wieder nach oben, während sie ein wenig Lava verspritzten. Im letzten Moment wich ich einem dicken Klumpen aus.

Freudig kreischend, wobei die halbe Ebene bebte, flogen sie über ihr Land.

Geduldig setzte ich mich auf den Rand des Kraters und beobachtete sie. Ich hatte noch nie so etwas Schönes gesehen wie Josephina in ihrer Drachengestalt. Es war unmöglich, die Augen von ihr zu nehmen, aber das war normal. Feyrs und Drachen gehören zusammen, sind schon seit Anbeginn der Zeit miteinander verbunden – in einer stummen, unsichtbaren Symbiose. Sie war gleichzeitig mein Herrscher wie ich ihrer. Ich war ihr ergeben und sie mir. *Wenn* sie es zuließ.

Bei Seraphina war das leichter, bei ihr hatte der Plan perfekt funktioniert. Ihr blieb gar keine Wahl, denn mein Blut, das sich in Form unseres Kindes in ihrem Körper befand, band sie an mich und machte sie zu einer halben Feyr. Unwiderruflich. Es war bei ihrer Verwandlung in ihr gewesen und sie würde mir immer folgen, mir immer gehorchen. Ich war schließlich der Herrscher der Feyr … Bei Josephina sah das anders aus, sie würde mir nicht so einfach folgen, nur wenn sie sich dazu entschloss.

Mein Vorteil war, dass sie Seraphina nie mit mir allein lassen würde und ich wusste, dass es nicht mehr lange dauern würde, bis Josephina die Wahrheit und unsere Verbindung akzeptieren würde. Denn ich glich in keinster Weise dem, was sie von ihren winzigen Menschenmännchen erwartete, ich war MEHR. Ich war ALLES, was sie sich wünschte und in ihren innigsten Träumen und Fantasien begehrte. Für ihren eingeschränkten Geist war es noch zu verstörend, um es sich einzugestehen. Aber mit jedem Blick sah sie alles ein bisschen klarer. *Wenn* sie mich davor nicht umbrachte, hatte ich gute Karten, unser Schicksal zu erfüllen und für immer mit ihr glücklich zu werden, so wie ich es einst in der Quelle gesehen hatte. Trotz der geringfügigen Komplikationen …

Wie bereits erwartet, wurden sie schon nach ein paar Runden müde und landeten alles andere als elegant neben mir. Ihre Bruchlandung wirbelte Gestein und Staub auf, aber das ignorierte ich völlig. Sie waren es noch nicht gewohnt, sich in dieser Gestalt zu bewegen und es kostete sie immense Kraft. Körperlich sowie geistig. Laut schnaufend erhoben sie sich und stolperten etwas orientierungslos umher, während sie versuchten, trotz ihrer Müdigkeit das Gleichgewicht zu finden. Mir war klar, dass sie diese Gestalt nicht mehr lange halten könnten. Wie gut, dass ich als Meister der Feyr und Gebieter der Drachen gelernt hatte, wie man einen Geist am besten konditionierte.

Mit einem Grinsen stand ich auf und schlenderte zu den beiden, gerade als sie ihre langen Hälse ausstreckten und den Kopf erschöpft auf den Boden legten. Seraphina verwehrte mir den Zutritt zu sich mit ihrer Stachelkeule an ihrem Schwanz, während sie mich nicht aus den Augen ließ, aber ich lächelte nur und schwang mich behände darüber. In diesem Zustand war sie harmlos. Fasziniert stellte ich mich direkt vor Josephinas Schnauze, die mir bis zum Bauch reichte, und strich zärtlich über ihre warmen, trockenen Schuppen. Es war unvergleichlich, sie unter meinen Fingerspitzen zu spüren. Trotz der Rauheit konnte es mit der Intensität meiner Gefühle mithalten, die mich durchfuhren, wenn ich sie in ihrer menschlichen Form berührte.

»Schlaf …«, murmelte ich sanft.

Sie schnaubte abfällig, doch ihre Augen glitten sofort zu. Ich wich zurück. Im nächsten Moment leuchteten sie in ihren jeweiligen Farben auf. Die Drachenkörper gingen in Flammen auf und verbrannten zu Asche. Kurz darauf, nachdem sich der Rauch verflüchtigt hatte, lag sie vor mir. *Maeva* in ihrer Menschengestalt, tief und fest schlafend. Wie Phoenix aus der Asche … nur viel schöner. Maeva … meine Königin.

19.

War sie tot? Lebte sie? Wo war meine Schwester? Und wo war *ich?*

Ich fand mich in einem Labyrinth aus funkelndem, dunklem Lavastein wieder, durchzogen von schmelzender Glut. Wie Diamanten schimmerten die Wände und reflektierten ihr Licht. Zusätzlich erhellt wurde alles durch Edelsteinhaufen, die ihr buntes Licht an die Wände warfen. Dieser Ort war so wunderschön, dass er mich fast vergessen ließ, was ich hier tat. Die Hände um meine Arme geschlungen stolperte ich über den unebenen Untergrund und klammerte mich mit aller Macht an einem einzigen Gedanken fest. Ich musste Seraphina finden. Sonst würde ich wahnsinnig werden.

Zuerst war ich in dieser Welt gelandet, dann bei den Feyrs, dann bei sogenannten Gestaltwandlern, und schließlich hatte Vilas mir eröffnet, dass ich ein Drache war, nur damit ich in diesen elendigen Vulkan fiel und … auch noch überlebte! Ging es noch verrückter? Und vor allem, wieso hatte er das nur getan? Wieso hatte er Seraphina gestoßen?

Aber wenn ich lebte, dann lebte sie vielleicht auch noch.

Ich konnte mich an keinen Aufprall erinnern. Vermutlich war ich durch die Gase noch im Fall ohnmächtig geworden – nur um in einer Art Edelstein-Höhle inmitten der bunten Steine wieder aufzuwachen. Ich hatte sogar welche im Mund! Selbst als ich husten musste, spuckte ich ein paar von ihnen aus. Das zu verstehen hätte meinen Horizont überschritten, also hatte ich es erst gar nicht probiert. Stattdessen war ich aufgestanden, verwundert, weil kein einziger Knochen schmerzte – nein, genau genommen war ich von einer unbändigen Kraft erfüllt, die durch diesen Ort zu pulsieren schien –, und drauflos marschiert.

Das Pulsieren wurde immer stärker, je weiter ich ging, mischte sich in meinem Blut und wurde schwächer, als ich an einer Gabelung rechts abbog. Einem inneren Impuls folgend drehte ich um und wandte mich nach links, wo es wieder stärker wurde. Es fühlte sich an, als würde mein Blut langsam anfangen zu kochen, während mein Körper mit überschäumender Energie versorgt wurde. Außerdem roch ich etwas unsagbar Süßes, bog um die Ecke und … fand meine Schwester, die sofort aufblickte, als hätte sie mich auch gespürt. Völlig verängstigt, zwischen glitzernden Edelsteinhaufen sitzend, mit aufgeplatzten Lippen und den Armen um die Knie geschlungen, saß sie auf dem Boden.

»Seraphina!«, schrie ich und sie rief sofort zurück, völlig außer sich. Ja, sie flippte vollkommen aus und sprang auf die Beine, doch in dem Moment, als sie einen Schritt auf mich zumachen wollte, ging sie plötzlich in eisblauen Flammen auf. Sie fluchte, aber sie schrie nicht, sah sich nur ihre Hand an und dann mich, während ich wie erstarrt dastand und die Augen nicht von ihr nehmen konnte. Dann schoss sie in die Höhe und … verwandelte sich in einen Drachen. Das geschah so schnell, dass ich es kaum glauben oder gar reagieren konnte. Aber als sie die Gestalt wechselte, schwoll das Pulsieren an und entlud sich in einem riesigen Knall, der auch mich erfasste, so heftig, dass ich aufstöhnte und plötzlich selber brannte – golden und lichterloh. Während ich von einem unvorstellbar intensiven Orgasmus geschüttelt wurde, verschoben sich meine Körperteile, Muskeln schwollen an, mein Mund verformte sich zu einem Maul, aus dem riesige Zähne wuchsen. Steinharte Schuppen überzogen meine Haut … alles verkrümmte sich. Es ging so schnell.

Dann war es schon vorbei und wir beide starrten uns in Drachengestalt an.

»Heilige Scheiße!«, dachte ich und gleichzeitig hörte ich Seraphina in meinem Kopf ausrufen:

»Das gibt's doch nicht!« Wir sahen uns an, und dann … lachten wir los – ich hörte sie glasklar in meinem Kopf, genauso wie sie mich. Wir hoben unsere Flügel, begutachteten uns von allen Seiten und stampften herum, während wir nicht aufhören konnten zu kichern.

Es war befreiend und irre!

Mit schief gelegtem Kopf begutachtete ich meine Spiegelung in den Höhlenwänden, noch niemals hatte ich so etwas Mächtiges gesehen und gleichzeitig etwas so Verrücktes. Probeweise hob ich mein Bein, ja, es war wirklich meins!

Wir waren Drachen!

Verdammte Drachen!

Und ziemlich hübsche noch dazu!

Jeder für sich war ein mächtiges Fabelwesen, aber zusammen bildeten wir die ultimative Macht. Nichts konnte uns jemals aufhalten.

Als wäre es das Natürlichste der Welt, flog Seraphina los und ich folgte ihr … Meine kräftigen Flügel beförderten mich problemlos in die Luft, obwohl mein Körper so unsagbar schwer war.

Himmelhochjauchzend … brach ich durch die versteinerte Lava, als wäre sie aus Styropor, und erblickte strahlend blauen Himmel. Ich brüllte laut und Seraphina tat es mir gleich. Ich wollte in die Sonnen fliegen und wusste, wenn ich wollte, könnte ich das. Ich konnte ALLES. Ich war alles. Ich sah alles, sah die Welt so, wie sie war. Alles war miteinander verbunden, verschmolz zu einer Einheit. Es gab keine eckigen Formen, sondern nur Energie, die in unterschiedlichen Farben pulsierte und sich an den Rändern miteinander vermischte. Das dabei entstehende Glühen umgab alles wie eine Aura, egal ob tot oder lebendig, die einzelne Dinge verband. Alles war ein Teil von einem großen Ganzen. Als winziges Menschlein hatte ich das nie wahrgenommen, mein Geist war nie offen gewesen, konnte nicht das Ganze erfassen. Aber jetzt sah ich es … Und meinen Mittelpunkt von allem bildete eine ganz besonders Aura – die von Vilas.

Nichts war schöner als er.

Sein silbernes Glühen überstrahlte alles, wärmte mich, zog mich magisch an wie das Licht die Motte. Ich konnte in seinen Geist eindringen, als wäre es mein eigener und dort fand ich sie – die Liebe für mich. Denn das war es, was er empfand, als er mich erblickte. Liebe! Er war mir völlig ergeben und würde mich immer beschützen, immer hinter mir stehen und mich verehren.

Und bei mir war es dasselbe, ich wollte zu ihm, mich ihm hingeben, mit allem, was ich hatte – jetzt wo ich die Wahrheit kannte. So etwas hatte noch nie ein Mann für mich empfunden. Er roch so unsagbar gut – süchtig machend. Doch hinter ihm stand ein rabenschwarzer Punkt, er stank zum Himmel, er war unrein – des Lebens nicht würdig, denn er hatte diesem bis jetzt auch immer nur Verachtung entgegengebracht. Es war der Esel und der wurde kurzerhand geröstet.

»Flieg mit mir!«, schrie ich Seraphina in Gedanken grell zu

und schoss wieder in das unendliche Blau des Himmels. Sie kam mir nach und … ich hatte ein paar weitere Orgasmen, während ich über das Land flog, mich von den Aufwinden tragen ließ und es in meinem Hals kitzelte. Als ich mich räuspern wollte, spie ich eine goldene Feuerfontäne aus, mit der ich Muster und riesige Kringel in den Himmel zeichnete, denen ich dann folgte. Dabei brüllte ich vor Begeisterung. Es war unsagbar berauschend. Doch von einem Moment auf den anderen verließ mich die Kraft. Es war, als hätte jemand den Stecker gezogen.

Mein Geist … schien zu schrumpfen, all den Möglichkeiten und dem Wissen nicht mehr standzuhalten und dieses riesige Gehirn nicht mehr ausfüllen zu können. Gerade so gelang es mir, zu landen, ohne Vilas zu treffen … bevor ich erschöpft zusammenbrach und in Panik geriet. Ich konnte mich nicht mehr bewegen, war auf einmal in dieser großen schweren Gestalt gefangen, in der nun jeder Muskel schmerzte. Genauso wie mein Kopf. Vilas legte seine Hand auf meine Schnauze; er murmelte mir ein Wort zu: »Schlaf …« Und ich schlief, so befriedigt wie noch nie zuvor in meinem Leben.

***

Als ich aufwachte, bemerkte ich sofort, dass wir uns wieder in der mittlerweile vertrauten Feyrburg befanden. Dicke Vorhänge hielten das Tageslicht ab, und unter der duftenden Decke war es kuschlig warm. Feuer brannte in einem Kamin, wo es gemütlich vor sich hin knisterte.

Vilas saß neben mir, das wusste ich, noch bevor ich die Augen öffnete. Sein Geruch war einmalig. Er strich mir über den Haaransatz, die Schläfe, die Wangen, die Lippen …

Ich lächelte nur und musste erst einmal verarbeiten, was passiert war, beziehungsweise … was ich war.

Gedanklich versuchte ich mich zu beruhigen. Schließlich war es nur ein Drache, der nun in mir lebte. Nach allem, was in der letzten Zeit geschehen war, doch im Grunde nichts, was mich noch schocken könnte. Als ich meinen Fokus in mein Inneres richtete, spürte ich ihn und liebte ihn sofort – über alles. Sein Wesen – frei und ungezügelt – sowie seine Kraft pulsierten in mir und fühlten sich derart selbstverständlich an, als wäre er schon immer da gewesen. Sanft streichelte ich seine Schnauze, die glatten Schuppen zwischen seinen Augen. Er schnaubte genüsslich und schloss die Lider. Dann legte er seinen Kopf auf meinen Schoß und entspannte sich völlig. Ich schlief wieder ein … schlüpfte in seine Gestalt und flog durch meine Träume …

***

»Maeva … aufwachen.« Seine sanfte Stimme weckte mich sofort. Nach dem Schlaf war ich entspannt und befriedigt und gähnte genüsslich. »Wie ich merke, hast du dich bereits mit ihm angefreundet …«, murmelte er und ich streckte mich.

»Japp …« Vilas lächelte auf mich herab, als ich ihn ansah, worauf ich die Lider verengte.

»Ich töte dich nur nicht, weil ich weiß, dass du dir sicher warst, dass Seraphina nichts geschehen würde.« Er schmunzelte.

»Ich weiß, dass du es weißt, aber nur zu deiner Information: Du kannst mich nicht töten!« Im nächsten Moment war ich auf ihm und er rücklings im Bett. Dabei hatte ich mich so schnell bewegt, dass ich es selber nicht mitbekommen hatte. Mein Blut kochte wie Lava, wie konnte er es wagen?

»Ich *kann* dich töten! Leg dich nicht mit mir an!« Meine Stimme klang zu tief und kratzig, mit zu viel Bass, und sie hallte von den Wänden wider. Knurrte ich etwa? Oh Mann, das hörte sich echt dämonisch an.

Er schien aber völlig unbeeindruckt und legte seine Hände entspannt auf meine Oberschenkel.

»Das sind die Drachenhormone, Maeva. Sie steigen dir zu Kopf«, erklärte er lächelnd, während seine Finger sich nach oben bewegten, wo sie eine brennende Spur wie Feuer auf meiner ohnehin schon heißen Haut hinterließen. Meine Lider glitten zu, weil ich so intensiv fühlte. Sogar der Luftstrom, der durch das Fenster wehte, reizte meine Brustwarzen, seine Fingerspitzen fühlte ich noch Millionen Mal stärker, genauso wie ... Zaghaft kreiste ich meine Hüften auf ihm, was ihm ein Stöhnen entlockte, genauso wie mir. Seine Spitze war direkt an meiner Klitoris, rieb sich hinter seiner Hose heiß dagegen ... Die Energie, die zwischen uns aufwallte, war kaum zu ertragen und gleichzeitig absolut köstlich.

»Und was ist das?«

»Das ist Lust.«

»Aha ... darauf wäre ich jetzt überhaupt nicht gekommen ...« Genüsslich ließ ich meine Hüften kreisen, fuhr mit den Händen über meine Brüste, meinen Hals und vergrub sie in meinen wirren, blonden Locken. Nur am Rande realisierte ich, dass ich komplett nackt war, aber es kümmerte mich nicht. Sämtliche Unsicherheiten, die ich als Mensch noch in mir gehabt hatte, waren wie weggeblasen. Währenddessen zuckte *er* zwischen meinen Beinen – war trotz seines schlanken, aber muskulösen Körperbaus mächtig und groß und lag einfach perfekt ...

»Maeva!« Seine Stimme war so heiser, dass eine kleine Welle der Lust mich bei ihrem Klang überrollte ... und gleich noch eine ... Dabei wollte er mich eigentlich stoppen. Seine Finger bohrten sich in meine Schenkel – auf einmal nicht mehr sanft.

»Sei ruhig!« Ich griff nach ihnen, legte sie auf meine Brüste ... was ihn zischen ließ.

»Oh Gooooott …« Mit einem Keuchen warf ich meinen Kopf zurück, ritt ihn, wie ich noch nie einen Mann geritten hatte, und rieb mich an allem, was er mir gab. Auch er stöhnte, aber ich sah ihn kaum noch. Mein Blick war an die Decke gerichtet … und dann wurde alles schwarz.

***

»Wach jetzt auf! SOFORT!« Mit einem Mal war ich wieder da, lag verschwitzt und total fertig in den Laken neben ihm. Er war über mich gebeugt, völlig besorgt, doch sobald ich ihn wieder ansah, ließ er sich erleichtert in die Kissen zurückfallen und murmelte dabei: »Dem Drachen sei dank …« Mir fiel auf, dass ich seine Sprache verstand – wie wahrscheinlich jede andere Sprache der Welt – und grinste.

»Was denn?«

»*Was denn*?« Empört richtete er sich wieder auf, was mich zum Lachen brachte. »Ich dachte, du würdest wieder eine Woche lang nicht mehr zu dir kommen! Du musst aufpassen … dich keinem Gefühl zu sehr hingeben!«

»Wieso hast du mich nicht aufgehalten?« Wurde er da etwa tatsächlich rot?

»Ich konnte nicht …«

»Wieso nicht?« Er sah mich wieder an, als wäre ich verrückt geworden.

»Meine Königin sitzt, nachdem ich es schon so lange wollte, endlich auf mir und lässt ihrer Lust freien Lauf und ich soll ihr befehlen, dass sie aufhört? Oh nein! Das kannst du vergessen, ich bin da, um dir und deiner Lust zu dienen …«

»Königin?«, fragte ich mit einem Mal ernst, weil ich einen Kloß im Hals hatte.

»Ja … Maeva heißt Königin.« Er strich mir durch die Haare.

»Das bist du – schon die ganze Zeit. Aber ich musste erst deine Schwester befreien, ich musste diese Welt retten …«

»Oh wow … also versteckt sich ein Superhero hinter der Maske des manipulativen Bastards? Wie klischeehaft …«, murmelte ich. Er runzelte nur die Stirn, weil er mich nicht verstand, doch dann lächelte er und sprach leise weiter: »Ich musste mein Schicksal erfüllen, damit ich meine Belohnung vom Universum bekomme.«

»Was denn?«

»Dich.« Er beugte sich vor und küsste mich … das erste Mal und einfach so, als wäre es selbstverständlich, und ich gab mich ihm automatisch hin. Die Kraft, mich gegen ihn zu wehren, war schon lange erloschen, denn irgendwie fühlte ich mich tatsächlich mit ihm verbunden. Es war wunderbar, der beste Kuss, den ich jemals erhalten hatte. Die süßeste Zunge, das berauschendste Stöhnen … Oh Gott.

»Nicht schon wieder … «, wisperte er verzweifelt an meinen Lippen und wich zurück. »Unterdrücke es … Ich weiß, mein Verlangen ist stark, wenn ich mit dir zusammen bin, und deines auch … aber wir müssen es beide kontrollieren. Atme langsam, Maeva …«

»Oh bitte …« Ich wand mich in den Laken, zwischen meinen Beinen pochte es heftig. »Hör auf zu reden! Deine Stimme!« Sie war purer Sex! Als würde er sich bereits hart und dick in mir bewegen und dabei mit zwei Fingerspitzen gefühlvoll meinen Kitzler verwöhnen. Er lachte leise! Sanft, fließend, erotisch.

Das war doch nicht wahr!

Und dann wurde erneut alles schwarz!

***

»RAUS AUS DIESEM ZIMMER!«

»NEIN!«

»OH DOCH!«

»Ich kann sie nicht alleine lassen!«

»Du *musst* sie allein lassen! Du machst sie völlig fertig!«

»Ich kann nichts dagegen tun!«

»Doch! Verschwinden!«

»Nein! Ich lasse sie nicht allein!«

»Doch! Das tust du! Sonst werde ich dich rösten!«

»Das kannst du nicht …« Ich hörte das dreckige Grinsen in seiner Stimme. »Bis ihr euch wieder verwandeln könnt, wird das ziemlich lange dauern … davor seid ihr ungefähr so mächtig wie ein Baby-Flosch.« Seraphina knurrte. *Knurrte?* War das nicht eher Part der Gestaltwandler? Seit wann machte sie denn so etwas?

»Wenn du hierbleibst, wirst du sie wieder betäuben müssen und sie für die nächsten Tage weg sein! Ein menschlicher Körper hält das nicht lange aus.«

»Sie braucht nichts mehr zu essen und zu trinken. Sie hat den wiedererweckten Drachen in sich. Sie ist robust …« Ich hörte die Faszination in seiner Stimme und spürte seinen dunklen Blick auf mir, während er sich mit Sicherheit gerade vorstellte, was er nun alles mir tun könnte. Allein sein Blick löste ein so starkes Kribbeln in mir aus, als würde er mich damit berühren, meine Brustwarzen zwirbeln, meinen Arsch streicheln, mit der Hand dazwischen gleiten und mit seinen langen Fingern in mich eindringen … OH GOTT! Verzweifelt stöhnte ich und vergrub mein erhitztes Gesicht in den Kissen.

»*Geh jetzt*!«

»Du hast mir nichts zu befehlen, Seraphina.«

»Wollen wir es drauf ankommen lassen? Ich kann mich

vielleicht nicht verwandeln, aber ich spüre dennoch die Macht in mir. Sie ist genauso stark wie deine.«

»Versuch's doch …« Dies war nur ein sanftes Wispern. Im Zimmer prickelte es mit einem Mal, als würden überall winzige Blitze durch die Luft zischen. Gleich würden sie sich zerfleischen.

»Vilas …«, rief ich schwach, und es war so einfach seinen Namen auszusprechen, als hätte ich das schon immer getan … und als würde er meinem Ruf immer folgen. Sobald er mich hörte, war er bei mir.

»Was?« Er klang immer noch sauer und starrte meine Schwester an, die in einem wunderschön funkelnden blauen Kleid am anderen Ende des Bettes stand. Irgendwie wirkten ihre Haare besonders glänzend und ihre Augen besonders schön – sie funkelten wie Diamanten. Die Wimpern waren auch ziemlich lang und … die Narben … an ihrem Körper. Sie waren verschwunden! Alle! Ihre Haut war absolut makellos und schien leicht zu glühen.

»Wow, Seraphina …«, murmelte ich und sie grinste knapp.

»Schau dich erst mal an!« Das würde ich später tun, aber auch meine Hand glühte, als ich sie an Vilas' glatte Wange legte und seine Aufmerksamkeit vollkommen auf mich zog.

»Bitte … lass mich allein«, flüsterte ich ihm zu. Sein Ausdruck verdüsterte sich schlagartig.

»Nein!«, bestimmte er hart. Ich riss die Hand zurück, weil ich mir beim dominanten Klang seiner Stimme sofort wieder wünschte, wilden, harten Sex mit ihm zu haben und ihn mir zu unterwerfen. Mein Intimbereich kribbelte erneut vor Verlangen, dem ich kaum was entgegenzusetzen hatte. Meine Stimme war heiser und tief – sexy …

»Nicht lange, ja? Nur bis ich wenigstens ein bisschen klarer denken kann. *Bitte ...*« Er presste die vollen Lippen aufeinander, nickte aber einmal knapp.

»Wenn du mich brauchst, denk an mich.« Und … dann verschwand er einfach.

»SUPER!«, rief ich ihm hinterher. So oft, wie ich an ihn dachte, würde er alle fünf Minuten hier erscheinen, aber okay … wenn er sonst nichts zu tun hatte …

»Kannst du mal lüften?« Vilas Duft, der schwer in der Luft hing, machte mich ganz wuschig. Wortwörtlich. Seraphina öffnete das Fenster und ließ sich vorsichtig neben mir nieder, als würde sie sich auf Stacheln setzen. »Ist dein Körper auch so überempfindlich?«, fragte ich grinsend und richtete mich vorsichtig auf, schob dann die Decke zwischen meinen Beinen weg, denn die lenkte ab. Seraphina nickte knapp und ich brach bei ihrem verkniffenen Ausdruck in schallendes Gelächter aus.

»Für mich ist es leichter als für dich, weil ich es schon gewöhnt bin, mit Energien umzugehen …«, meinte sie. »Trotzdem muss ich aufpassen, dass ich nicht bei jedem Schritt einen Orgasmus habe.«

»Stell dir das mal vor!« Bei der Vorstellung brachen wir in Gelächter aus. Aber ich wusste, was sie meinte. Es war, als hätte ich ständig ein Vibro-Ei in mir und auch etwas Wunderbares an meiner Klitoris … und ich wusste, ich würde niemals wieder überreizt sein. Wie sollte ich mich da nur zehn Minuten am Stück normal mit Vilas unterhalten? Und dabei hatte ich so viele Fragen!

»Also …«, begann ich, sobald wir uns wieder gefangen hatten und einigermaßen ruhig atmeten. »Wir sind also Drachen.«

»Wir sind also Drachen«, wiederholte Seraphina und sah blicklos aus dem Fenster. »Deswegen folgen mir wahrscheinlich diese dämlichen Spinnen. Deswegen konnte ich diese Welt nicht verlassen. Deswegen kann ich heilen. Deswegen ist mit Sicherheit Opa mit mir hierher geflüchtet ... so viele Fragen, auf die es jetzt Antworten gibt.«

»Hat es sich für dich auch so ... so unsagbar ... berauschend angefühlt zu fliegen?« Sie nickte und grinste mich an. Bei der Erinnerung strahlten ihre Augen und ich konnte ihre Erregung an meinen Nervenenden prickeln fühlen.

»Es ist, als würde ich jetzt erst anfangen, richtig zu leben. Alles davor war im Vergleich so lasch und ... unscharf ... Ich war so dumm und blind. Unglaublich, dass die Menschen tagtäglich so leben, und verständlich, dass sie dabei so viel Unheil anrichten. Sie denken, sie wüssten alles, aber in Wahrheit ... wissen sie NICHTS.«

»Ich weiß genau, was du meinst ...« Ich war erleichtert, weil wir dasselbe fühlten.

»Was jetzt?«, fragte sie vorsichtig. »Willst du immer noch zurück in die Menschenwelt?«

»Ähm ... ja klar ... und dann flieg ich da so meine Ründchen, fackle ein paar Hochhäuser ab, einfach weil das so hübsch aussieht und ... ähm, habe Orgasmen beim Einkaufen, in der U-Bahn oder bei der Arbeit ... Nein, danke! Ich muss erst lernen, wie ich damit umgehe.«

»Vilas ist Gebieter der Drachen. Er wird es uns beibringen.« Sie wirkte komisch entschlossen und ich stockte ...

»Und dann?«

»Und dann ...« Ihre Augen leuchteten und ich sah den Drachen in ihnen. Ungezähmt, mächtig und erbarmungslos. »Dann befreie ich Ice. Ein für alle Mal.«

»Oh wow ...«

Sie nickte knapp und verengte die Lider, während sie nach draußen starrte. »Und wenn ich Sun dafür töten muss!«

***

Etwas später gingen wir hinab in einen riesigen Saal mit einer unendlichen Tafel mitten im Raum. Sie war mit allen möglichen Köstlichkeiten gedeckt und ich jauchzte auf. Wilde Freude durchströmte mich, sobald ich sie erblickte, gemischt mit unbändigem Hunger, den ich so intensiv noch nie empfunden hatte. Mein Magen fühlte sich an, als hätte ich JAHRE nichts gegessen. Also sprang ich förmlich darauf zu und schnappte mir das Erstbeste, was ich in die Finger bekam … Seraphina tat es mir gleich. Wir aßen nicht, wir fraßen. Süße Säfte der Früchte tropften von unserem Kinn, Mousse verfing sich in meinen glänzenden blonden Locken.

Am Ende des Gelages war der Tisch völlig leer, das weiße Kleid mit dem goldenen Gürtel, das ich mittlerweile trug, war nicht mehr weiß und ich … hatte immer noch Hunger. Mein zögernder Blick schoss zu Vilas, der lässig am Ende der Tafel saß, ein Fuß auf das andere Knie gestützt, und uns grinsend beobachtete.

»Noch Hunger?«, fragte er knapp und ich nickte hektisch, genauso wie Seraphina neben mir, die sich noch die Finger sauber leckte. Er lachte leise, aber ich hielt mir die Ohren zu, um nicht erneut diesem Begehren zu erliegen, und sah weg. Im Augenwinkel bemerkte ich, wie er schnippte und die Tafel war von Neuem gedeckt.

»Wie geil!«, rief ich aus und … wir vernichteten auch hier alles bis zum letzten Krümel.

Danach … war ich immer noch hungrig und blickte Vilas fast schon schmollend an. Er lachte, ich stöhnte leise … versuchte aber, die aufkeimende Lust zu unterdrücken. »Du wirst immer Hunger haben, wenn du so etwas isst. Deine Ernährung hat sich etwas umgestellt …«, meinte er und stand auf. Er schlenderte auf uns zu, sein lang gezogener Körper ganz in beigefarbenem Leder … und mit funkelnden Tätowierungen. Direkt vor uns blieb er stehen.

»Ihr ernährt euch nun von Lust. Was denkst du, wieso Feyrs und Drachen verbunden sind? Ach … und von Fleisch … rohem Fleisch!«

»Oh nein!« Seraphina klang wirklich verzweifelt …

»Was denn?«, fragte ich und konnte meinen Blick nicht mehr von Vilas' Augen nehmen, und seinen Lippen … ich wollte sie auf … und ihn endlich in mir!

»Bald …«, wisperte er mir zu, nahm meine Hand und küsste meinen Handrücken. Schon allein davon hatte ich beinahe einen klitzekleinen Orgasmus. Trotzdem konnte ich ihm meine Finger nicht entziehen.

»Jetzt muss ich dasselbe fressen wie sie!«, motzte Seraphina drauflos. »UND wo zum Teufel soll ich hier denn bitte meinen Hunger nach Lust stillen?« Mit verschränkten Armen sah sie sich zu allen Seiten um und Vilas lachte leise.

»Ich würde mich ja zur Verfügung stellen …« Allein bei diesen Worten fühlte ich, wie meine Kehle sich zusammenzog, ein tiefes, gleichmäßiges Rumpeln durch meine Brust ging, worauf Vilas' Blick zu mir schoss. Er drückte meine Hand fester, als sie nervös zuckte … »Aber … ihr Drachen seid verdammt territorial und habt ein ausgeprägtes Besitzdenken. Sollte ich also dich oder irgendwen anders in Zukunft nur mit der Fingerspitze berühren, lässt sie mich bei lebendigem Leib in Flammen aufgehen.«

Er deutete mit dem Daumen auf mich und ich schnaubte, bevor ich ihm die Hand doch entzog und die Arme vor der Brust verschränkte. Genau wie Seraphina.

»Ich würde nie im Leben noch einmal mit dir Sex haben! Ich habe meine Partner!«, zischte sie, völlig außer sich.

»Und die denken, dass du tot bist ...«, säuselte Vilas. »Aber mach dir keine Sorgen. Sie sind auf dem Vormarsch ... voll auf dem Kriegspfad und besessen davon, dich zu rächen ... Bald werden sie ankommen.« Gelassen zuckte er mit den Schultern.

»Und dann?« Wir sahen ihn beide groß an.

»Werden sie sehen, dass ihr nicht tot seid und ich werde sie ein für alle Mal unterwerfen.«

»Wie?«, fragte Seraphina mit verengten Augen. Dieser Gedanke gefiel ihr nicht.

»Ich bin Gebieter der Drachen und habe zufällig zwei Drachen. Mit euch kann mich nichts aufhalten oder angreifen ...«

»Glaubst du etwa, ich würde für dich gegen sie fliegen?«, knurrte Seraphina. Ihre Stimme klang wie die eines Dämonen – tatsächlich.

»Natürlich würdest du das.« Vilas grinste breit und fröhlich. Dann legte er eine Hand auf ihren Bauch. »Deswegen.« Entsetzt schaute sie zu mir, dann wieder zu ihm.

»Was?«, fragte ich nicht minder schockiert und er sah nur noch Seraphina an, als er leise flüsterte: »Meine Verführung in der Quelle ... hatte einen Zweck. Dich zu schwängern. Es ist mir gelungen, du wirst nun eine halbe Feyr ... durch das Feyrblut in dir ... und somit mir hörig – dem Meister der Feyrs. Egal ob in Menschen- oder Drachengestalt. Ich habe dich in der Hand ... völlig.« Mit einem Mal brannte ich vor Wut wortwörtlich lichterloh ... Zuerst war da nichts außer normaler Haut, im nächsten Moment züngelten darauf goldene Flammen, die mich in etwas Heißes, Mächtiges, Zerstörerisches verwandeln wollten. Und ich ließ es zu. Sobald das Feuer aufloderte, wurden seine Augen größer und er wich sofort einen Schritt zurück. Doch ich folgte ihm mit geballten Fäusten.

»Glaubst du etwa, du kannst … meiner Schwester drohen?« Dabei klang ich immer tiefer, immer kratziger und immer unheimlicher. Mit geblähten Nasenflügeln zwang ich ihn zu noch einem Schritt zurück. »Ich bin keine kleine Fee. Ich bin nicht schwanger von dir. Ich bin frei … und allmächtig.« Meine Stimme schien von allen Wänden widerzuhallen und glich einem Grollen. Wollte er es wirklich darauf ankommen lassen? Und von mir verlangen, mich zu entscheiden?

»Ruhig, Maeva!«, entgegnete er und wollte mich am Arm packen, aber als er mich berührte, explodierte mein Körper in nicht nur einem epischen Orgasmus. Ich schoss in die Höhe, schlug mir hart den Kopf an der Decke an und duckte mich gerade noch, damit ich sie nicht sprengte. Putz fiel aus der wunderschönen Deckenmalerei, teilweise auch ein paar ziemlich große Gesteinsbrocken. Mit meinen Flügeln, die sich entfalteten, wischte ich fast Seraphina zur Seite. Doch sie rettete sich zum Glück durch einen Sprung zur Seite.

»*Scheiße* …«, dachte ich wild keuchend und versuchte mich nicht zu rühren, um nicht weiter zu randalieren. Seraphina lachte ausgelassen. Sie kletterte über meinen Schwanz wieder nach vorne und stellte sich direkt neben mich – mit verschränkten Armen und erhobenem Kopf.

»Ich gehorche dir, weil ich dir gehorchen muss. Sie gehorcht mir, weil sie mich liebt. Was denkst du, wessen Gehorsam wird stärker sein?« Vilas biss die Zähne so fest aufeinander, dass seine Kiefermuskeln hervortraten. Er wollte einen Schritt auf sie zugehen – mit dunklen, tödlichen Augen.

Er war es nicht gewohnt, so herausgefordert zu werden. Und Seraphina schien das überhaupt nichts auszumachen. Sie hatte keine Angst. Drohend blähte ich meine Nasenflügel und schnaubte ihn an, ließ ihn die Hitze des Feuers spüren, das in mir lebte und mit dem ich ihn versengen konnte. Er warf mir einen abfälligen Blick zu, stoppte aber.

»Du wirst mich nicht töten, Maeva …« Ja, das würde ich ganz sicher nicht. Verdammt …

»Aber du wirst auch nicht zulassen, dass ich deine Schwester beherrsche«, ergänzte er noch kleinlaut und … verschränkte schließlich auch die Arme vor der Brust. Er legte den Kopf schief und betrachtete mich mürrisch. »Du bist meine Erlösung und gleichzeitig mein Untergang, Maeva … und trotzdem kann ich mich nicht dazu bringen, zu bereuen, dich durch den verdammten Spiegel gezogen zu haben«, knurrte er mir düster zu. Ich grinste ihn an und zeigte ihm all meine spitzen Beißerchen, worauf er das Gesicht zu einer Grimasse verzog.

»Klassische Pattsituation. Also, was schlagt ihr vor?«

»Du lässt uns frei. Wir werden nicht deine Geiseln spielen und schon gar nicht deine Druckmittel, aber wir werden deine Verbündeten …«, bestimmte Seraphina. Ich gab in Gedanken hinzu: »*Wenn wirklich ein Krieg droht, so wird das die einzige Rettung sein.*« Seraphina, die mich hörte, nickte.

»Du wirst mit den Gestaltwandlern Frieden schließen und wir werden uns darauf konzentrieren, diese Welt zu erhalten. Auf nichts anderes mehr. Keine Macht, keine Kriege, keinen anderen territorialen Quatsch … nichts!«

»Dies ist schon immer mein einziges Anliegen«, murmelte er düster, dann seufzte er schwer, bevor er sich in einer ziemlich menschlichen Geste in den Nasenrücken kniff.

»GUT!«, zischte er und deutete auf Seraphina. »Du kannst

zurück zu deinen Kuscheltieren und dort regieren.« Mit einem Mal war er direkt vor ihr, packte sie am Arm und zog sie an sich. Nase an Nase. Dann wisperte er leise: »Aber wage es nicht, dem Kind zu schaden! Es ist unschuldig!«

»Das würde ich niemals tun – egal, von wem es ist!« Instinktiv legte Seraphina beide Hände schützend auf ihren flachen Bauch und überraschte mich damit. Bestimmend wandte er sich an mich.

»Ich werde mit euch zusammenarbeiten … aber nur, wenn du hierbleibst! Dein Drache mag vielleicht nicht an mich gebunden sein, aber *du* gehörst mir, Maeva!« Er grinste … ganz leicht … und so, dass mir sogar in meiner Drachengestalt wieder unsagbar heiß wurde.

Ich sah Seraphina an, sie sah mich an. Lange …

In mir tobte ein Chaos. Sollte ich nicht eigentlich mit ihr gehen? Ich hatte sie doch gerade erst wieder! Oder sollte ich hierblieben, bei ihm … Wissend, dass er mich wirklich liebte, und mich vor allen Gefahren schützen würde. Wenn ich mich darauf konzentrierte, was mir immer schwererfiel, je länger ich in dieser mächtigen Gestalt blieb, konnte ich seine wahren Gefühle immer noch spüren, als wären es meine eigenen, und mich nicht mehr davor verschließen.

Er hatte recht. Wir gehörten zusammen.

Aber meine Schwester wieder verlassen? Bei dem Gedanken füllte mich eine enorme Traurigkeit aus … Ich wäre so allein ohne sie, hier in dieser fremden Welt. Seraphina legte mir tröstend eine Hand auf mein Bein, sie fühlte meinen inneren Kampf.

»Ihr könnt euch in Gedanken unterhalten, als wärt ihr nebeneinander, auch wenn ihr euch nicht körperlich nah seid …«, murmelte Vilas, als wollte er meine Zweifel zerstreuen.

Allein dafür hatte ich das Bedürfnis, ihn zu küssen, was jedoch in dieser Gestalt nicht gerade ratsam war. »Als Drachen braucht ihr nicht länger als ein paar Wimpernschläge, um zwischen den Zonen zu wechseln. Ihr werdet schneller fliegen können als das Licht. Also werdet ihr nie wirklich getrennt sein …« Erleichtert beugte ich meinen Kopf und lehnte meine Schnauze an meine kleine Schwester. Wir beide schlossen die Augen und atmeten tief durch. »Aber erst wenn ich euch trainiert habe … So lange müsst ihr beide bei mir bleiben … und ihr müsst mir dafür vertrauen.«

Wir sahen ihn beide prüfend an. Ich durchforstete seinen Geist nach einer List, einer Manipulation oder einer Lüge. Aber da war nichts. Er sagte das offen und ehrlich. Sein Gewissen war rein – vollkommen. Wie es schon die ganze Zeit gewesen war … Obwohl ein Gewissen etwas sehr Individuelles ist. Der eine kann mit ihm vielleicht etwas vereinbaren, was für den anderen undenkbar wäre. Jeder empfindet anders trotz vergleichbarer Situationen. Ausschlaggebend ist die Sichtweise. Aber er wusste, wenn er meine Schwester betrog, würde ich ihn zermalmen. Wir nickten einträchtig. Es war beschlossen.

20.

Ich wachte wieder im Bett auf – völlig ausgeruht und frisch …
Vilas stand am Fenster vor den wehenden Vorhängen und … er
war … nackt. Komplett nackt. Trocken schluckte ich, traute
meinen Augen kaum, schloss sie, rieb sie, blinzelte … doch er
war immer noch da. So schön wie ein Traum. So sexy wie ein
Sexgott, so anziehend wie ein Model. Und so mächtig wie ein
König. Er war perfekt. All die menschlichen Männer vor ihm …
Diese oberflächlichen, dämlichen Marcs und Stefans und Tobiase
und Knuts wussten nicht einmal, dass so eine Liga existierte wie
die, in der er spielte. Er war Sex auf zwei Beinen. Und er gehörte
mir …

Ich räusperte mich. »Wie lange habe ich geschlafen?«

»Vierzehn Monde … Also sehr lange, weil du dich nach so
kurzer Zeit schon wieder verwandelt hast. Ich hätte nicht gedacht,
dass das möglich wäre, aber du bist wohl in allen Belangen etwas
Besonderes.« Er sah mich nicht an. Hoch erhobenen Hauptes
stand er da und hatte die Hände hinter dem Rücken verschränkt.
Er war wirklich groß und schlank, nicht so gedrungen wie die
Bodybuildertypen, die ich gewohnt war. Dennoch saß jeder
perfekte Muskel am richtigen Fleck, und ich wusste, was für eine
Kraft in ihnen steckte.

»Wieso siehst du mich nicht an?«, fragte ich leise, weil ich es seltsam fand. Er verzog sein Gesicht zu einem ironischen Lächeln. Ich sah es nur aus dem Halbprofil, dennoch bemerkte ich, wie sich sein Kiefer spannte.

»Um mich nicht unkontrolliert auf dich zu stürzen.«

»Oh …« Er lachte leise und warmes Wasser floss verführerisch über meinen Intimbereich, heizte mir ein.

»Weißt du eigentlich, wie lange ich schon keinen Sex mehr hatte? Ausgerechnet ICH?«, empörte er sich und spiegelte somit meine Gedanken. »Weder eine Feyr noch mich selbst habe ich angefasst. Ich wollte auf dich warten.«

Ich schmunzelte, gleichzeitig rutschte meine Hand unter die Decke – keine störende Barriere hinderte mich, denn ich war wieder komplett nackt. Allein wenn ich daran dachte, dass er es sich sonst selbst machte, wurde die Hitze in meinem Inneren zum Flächenbrand. Zitternd legte ich meine Handfläche auf meinen pochenden und bereits feuchten Intimbereich, um ihn zu beruhigen, aber keine Chance. Vilas blähte die Nasenflügel und drehte mir plötzlich seinen Kopf zu. Als er bemerkte, was ich im Begriff war zu tun, verengten sich seine Lider. Im nächsten Moment war er über mir. Sehr nah und sehr bedrohlich.

»Nein!«, bestimmte er, ergriff meine Hand, mit der ich mich gerade selbst berührte, und pinnte sie neben meinem Gesicht fest. »Deine Lust gehört mir! Mir allein!« Ich nickte nur mechanisch und versuchte mich gegen das Kribbeln zu wappnen, das seine Nähe in mir auslöste. »Jetzt, wo du bereit bist, wirst du sie mir geben. Alles davon … ich dulde keine weiteren Verzögerungen, hast du verstanden?« Somit zog er die Decke weg … und ich lag nackt und schutzlos unter ihm.

»Oh GOTT!«, murmelte ich leise, doch keuchte im nächsten Moment auf, als er plötzlich eine dicke eiserne Fessel um mein

Handgelenk schlang. »Was tust du?«, fragte ich und fühlte, wie mein Herzschlag für ein, zwei Sekunden aussetzte. »Ich steh nicht auf diese Fesselscheiße!«, keifte ich, doch es war schon zu spät. Auch das andere Gelenk war bereits am obersten Ende des verschnörkelten Bettes befestigt.

»Das ist zu meiner eigenen Sicherheit ... Außerdem ...« Er beugte sich langsam zu mir herab und rieb seinen gesamten Körper an mir ... inklusive seiner Erregung, die über meinen Bauch und meinen Venushügel strich. »Stehe *ich* sehr wohl auf diese Fesselscheiße.«

Ich stöhnte und hob mein Becken ... sodass er sich genau an die richtigen Stellen drückte. Sofort war er benetzt von Feuchtigkeit. Vilas gab einen kleinen verzweifelten Laut von sich, als ich begann, mich an ihm hoch und runter zu reiben.

»Du bist völlig entfesselt ...«, murmelte er und griff nach unten, um meine Hüften zu stoppen. »Aber du wirst dich gedulden müssen!« Somit wich er tatsächlich zurück ... kniete sich über meine Unterschenkel und strich ein paar Mal an sich hoch und runter. Die silbernen Tätowierungen glühten auf seiner Haut, sogar auf seinem Penis, der hart und bereit vor ihm aufragte und auf dessen Spitze sich silberne Feuchtigkeit gesammelt hatte. Ich fragte mich, wie sein Lusttropfen wohl schmeckte, und kam fast allein bei dem Gedanken daran, während er mich mit dunklen Augen beobachtete. »Ich werde es genießen ... jede einzelne Sekunde ... dein Körper ist absolut perfekt ... Maeva.«

Er beugte sich vor und seine Hände strichen über meine Brüste, hielten sie ehrfurchtsvoll, bevor er mit seiner Zunge einen meiner Nippel berührte, ihn kurz einsaugte und dann wieder aus seinem heißen, feuchten Mund schnellen ließ. Mein Intimbereich zog sich ruckartig zusammen, ich kam erneut fast und wand mich unter ihm wie wild. »Gleich werde ich mich in die schieben –

langsam … und genüsslich«, raunte er provokativ und pflanzte mit seinen Worten noch mehr erotische Bilder in meinen sowieso schon durch und durch versauten Geist. »Ich werde der beste Schwanz sein, der dich jemals gefickt hat. Es wird unvergesslich – für uns beide.«

Ich knurrte ihn an, doch er lachte nur und küsste sich quälend langsam, fast schon unschuldig, meinen Körper hinab, zog eine feuchte, heiße Spur und ließ dabei meinen sicherlich glühenden Drachenblick nicht aus den Augen. Er leckte mich nicht wie erwartet, sondern rutschte stattdessen ganz hinab und kniete sich aufrecht zwischen meine Beine. Er war so schön … so unsagbar sexy, als er mit einem Arm meinen Unterkörper umschlang, mich etwas anhob und mit der anderen seine Erregung hielt. Gemächlich strich er damit über meinen feuchten Intimbereich … dockte kurz an und … glitt weiter nach oben zu meiner Klitoris. Er klatschte mit seiner prallen Spitze darauf und ich zuckte japsend zusammen.

»Ich meine es ernst«, murmelte er mit einem Mal und mein Blick schoss nach oben.

»Was?«

»Wenn wir jetzt miteinander Sex haben, dann werden wir uns völlig verfallen. Es wird kein Zurück mehr geben … So ist das bei Seelenpartnern.«

»Wieso sagst du mir das jetzt? Willst du es nicht?«, knurrte ich und versuchte, mich an ihm zu bewegen. Aber er verstärkte nur seinen Griff und hielt mich reglos an Ort und Stelle, mit seinem mehr als bereiten Penis direkt an meinem Eingang.

»Ich will nicht, dass du sagst, ich hätte dich nicht gewarnt!« Oh, er kannte mich gut … Träge rieb er sich an mir und schob sich schließlich quälend langsam in mich, während er wisperte: »Schließlich bin ich der Bösewicht, der dich in diese Sache hineingezogen hat … der dich gezwungen hat zu leben … und zu fliegen … und zu lieben.« Sein Tonfall machte die Ironie dahinter deutlich, und er biss die Zähne zusammen. Er hielt inne, halb in mir … halb draußen.

»Du bist nicht der Bösewicht! Und jetzt fick mich endlich!«, knurrte ich, kaum noch imstande, das zu formulieren … Endlich schob er sich ganz in mich und tat es – hart und tief und erbarmungslos. Die Hände an meinem Hintern und seine Lippen an meinem Hals. Ich schrie und brüllte, bis die Wände dieser Festung bebten, kam ihm entgegen … während das Feuer in mir brannte und die Lust immer intensiver wurde, nach mehr verlangte, aber gleichzeitig unmöglich zu stillen war … bis ich mit einem Mal in Flammen aufging.

»Scheiße!«, fluchte er in seiner Sprache und hörte sofort auf, sich zu bewegen. Durch unseren Schweiß waren wir genauso verbunden wie durch unseren Geist. Er versuchte mich zu beruhigen, oder mir Angst zu machen? Sicher war ich mir nicht. »Wenn du dich jetzt verwandelst, wirst du mich zerfetzen …«, informierte er mich. Seine Worte wirkten wie ein Schwall eiskaltes Wasser, was meine Erregung sofort dämpfte. Alles! Nur nicht das!

Das Feuer erlosch sofort …

»Gut gemacht, Maeva …« Er beugte sich vor und gab mir einen sanften Kuss. Der Schreck steckte in jeder Pore. Ich wollte ihn nicht zerfetzen! Und so traute ich mich nicht einmal, seinen Kuss zu erwidern, geschweige denn mich anderweitig zu rühren, als er wieder einen langsamen, vorsichtigen Rhythmus aufnahm. »Es ist gut … Entspann dich … du wirst mich nicht verletzen …« Ich schluckte mühsam … und schüttelte verzweifelt den Kopf.

»Wie soll ich denn so einen Orgasmus haben?«

»Erst mal gar nicht.«

»WAS?« Er streckte die Arme aus und stützte sich nach oben, sodass er auf mein Gesicht herabblicken konnte, während er sich weiter in mir bewegte. »Du wirst keinen Orgasmus haben …« Jedes Wort ein Stoß und das mit verkrampften Kiefer. »Das hier ist die erste … Trainingseinheit … und … perfekt … dafür … geeignet, um zu lernen … den Drachen zu … zügeln.« Grinsend kreiste er mit seinen Hüften und ich konnte mich nicht mehr gegen die Lust wehren. Sie überschwemmte mich geradezu. Ich stöhnte auf und hob ihm mein Becken entgegen, änderte den Winkel, sodass er noch tiefer in mich eindringen und ich seinen gesamten Schwanz spüren konnte.

»D… das ist doch nur eine … Ausrede! Wie … lange … wirst du … mich so … foltern …?« Ich bewegte mich mit ihm, zerrte an den Fesseln, um mich irgendwo festzukrallen, doch sie hielten meiner Kraft stand.

»Tage … Wochen … Monate … Bis du nicht drohst … dich zu verwandeln … wenn du … kommst.«

»Oh Gott …« Ich drehte mein Gesicht weg und schloss die Lider. Es war zu aufwühlend, ihn anzusehen. Er beugte sich vor und strich mit seinen seidigen Lippen über meinen Hals.

»Du musst nicht essen und … nicht trinken … du wirst nie müde … und nie überreizt …«

»Das nennt sich wohl Hauptgewinn!« Er lachte leise, als ich das murmelte, doch gleichzeitig stöhnte er auf, weil er meinen G-Punkt traf und ich mich unkontrolliert zusammenzog.

»Oh ja.« Und somit kam er das erste Mal tief in mir, während er mich küsste.

21.

Als neunzehnjähriges, kleines, dummes Mädchen hatte ich meinen Opa verloren. Ich war hilflos durch diese Welt gestolpert, blind und naiv. Nichts wissend. Dann hatte ich die Gestaltwandler kennengelernt, mich verliebt und eine Familie gefunden. Doch Mutter zu sein ... mit diesem Gedanken hatte ich schmerzlich abgeschlossen, als das Baby, das Ice und ich in Liebe gezeugt hatten, tot zur Welt gekommen war. Jetzt war ich tatsächlich wieder schwanger ... und stark genug.

Meine Hände lagen auf meinem Bauch, während ich nach oben an die Decke starrte und darüber nachdachte, was ich tun sollte, aber vor allem: Wie ich Ice das beibringen sollte. Ich hatte ihn nicht nur mit dem Feind betrogen, nein. Ein Teil von diesem Feind wuchs in mir heran, würde zu einem Teil von mir – von uns – werden.

Könnte Ice das zulassen? Oder würde er das Baby umbringen, weil es von einem anderen war, so wie es gelegentlich in der Natur üblich war? Gut, die Gestaltwandler unterwarfen sich nicht komplett den Tieren, die in ihnen lebten. Sie respektierten die Kinder der anderen, kümmerten sich darum, als wären es ihre eigenen, aber nur, wenn die Eltern dem Rudel angehörten. Vilas tat das nicht ... Keinesfalls.

Ich schluckte trocken, denn in Gedanken quälten mich neben meinem Baby immer wieder dieselben Fragen. Würde ich Ice jetzt tatsächlich verlieren? Was würde Sun dazu sagen? Oh … an den wollte ich gar nicht denken! Ich war immer noch so sauer auf ihn! Andererseits … vermisste ich ihn und das nicht nur aufgrund des brennenden Pochens zwischen meinen Beinen, das ich nur von ihnen lindern lassen wollte.

Die letzten Wochen hatten wir wahnsinnige Fortschritte bei dem Training mit Vilas gemacht. Ich drohte nicht mehr, mich sofort zu verwandeln, wenn ich wütend war oder anderweitig emotional überwältigt wurde, und konnte auch sonst mit dem Drachen in mir gut umgehen. Nach und nach akzeptierte ich, dass er von nun an ein Teil von mir war – immer da, insbesondere in meinen Träumen. Mein süßer kleiner Verbündeter für alle Zeit. Außerdem konnte ich meine heilenden Fähigkeiten dank Vilas gezielt einsetzen und nicht nur Menschen heilen, die ich liebte.

Ich war bereit, zu ihnen zurückzukehren, aber irgendetwas hinderte mich noch daran.

Was, wenn Sun weiterhin seinem Pfad folgen und mir mit Ice-Entzug drohen würde?

Was, wenn er diese Drohungen wahr machen und mir Ice ganz nehmen würde?

Was wäre ich bereit zu tun?

Könnte ich Sun tatsächlich jemals verletzen? Diesen blöden, arroganten, atemberaubenden Arschkater, in den ich nach wie vor bis über beide Ohren verliebt war …

Schnaubend drehte ich mich auf die Seite und blickte aus dem Fenster. Die Monde schienen gerade und so sah ich die Glasbäume mit ihren neonfarbenen Venen genau. Nach allem, was ich mit ihm durchgemacht hatte, wusste ich nicht, ob ich Sun tatsächlich verletzen könnte … Selbst der Drache in mir war zwiegespalten, obwohl er normalerweise nichts gegen ein paar geröstete Köpfe hatte.

Wo waren meine Gestaltwandler überhaupt? Wann würden sie kommen, um mich zu rächen? Würden sie überhaupt kommen? Oder mich einfach abhaken, eine riesige Party feiern, so wie es bei ihnen üblich war, anstatt zu trauern, und dann so tun, als hätte es mich nie gegeben?

Ein schwarzes Etwas sprang mit einem Mal leichtfüßig durch das Fenster und ich zuckte in meinem Bett zusammen. Einen Moment dachte ich, es wäre eine optische Täuschung gewesen, aber dann bemerkte ich, wie sich etwas in dem Schatten unter dem Fenster duckte und … weiße Reißzähne aufblitzten, gefolgt von orangefarbenen Augen … Sun in seiner Pantherform schlich lautlos auf mich zu, als ich mich im Bett in eine sitzende Pose aufrichtete.

»Sun!«, rief ich aus, da verwandelte er sich auch schon und stand im nächsten Moment als Mensch vor mir. Als wunderschöner Mensch. Ich hatte ganz vergessen, wie er aussah, was für eine Wirkung er auf mich hatte und … wie sehr ich ihn vermisste, wenn er nicht bei mir war.

Er betrachtete mich mit offenem Mund und verletzlichen Augen, als wäre ich eine Erscheinung. Wurden die etwa gerade feucht? Aber das war unmöglich. Sun weinte nicht. Das bildete ich mir mit Sicherheit ein. Er schloss den Mund, öffnete ihn wieder. Wollte etwas sagen, konnte aber nicht, bis er schließlich »Seraphina?« flüsterte, worauf ich vor Rührung feuchte Augen bekam, sich aber auch in anderen, südlichen Regionen die Feuchtigkeit sammelte. Ich nickte.

»Ja … Sun … ich bin es …« Er bewegte sich nicht, keinen Millimeter, sah mich nur an, als würde ich mich jeden Moment in Luft auflösen.

»Du lebst?« Seine Stimme war ungewohnt rau. Ich nickte erneut und die Tränen liefen über. Niemals hätte ich gedacht, dass er bei unserem Aufeinandertreffen so emotional reagieren würde. So hatte ich ihn noch nie erlebt, und als wäre das noch nicht genug … fiel er vor mir auf die Knie.

»Du lebst!«, murmelte er völlig außer sich, da war ich schon aus dem Bett gesprungen und zu ihm geeilt. Ich hielt es einfach nicht mehr aus, schlang meine Arme um ihn und schmiegte mich an seinen vertrauten Körper. Bis auf ein leichtes blaues Negligé war ich nackt und so fühlte ich sofort die Wärme seiner starken Arme, die sich um mich schlangen. Er stöhnte auf, als ich meine Brust an ihn presste und haltlos in seinen Nacken schluchzte. Einen Moment später lag ich auch schon unter ihm auf dem kühlen Boden.

»Du lebst!«, wisperte er wieder, als wäre ich die Reinkarnation meiner selbst. Dabei wusste er nicht einmal, wie recht er damit hatte. Fasziniert strich er mir die Haare aus dem Gesicht, seine Finger zitterten. Ich hatte ihn tatsächlich noch nie so außer sich erlebt. »Und du bist schöner als jemals zuvor … Meine Güte, Seraphina …«, murmelte er an meinen Lippen, setzte an und … schob sich tief in mich. Mein Rücken bäumte sich auf, so überwältigend war es, ihn wieder in mir zu spüren. Ein überraschter Schrei wollte mir entkommen, der jedoch von seinen Lippen verschluckt wurde, als er mich mit einem verzehrenden Kuss fesselte. Sofort nahm er einen drängenden Rhythmus auf, packte mit beiden Händen meinen Hintern und löste seinen Mund von mir, um damit über meinen Hals zu geistern, mich zu beißen, mich zu lecken, mich völlig um den Verstand zu bringen. »Ich dachte, ich hätte mich getäuscht, als ich deinen Duft aufgeschnappt habe … Ich wollte nur sehen, wie die Lage ist, und dann … wehte er mir entgegen, direkt aus deinem

Fenster … Noch süßer als normalerweise … noch betörender … noch anziehender …«, keuchte er und küsste mich wieder. Ich schlang die Arme um seinen Nacken und hielt ihn so eng an mich gepresst, wie ich konnte. »Wieso hast du nicht Bescheid gesagt, dass du lebst … Ice … er … wäre fast gestorben!« Ich zog ihn zu mir herab und küsste ihn wild, dann löste ich mich atemlos von ihm.

»Ich war noch nicht bereit.«

»Wieso?« Er stöhnte lauter, als sich meine inneren Muskeln fest um ihn schmiegten. Seine Hände hielten mich so fest, dass meine Knochen gebrochen wären, wäre ich noch ein kleines Menschlein gewesen. Doch jetzt nicht mehr … Mit all meiner Kraft wirbelte ich uns herum, sodass er auf dem Rücken zum Liegen kam und ich auf ihm saß. Seinen Gesichtsausdruck als verwundert zu beschreiben, wäre untertrieben. Nur von den Monden erhellt, erinnerte mich diese Szene an unseren Anfang damals im Laub … Nur dass ich kein Messer in der Hand hielt und ich keine Angst mehr vor ihm hatte. Ich grinste.

»Ich bin ein Drache, Sun!«, verkündete ich und ließ meine Hüften kreisen.

»Ehrlich?« Seine Augen wurden groß, bevor er seinen Kopf zurückwarf, weil ich meinem kleinen Drachen erlaubte, mit seinem schwarzen Panther in Kontakt zu treten. Dafür drang ich mit meiner eisblauen Energie tief in ihn ein, erkundete ihn genau so, wie er es schon tausend Mal bei mir getan hatte, und war überwältigt, weil seine innere Schönheit seiner äußeren in nichts nachstand … Wow. »Und ich werde dich vernichten, wenn du Ice weiterhin herumkom…«

»Ach, halt die Klappe!« Er richtete sich auf, packte meine Haare und küsste mich wild. »Du wirst mich nicht vernichten, Menschenmädchen. Niemals. Du liebst mich dafür zu sehr.«

Ich wimmerte, weil sein Panther sich mit meinem kleinen Drachen zu gut verstand. Genau genommen liebte die kleine Drachendame in mir diesen Panther so sehr, wie ich Sun liebte. Verdammt!

»Ich bin kein Mensch mehr!«, stöhnte ich. Er lachte rau und ich explodierte beinahe …

»Für mich wirst du immer mein Menschenmädchen bleiben!«

»Arroganter Arschkater!«, keuchte ich und kam … ENDLICH … weil er leise knurrte und seine Energie sanft vibrierend über meine Klitoris strich. Dabei explodierte ich tatsächlich in einem riesigen Feuerball und … verwandelte mich mit einem Mal in den Drachen.

Verdammt!

Ich hatte gehofft, das würde nicht geschehen!

Schließlich hatte ich es doch im Griff … zumindest hatte ich das gedacht. Aber offensichtlich war dem nicht so. Zum Glück war Sun unsterblich und unzerstörbar. Er lachte nur noch lauter, rettete sich mit einem Sprung und war im nächsten Moment wieder der Panther. Keuchend … stand ich da, musste den Kopf ducken, weil die Decke und die Wände im Weg waren, und funkelte ihn mürrisch an.

»Das war so nicht geplant …«, meinte ich telepathisch, wobei ich wenigstens den Anstand hatte, zerknirscht zu klingen, worauf der Panther mir nur belustigt zuzwinkerte.

»Das müssen wir noch üben«, konterte er amüsiert in Gedanken, beobachtete mich aber fasziniert. »Weißt du eigentlich, was das heißt, Seraphina?«

»Was denn?«

»Du bist nun auch so was wie ein Gestaltwandler … du … hast auch ein Tier in dir …« Er umkreiste mich vorsichtig, sah mich von allen Seiten an. Schnupperte mal hier und mal da.

Offensichtlich war er völlig hingerissen, denn seine Bewunderung für mich spiegelte sich in seinem Geist. Seine Liebe. Seine Zuneigung und seine Hingabe. »Was ich jetzt alles mit dir tun kann …« Irritierende Bilder schoben sich vor mein inneres Auge und ich schnaufte entnervt.

»Mach mal langsam …« In meinem Kopf hörte ich Sun lachen, doch mit einem Mal stockte er … und beäugte mich kritisch. Er schnupperte erneut an mir. Ich fühlte mich sofort unwohl und versuchte ihn verhalten mit meinem Schwanz von mir zu schieben.

»Hör auf damit!«

»Warte!«, knurrte er und dann … wurden seine Augen groß. »Du bist schwanger!«

Und ich war geliefert … Scheiße!

***

Sun sprach kein Wort mehr mit mir. Nicht während wir uns tränenreich von Vilas und Josi verabschiedeten, und auch nicht, als wir in die Dschungelzone reisten. Dabei gab es genug Gelegenheit, etwas zu sagen, denn der Weg war weit. Wir hätten es beschleunigen können, indem ich mich verwandelte und mit ihm flog. Aber Sun weigerte sich, angeblich weil er mich nicht als Urpferd missbrauchen wollte. Insgeheim vermutete ich aber, dass er Angst hatte. Panther waren wohl nicht schwindelfrei. Doch ich war zu abgelenkt, um ihn damit aufzuziehen, zu viele Gedanken kreisten in meinem Kopf.

Als wir endlich die Dschungelzone betraten, atmete ich tief die reine Luft ein. Ich streichelte die Bäume, die ihre Blätter als Zeichen des Wohlgefallens leise rauschen ließen, und winkte den Baumnymphen zu, die mir von überallher ihre freudigen Begrüßungen entgegenriefen.

Es war so schön, wieder hier zu sein, mit dem Wissen, dass dies tatsächlich mein Zuhause war. Diese inneren Zweifel, der Zwiespalt und die Angst, die mich mein Leben lang begleitet hatten, waren wie weggewischt. Denn hier gehörte ich tatsächlich hin. An Suns und Ice' Seite.

Bereit für diese Welt bis zum Letzten zu kämpfen und stark genug, um diesen Kampf gewinnen zu können. Früher hatte ich sie als beängstigend empfunden. Jetzt verstand ich sie erst. Der Lauf der Natur ist nicht immer sanft und schön und gerecht, aber es liegt nicht an den Menschen, ihn zu verstehen. Das ist ihnen nicht möglich, weil ihre Geister dafür zu verschlossen sind. Genauso wie es meiner gewesen war. Erst als das Tierische in mir erweckt wurde, wurde ich ein wahrer Teil der Natur und in ihre Geheimnisse eingeweiht. Menschen glauben, sie seien allem überlegen. Dabei sind sie in ihrem eingeschränkten Denken viel zu naiv und größenwahnsinnig. Nur wenige Ausnahmen erahnen instinktiv, wie wichtig es ist, mit der Natur zu kooperieren, anstatt sie auszubeuten und zu zerstören.

Doch ich schob diese Gedanken beiseite, denn ich war gespannt auf Ice.

Vor allem auf die Frage, was Ice während meiner Abwesenheit eigentlich gemacht hatte … Wie er mit der Botschaft über mein angebliches Ableben umgegangen war, hatte Sun mir nicht beantwortet, weil er ja den Schweigenden spielte, und so starb ich nun beinahe vor Ungeduld und Ungewissheit 1.001 Tode …

Es gab viele Szenarien, die ich mir vorstellte, wie unsere erste Begegnung ablaufen würde. Aber nichts hätte mich darauf vorbereiten können, was tatsächlich geschah.

22.

Seraphina

Er war nicht allein, das roch ich bereits vor der Tür zu unserem Schlafzimmer! Es begann siedend heiß in mir zu brodeln. Ursprünglich wollte ich gesittet den Raum betreten und sagen: »Hi Schatz. Bin wieder da und ich kann Feuer speien!« Stattdessen riss ich die Tür auf und … erstarrte.

Oh nein, allein war er wahrhaftig nicht. Vor ihm kniete eine Gestaltwandlerin, eindeutig auf die Art mit ihm verbunden, die nur uns beiden gehörte. Eine weitere atemberaubende Frau – ihre menschliche Form verriet den Geparden in ihr – hockte hinter ihm und verwöhnte mit ihren Lippen seinen Nacken, zwirbelte seine Brustwarzen, während er den Kopf nach hinten geworfen hatte, die Hüften vor sich sicher festhielt und genüsslich in die Schönheit vor sich stieß.

Während ich die Szene vor mir beobachtete, mich dabei kurzfristig nicht rühren konnte, wartete ein Teil in mir darauf, dass Ice meine Anwesenheit endlich bemerkte. Doch offensichtlich war er dafür zu, nun ja … beschäftigt. Irgendwann wurden die Bilder vor mir zu schmerzhaft, um sie länger zu ertragen. Die Wut und der Schmerz in meinem Inneren verlangten danach, hinausgelassen zu werden und fanden ihren Weg in einem Schrei. Ich brüllte so laut, dass die Wände wackelten und ihre Körper sich hektisch trennten.

Die beiden nackten Frauen sprangen hinter das Bett, während sein Kopf herumfuhr und er erstarrte. Blaue Flammen züngelten über meine Haut, kitzelten meinen inneren Drachen, wollten ihn an die Oberfläche locken, damit er zerstörte – ihn, die gesamte Höhle, alle Gestaltwandler!

Doch ich hielt ihn zurück, an strenger Leine, mit all meiner Kraft und starrte in diese eisblauen Augen, in die ich mich beim ersten Blick verliebt hatte. Wie konnte er das tun!?

Mein Herz war bei dem Anblick, wie er die beiden berührte, beinahe zersprungen. Es schlug schnell und hektisch, so als würde es sich jeden Moment einen Weg aus meiner Brust bahnen wollen. Doch ich wusste, es war das geschürte Feuer, dessen Flammen in mir leckten und aufloderten, um zu zerstören. Sie kitzelten in meinem Hals, aber ich schluckte sie mühsam hinunter, lockerte jedoch nicht die zu Fäusten geballten Hände, während ich im Durchgang stand und ihn anstarrte. Wunderschön und imposant. Genauso sah er aus, als er vorsichtig – in Zeitlupe – ein Bein auf den Boden stellte, dann das zweite, und schließlich aufstand. Er war nackt, trug keinen Lendenschutz mehr, als er auf mich zutrat. Er signalisierte mit seinen auf mich gerichteten, erhobenen Handflächen, dass er nicht vorhatte, mir was zu tun, dass ich mich beruhigen sollte. Sein Gesicht war verschlossen, doch ich sah die Wachsamkeit in seinen Augen, genauso wie die Verwirrung *und* unbändige Faszination.

»Seraphina?«, fragte er, und als er meinen Namen aussprach, fühlte es sich an, als wollte mein Herz ein zweites Mal brechen. Seine Stimme klang fremd, als hätte ich sie noch nie richtig gehört, aber gleichzeitig unsagbar vertraut. Jede Nuance davon nahm ich nun wahr, jedes noch so kleine, wunderschöne Schwingen. Den tiefen Bass und die absolute Ergebenheit … Wie konnte er es wagen …

Ich knurrte erneut, zeigte ihm meine Zähne, wusste, dass er den Drachen in meinen Augen warnend aufblitzen sehen konnte, so wie ich den Wolf sonst bei ihm erkannte. Er blieb sofort alarmiert stehen. Nur ein paar Schritte von mir entfernt, und doch kamen sie mir vor wie Welten. Jetzt wusste ich, wie er sich die Zeit vertrieben hatte …

»Ich dachte, du wärst tot …« Als hätte er meine Gedanken gehört, rechtfertigte er sich leise und machte wieder einen zaghaften Schritt auf mich zu. »Ich wollte dir folgen … aber Sun hat mich nicht gelassen …« Noch ein Schritt, ich rührte mich nicht, beobachtete stattdessen seine anmutigen Bewegungen mit den Augen, kämpfte innerlich immer noch mit meinem Drachen, meiner Wut, meiner Enttäuschung, meiner Verletzung. »Er hat nur diesen Weg gefunden, mich abzulenken … sonst wäre ich wahnsinnig geworden, Seraphina … Ich dachte, du wärst TOT!«, wiederholte er und dann geschah es. Eine einzige Träne löste sich aus seinem Augenwinkel, als er vor mir stehen blieb und die Lippen aufeinanderpresste. Diese wunderbaren Lippen.

Es interessierte ihn nicht, dass ich immer noch leicht eisblau brannte. Er streckte die Hand aus und legte sie an meine Wange. Zuerst versteifte ich mich und wollte zurückzucken, um ihm den Kopf abzureißen, denn er hatte das Recht, mich zu berühren, verloren. Doch dass meine Flammen ihm nichts anhaben konnten, verwirrte mich zu sehr und so hielt ich still. Beobachtete fasziniert die Träne, die über seine Wange lief und von seinem kantigen, männlichen Kinn tropfte. Ich hatte außer Lava noch NIE einen Gestaltwandler weinen sehen. Es hieß, sie seien dazu nicht fähig. Ice schon – meinetwegen …

»Du weinst …«, murmelte ich.

»Ich weiß …« Immer noch starrte er mich an und strich mit seinen Fingerspitzen über meine Wange, fuhr in meine Haare. »Das habe ich oft getan. Ich wollte es selber nicht glauben, aber ich konnte damit nicht mehr aufhören, als man mir sagte, du seist gestorben. Alle dachten, ich wäre krank, und das war ich auch. Vor Kummer …« Er presste seinen Kiefer zusammen und atmete tief durch, sah mich genauer an und runzelte die Stirn. »Was ist mit deinen Haaren, Seraphina …«, wisperte er abgelenkt und knetete vorsichtig meine vollen, seidig weichen Locken. »Deine Augen … sie glitzern wie Diamanten … deine Lippen … dein Körper …« Er ließ seinen Blick über mich gleiten, während dieser sich sichtlich verdunkelte. »Du bist wunderschön«, knurrte er verlangend. Sofort wurde er wieder steinhart … und ich fühlte, wie die erotische Energie zwischen uns anschwoll. Das Atmen fiel mir mit einem Mal ziemlich schwer, besonders nachdem ich so lange auf ihn verzichtet hatte.

»Hätte ich gewusst, dass du lebst … ich hätte nie …« Er verzog sein Gesicht, als hätte er Schmerzen, und brach unseren Augenkontakt, indem er von mir wegsah. Gleichzeitig wollte er seine große Hand zurückziehen, aber ich konnte es nicht zulassen. Ohne mein bewusstes Zutun schnellte meine nach oben und packte sein Gelenk.

»Ich weiß!«, antwortete ich fest und meinte es so. Er hatte gedacht, ich wäre tot, und Sex hatte ihm geholfen zu überleben. Dafür war jedes Mittel recht. *Jedes.* Hätte ihn Sun nicht so ablenkt, wäre Ice tatsächlich gestorben! »Es ist in Ordnung, Ice. Ich verstehe.« Und das tat ich wirklich, denn eine Welt ohne Ice konnte und wollte ich mir nicht einmal vorstellen.

»Du vergibst mir?« Seine Augen wurden groß, bevor er mein Gesicht in beide Hände nahm. »Ehrlich? Einfach so?« Ich umfasste seine Handgelenke und atmete mit geschlossenen

Lidern tief durch, hoffte, bei ihm wäre es auch so einfach und nickte schlicht. »Ich liebe dich! So sehr!«, murmelte er absolut untypisch und nun lösten sich auch aus meinen Augenwinkeln Tränen. Seine Lippen strichen bereits über meine, da wich ich zurück. Ich musste es ihm sagen – sofort!

»Was?«, fragte er instinktiv total angespannt und ich platzte damit heraus.

»Ich bin schwanger! Von Vilas!« Damit ließ ich die Bombe hochgehen, aber ich hielt es keine Sekunde länger aus! Nun versteifte er sich. Sein gesamter Körper – sogar sein brennender Blick – gefror wieder zu Eis und machte seinem Namen somit alle Ehre, während sein Gesicht sich völlig glättete und zu einer emotionslosen Maske erstarrte. Mir war klar, das war kein gutes Zeichen. Ich trat einen vorsichtigen Schritt zurück und legte die Hände schützend über meinen Bauch. »Und ich werde nicht zulassen, dass du dem Kind etwas antust!«

Als hätten ihn meine Worte aus seiner Versteinerung gelöst, richtete sich sein Blick nun auf meinen Bauch. Düster, dämonisch, tierisch sah er ihn an … und zog langsam die Lippen über seine Reißzähne zurück.

»Scheiße …«, wisperte ich und stolperte nun schneller von ihm weg – in den Flur hinaus. Ich bereitete mich darauf vor, mich zur Not zu verwandeln, um mein Fleisch und Blut zu verteidigen. »Ice … es ändert doch nichts zum Negativen … Ganz im Gegenteil. Dieses Kind wird für Frieden sorgen. Die Gestaltwandler – *wir* – werden mächtiger … Sieh es doch mal von dieser Seite.«

Als er antwortete, war seine Stimme nicht mehr als ein Grollen. »Das ist mir scheißegal …« Und dann fing er an, sich zu verwandeln. Er konnte nichts dagegen tun und knurrte mich dabei tödlich an. Oder besser gesagt meinen Bauch. Das lief nicht gut!

Scheiße!

Halb als Wolf, halb als Mensch wollte er einen Satz auf mich zumachen … die rasiermesserscharfen Zähne gebleckt …

»Ice!« Suns Stimme durchbrach herrisch sein tödliches Knurren. »Du wirst dich NICHT verwandeln!« Ice hielt sofort inne. Sein Zittern nahm ab, bis es ganz verebbte und er mit einem Keuchen auf die Knie fiel, während Sun vor mich trat. »Und du wirst weder sie noch das Kind verletzen!«

»Es ist nicht von meinem Blut und es ist in *ihrem* Körper!«, erwiderte Ice mit dämonisch funkelnden Augen, gebleckten, blitzenden Zähnen und eindeutig immer noch völlig rasend. »Dieser Körper gehört mir! MIR!«

»Das wissen wir, Ice!« Sun war völlig unbeeindruckt. Ihm war klar, Ice würde mich nicht angreifen, wenn er das befohlen hatte, und das erste Mal, seit ich ihn kannte, war ich für seine dominante Ader und Ice' grenzenlose Unterwerfung unendlich dankbar. »Aber weder sie noch dieses Kind können etwas dafür. Und du wirst ihnen nicht schaden! Sieh es als Segen! Und als Experiment …« Hatte ich da gerade richtig gehört? Sun grinste überheblich, als Ice die Augen verengte. »Ich habe die letzten Tage damit verbracht, darüber nachzudenken … Wenn es überlebt und gesund zur Welt kommt …« Hier machte er eine bedeutungsschwere Pause, die förmlich in meinem Kopf dröhnte. »… dann kannst du auch Kinder mit ihr zeugen … Gesunde Kinder.«

Ich stockte und wandte mich Sun zu, um ihn schockiert anzustarren. Doch er grinste mich nur an und legte mir einen Arm um die Hüfte. Sanft zog er mich an sich und vergrub seine Lippen in meinem Haar. »Und ich kann das auch …«

»Ich kann … von euch Kinder bekommen?«, fragte ich mit einem Mal wieder den Tränen nahe und drehte mein Gesicht, vergrub es an Suns glatter Brust, die mir so viel Schutz bot. Sofort erloschen die schützenden Flammen auf meinem Körper, weil ich ihre Verteidigung nicht mehr brauchte.

»Du bist nun wie wir. Auch in dir lebt ein Tier – ein unsagbar mächtiges«, meinte er stolz und fuhr mit seiner Nase durch meine Haare.

***

Jetzt war es Ice, der nicht mehr mit mir sprach. Er schickte nur mit einem knappen Nicken die immer noch verängstigten Gestaltwandlerinnen aus dem Zimmer und ließ sich auf das Bett fallen. Die Ellbogen stützte er auf seine Knie, den Kopf in die Hände und dann saß er so da …

Sobald wir allein im Zimmer waren, kniete ich mich vor ihn und versuchte eine Hand aus seinem hellen Haar zu ziehen, in das er sich verkrallt hatte. Ich hätte genauso gut versuchen können, eine Statue zu bewegen.

»Ice …«, wisperte ich. Er reagierte nicht und ich presste die Lippen aufeinander. »Sei nicht so stur! Glaubst du etwa, ich wollte das?«

Keine Antwort.

»Ich wollte nichts davon! Gar nichts! Aber Sun hat recht! Wir sollten das Beste daraus machen!«

Immer noch keine Regung.

»Wir können jetzt auf eine Art zusammen sein, die uns davor nicht möglich war. Du musst dich nicht mehr zurückhalten und du wirst auch keinen Drang mehr haben, mich zu zerfleischen … Ice … verstehst du nicht?« Ich schluckte trocken. »Wir sind nun ebenbürtig.«

Immer noch nichts … Verdammt!

»Gut! Dann schmoll dich tot! Mir egal!« Somit stand ich auf und marschierte aus dem Zimmer, ließ ihn alleine auf dem Bett sitzen. Was sollte ich sonst noch sagen?

Wütend trampelte ich in die Höhle, ignorierte die freundlichen Begrüßungen der anderen und auch Lava, die mir um den Hals fiel, als ich Suns Felsen betrat, wo ich mich in den Schneidersitz fallen ließ. Ich verschränkte die Arme, was gar nicht so leicht war, weil Lava immer noch an mir hing und mich mit winzigen Küssen überflutete. »Ich bin so froh, dass du lebst …«, wiederholte sie immer wieder und ich versuchte, nicht zu lachen, weil ihre Lippen kitzelten. »Ja, okay … das reicht.« Ich schob sie von mir, schlang aber einen Arm um ihre Hüfte und lehnte meine Wange an ihre Brust. Ich liebte ihre Brust – besonders als Kissen.

»Ice ist so ein Idiot …«, murmelte ich in ihre weichen Traumbrüste. Sun lag lässig neben uns und kaute auf einem dünnen Knochen, benutzte ihn als Zahnstocher.

»Lass ihm Zeit … und sei froh, dass er dich nicht angegriffen hat. Seine Wut richtete sich zwar nur auf dein Baby, aber das hätte ihn nicht abgehalten. Er wollte es töten …«, antwortete er ohne mich anzusehen und ich verdrehte die Augen.

»Wieso?«

»Wie er gesagt hat. Es ist weder von ihm noch von mir und es ist in deinem Körper.« Sun zuckte mit den Schultern. »Und in dem haben nur er oder ich zu sein …«

Wütend ballte ich die Hände zu Fäusten, um nicht die Kontrolle zu verlieren, und sparte mir jeden Kommentar, auch wenn es schwerfiel. Mein Gesichtsausdruck sprach wohl Bände, denn Sun lachte leise und legte seinen Kopf auf meine Beine. Seine Augen funkelten wunderschön und offen. Bei dem Anblick wurde ich ein wenig mit der Gesamtlage versöhnt, seufzte und strich ihm über die Lippen und über die Augenbraue, die eine Narbe zierte. Mein verdammt schöner Arschkater.

»Ist sie nicht wunderschön?«, fragte er Lava und ich spürte, wie Hitze meine Wangen rot färbte, als Lava sofort eifrig zustimmte.

»Sie ist die schönste Frau dieser Welt – eindeutig.«

»Ihr beide«, meinte Sun ehrlich und richtete sich auf. Er packte meinen Nacken und küsste mich … verzauberte mich mit seinen unsagbaren Verführungskünsten. Gleichzeitig zog er Lavas Kopf heran … sie verwöhnte meinen Kiefer … kämpfte sich bis zu meinen Lippen vor und küsste mich dann auch, während Sun uns dirigierte. Unsere Tiere erwachten, vereinten sich zärtlich, umschmiegten und erkundeten sich vorsichtig. Meine kleine Drachendame war prompt im Himmel … und schnurrte, wie nur ein Drache es kann.

Meine Haut ging in seidig heißen Flammen auf, die die beiden liebkosten und auf sie übersprangen. Wir waren in einer schützenden Blase aus Feuer gefangen, die jeden außer uns verbrennen würde. Wahrscheinlich waren diese blauen Flammen, die sich damals auf dem Berg bei der Jagd auf mir gebildet hatten, bereits meine eigenen gewesen … Sun und Ice hatten sie problemlos durchschreiten können, die anderen Affenmenschen, Spinnen und Gestaltwandler, die hinter mir hergewesen waren, um mich zu unterwerfen, nicht! Gott sei Dank!

»Und sie ist so mächtig … Unglaublich!« Er stöhnte leise, als ich seine Seele verwöhnte. Streichende, warme Zungen, zärtliche Hände. Verbundene Geister. Ich merkte gar nicht, wie Sun alle anderen aus der Höhle schickte, als ich mich von ihnen zurückdrücken und daheim willkommen heißen ließ.

Mich rekelnd lag ich wortwörtlich brennend rücklings auf kaltem Stein – fühlte nur ihre Lippen und ihre Zähne, die meine Brüste verwöhnten … meinen Bauch … meinen Intimbereich … Ich war zu Hause. Aber noch nicht ganz, denn Ice hielt sich fern …

23.

Das tat er während der gesamten Schwangerschaft ... er sprach kein einziges Wort mit mir. Genau genommen konnte er das gar nicht, weil er nur noch in Wolfsgestalt herumlief und mich auf Schritt und Tritt verfolgte. Ich wusste, dass er auf mich aufpasste, aber jedes Mal, wenn ich versuchte, mit ihm zu sprechen, blockte er ab und verschwand einfach, nur um kurze Zeit später wieder aufzutauchen. Oder er legte sich auf die Seite und schlief! Das war wirklich die Höhe und einmal machte er mich damit so wütend, dass ich mich fast verwandelte. Zum Glück war Sun dabei und konnte mich noch beruhigen, denn ich wollte nicht wieder mitten in einem Zimmer platzen und randalieren. Es wurde immer leichter, meine Gefühle zu steuern und mich zurückzuhalten, genauso wie andere Wesen zu manipulieren. Denn ich war nicht nur Drache, sondern auch ein Feyr.

Mit meiner Schwester traf ich mich einmal die Woche in unserem Drachenland, wo wir Neuigkeiten austauschten, über die Feyrs lästerten, zusammen lachten und einfach nur frei und wild ein paar Runden miteinander flogen. Es ging ihr mehr als gut, das merkte ich. Vilas war ihr tatsächlich ein guter Mann, er tat *alles* für sie, besonders im Bett – kaum zu glauben, aber wahr.

***

Einen Monat vor der Geburt durfte ich mich aber nicht mehr verwandeln, weil wir nicht wussten, was das für Auswirkungen auf das Baby haben würde, und so besuchten uns Josephina und ihr Vilas inklusive Gefolge für einen längeren Zeitraum. Sie verstand sich prächtig mit Lava und Sweet und wir verbrachten jede freie Minute draußen am Fluss, feierten dort wundervolle Feste. Ober wir absolvierten in der Höhle prächtige Zeremonien, zu denen die Wesen aus der gesamten Welt kamen, um mir zu huldigen. Wesen, vor denen ich mein halbes Leben lang Angst gehabt hatte, lagen mir nun zu Füßen und brachten mir ihre (oftmals ziemlich abgedrehten) Geschenke, wie zum Beispiel ein Säckchen voll Phoenixaugen oder den Dung von Gorgonen, mit dem man jemanden versteinern lassen konnte, indem man ihn im Schlaf damit beschmierte. Super.

Eigentlich war es eine schöne Zeit.

Ich genoss die Schwangerschaft und die Aufmerksamkeit meiner Spinnen und des Rudels aus vollen Zügen, aber ich vermisste Ice. So lag ich oft nächtelang wach und weinte vor Verzweiflung, weil ich nicht wusste, ob ich ihn tatsächlich für immer verloren hatte.

Dann … platzte meine Fruchtblase. Eine Woche zu früh! Ich war gerade mit Lava am Fluss, sammelte ein paar Beeren, obwohl mich der Smurlulgh (unser Arzt – eine Mischung aus Hund und Vogel) ins Bett verdonnert hatte. In einem Moment stand ich noch im Sonnenschein und pflückte ein paar Bumbeeren, im nächsten Moment fühlte ich mich, als hätte man meinen Unterkörper in Wasser getaucht.

Sofort wurde ich in Ice' und mein Zimmer gebracht (in dem ich nur noch mit Sun und Lava schlief) und dann hieß es, die nächsten Stunden durchzustehen. Josi und Lava waren die ganze Zeit bei mir, wuschen mich mit angenehm feuchten Schwämmen

– die ausnahmsweise mal ihren Mund hielten. Sie massierten mir die Schultern, beruhigten mich und liefen mit mir endlose Stunden in dem ewigen Gang auf und ab.

Noch nie in meinem Leben hatte ich solche Schmerzen gehabt, obwohl mir allerhand Tränke gereicht wurden, die eigentlich schmerzlindernd sein sollten. Sie waren es nicht. Und das Baby wollte einfach nicht raus.

***

Nach ungefähr zwölf Stunden versammelten sich alle vor der offenen Tür meines Zimmers. An ihrem hektischen Tuscheln und ihren aufgeregten Stimmen konnte ich genau erkennen, dass etwas nicht stimmte. So war es auch.

Sun kam zu mir und setzte sich an mein Bett. Er strich mir die verschwitzten Haare aus dem Gesicht und ich öffnete träge die Lider. Sein Lächeln sollte wohl beruhigend wirken, konnte aber nicht über die Besorgnis in seinen Augen hinwegtäuschen.

»Es gibt Komplikationen …«, murmelte er.

»Kein Problem …«, entgegnete ich schwerfällig. »Ich bin verdammt … stur …«

»Oh, ich weiß …« Er lächelte schwach und beugte sich vor. »Wir müssen das Kind holen, aber das geht nicht, weil keine Klinge dieser Welt scharf genug ist, um deinen Bauch aufzuschneiden …« Er wirkte bleich, die Augenringe sprachen genauso Bände wie seine zitternden Hände. »Wenn wir dieses Kind nicht bald aus dir bekommen … Seraphina … dann wird es sterben … und du auch.«

»Nein!« Jetzt packte ich Suns Hand und sah ihn schockiert an. »Das … das lasse ich nicht zu … verdammt …« Ich schüttelte meinen Kopf. »Es muss doch eine Möglichkeit geben … irgendwas …«

»Josephinas Krallen … Nur ein Drache kann einen anderen Drachen verletzen.« Das war eindeutig Ice' Stimme, die neben uns erklang! Sie wirkte geradezu fremd, ungewohnt, einfach, weil ich sie so lange nicht gehört hatte! Auch seine Anwesenheit überraschte mich, insbesondere dass er wieder mal seine menschliche Form nutzte. Gleichzeitig konnte ich nicht glauben, dass er hier war, wo er sich den ganzen Tag ferngehalten hatte. Aber jetzt war Ice da und setzte sich an meine andere Seite.

Die Augen genauso gehetzt wie die von Sun, das Gesicht vor Sorgen zerfurcht … Sofort ergriff er meine Hand, als ich sie nach ihm ausstreckte, und beugte sich über mich. Er lehnte seine Stirn an meine und ich schloss für einige Sekunden die Lider, sog seine Nähe ein und vor allem die Kraft, die er mir damit gab.

»Du bist hier …«

»Ich war schon die ganze Zeit vor der Tür …«, murmelte er und wischte die Tränen weg, die über meine Wangen rannen. »Wage es nicht zu sterben, Seraphina … Hörst du? Sun, hol Josephina!« Sun lief sofort los.

»Ich … ich habe nicht vor zu sterben …«, wisperte ich und Ice schloss erleichtert seine Augen.

»Gut …« Und dann küsste er mich sanft und leicht und mein Herzschlag setzte fast aus.

»W… wieso der Sinneswandel?«, fragte ich verwirrt an seinen Lippen, aber er legte mir einen Finger auf den Mund.

»Sei still. Spar deine Kräfte.« Und das musste ich auch wirklich! Die nächsten Wehen fühlten sich an, als würden sie meinen Körper zweiteilen! Mir wurde schwindlig und ich wusste, dass man meine Schreie durch die gesamte Höhle hören konnte, in der sich alle eingefunden hatten. Egal ob Spinnen oder Gestaltwandler.

Sun kam kurz darauf zurück und hielt mir einen Becher an die

Lippen. »Trink das …« Ich tat es, ohne zu fragen, weil ich ihm vertraute, während er meinen Kopf stützte. Als ich mich wieder hinlegte, verschwamm bereits alles vor meinen Augen.

»Was ist das?«

»Ein Schlaftrunk …«, murmelte Sun und strich mir über die Wange.

»Bitte …« Ich packte Ice' Hand. »Bitte, das Baby darf nicht sterben!«, lallte ich mit letzter Kraft, und erst als er mit verbissenen Zähnen nickte, gestattete ich mir tatsächlich abzudriften. Gerade so spürte ich noch, wie Sun eine Hand nahm und Ice die andere. Dann wurde alles schwarz …

24.

Dass ich wieder aufwachte, war ein gutes Zeichen … aber was, wenn es mein Baby nicht geschafft hatte? Viel zu müde, um panisch zu sein, blinzelte ich träge in das grelle Licht, doch der gesamte Raum war verschwommen. Ich war allein oder … saß da noch jemand in der Ecke? Verdammt! Ich konnte nichts erkennen, und als ich versuchte, meinen Blick zu fokussieren, wurde mir übel.

»Hat es überlebt?« Meine Stimme klang kratzig und Erleichterung durchflutete mich, als Ice antwortete:

»Oh ja.« Saß er etwa in einem Schaukelstuhl oder wieso bewegte er sich vor und zurück … und hatte er da etwa ein Bündel auf den Armen?

Es hatte überlebt! Mein Baby lebte!

Tränen fluteten meine Augen, die ich seufzend schloss und erleichtert einschlief.

***

Als ich das nächste Mal aufwachte, war es bereits Abend, zumindest verrieten mir das die Wände, und Ice saß immer noch mit einem Bündel in weiche weiße Decken eingewickelt auf einem Schaukelstuhl – ein Geschenk von Vilas – in der Ecke des Raumes. Erstmals konnte ich alles scharf erkennen.

»Ice!«, murmelte ich und er stand auf. Sein Gesicht war ziemlich verschlossen und irgendwie anders … als er auf mich zukam. Ich konnte mich darauf nicht konzentrieren, ich wollte nichts weiter als endlich mein Baby sehen. Und als er es mir in den Arm legte … traute ich meinen Augen kaum!

Das war kein Drache! Es war ein winziger weißer Wolf … mit einer schwarzen Schnauze. Und als ich die Decke ein wenig wegschob … zeigte sich, dass er hellblaue Flügel hatte. So dünn, als würden sie sofort brechen, aber gleichzeitig doch stabil und flexibel und so glitzernd, als wären sie aus Diamanten. Ich starrte ihn an wie eine Fata-Morgana, wusste nicht, was ich sagen sollte. Als der Wolf die Augen öffnete, hatte er meine Augenfarbe und machte winzige, unbeschreiblich süße Geräusche. Dann gähnte er ausgiebig, wobei weiße Zähnchen aufblitzten und kuschelte sich mit seinem samtigen Köpfchen an meine Brust, atmete so tief durch, als wäre er erst jetzt am Ende seiner Reise angekommen und als könnte er erst jetzt wirklich friedlich schlafen.

Tränen rannen aus meinen Augen und ich sah auf zu Ice. Er lächelte mich so warm an, dass ich das Gefühl hatte, zu schmelzen.

»Ich weiß nicht, wie es geschehen ist … aber … es ist auch mein Sohn.« Er sah das kleine Wesen in meinen Armen an wie eine Erleuchtung und ich schluchzte auf. Es war ein Junge, offensichtlich mit zwei Vätern – Vilas und Ice. Wie war das nur möglich? Aber in dieser Welt erstaunte mich nichts mehr, denn sie war in ihrer Gesamtheit ein Wunder, geradezu magisch. Abgesehen davon war es mir egal, wie es geschehen war. Wichtig war nur das unglaublich süße Wesen in meinen Armen.

»Oh mein Gott!« Ice legte sich vorsichtig neben uns und schob einen Arm unter meinen Kopf, sodass ich mein Gesicht an seiner Brust vergraben konnte.

»Keine Sorge, er wird sich schon bald in seine menschliche Form verwandeln. Spätestens, wenn er Hunger hat … Seraphina …«, murmelte Ice völlig ehrfürchtig und starrte den zuckersüßen Wolf an. »Du hast soeben das mächtigste Wesen dieser Welt geboren … und nicht nur das. Es wird uns alle vereinen, für immer für Frieden sorgen. Unser Sohn ist Mensch, Gestaltwandler, Drache und Feyr in einem. Er wird unermessliche Kräfte haben, die Macht der Gestaltwandler, die Verführung der Feyrs … und die Güte und den Sturkopf seiner Mutter.« Ice küsste meinen Kopf und ich schloss die Lider, lächelte schwach und drückte das warme Bündel näher an mich.

Jetzt war alles perfekt.

Ich hatte endlich alles, was ich mir immer gewünscht hatte: eine liebende Familie.

Das ist es, was wirklich zählt. Die Menschen, die dich lieben. Die dich genauso nehmen, wie du bist, egal wo und egal wie. Mit all deinen Macken und Stärken. Die nie ihre Geduld oder ihren Glauben an dich verlieren und die für dich kämpfen – koste es, was es wolle.

Diese Welt und ihre Bewohner sind eine Einheit – genauso ist es auf jeder anderen Welt auch. Alle entstanden aus demselben Ursprung, alle tragen in sich das gleiche Blut. Aber leider haben das die Menschen vergessen. Sie konzentrieren sich lieber auf ihre Unterschiede als auf die Gemeinsamkeiten.

Dies soll eine Erinnerung daran sein, worauf es beim Mensch sein wirklich ankommt. Auf Liebe, Respekt und Mitgefühl. Denn diese Emotionen wurden uns von der Natur nicht umsonst mit in die Wiege gelegt … und wir sollten viel öfter ihrem Ruf folgen.

EPILOG

Josephina

Wie sich etwas, was als wahrer Albtraum begonnen hatte, zu so etwas Gutem wenden konnte, würde mir niemals so wirklich klar werden. Als kleine unwissende Tussi war ich in diese Welt gestolpert und hatte keine Ahnung von mir oder sonst etwas gehabt. Dass ich genau hierher gehörte, hatte ich erst akzeptiert, als ich Vilas *richtig* kennengelernt hatte, meinen Seelenverwandten, den Mann meiner Träume. Und als ich meine Schwester wiederfand, fand ich auch mich selbst.

Endlich waren wir eine große Familie und nichts würde uns noch aufhalten oder gar verletzen können, aber was, wenn mehr Menschen ihren Weg hierher fänden? Was, wenn die Existenz dieser Welt sich rumspräche, wenn der Reichtum und die Macht ihren Tribut forderten? Was, wenn sie an all das Gold, an all diese Macht heranwollen und es für sich beanspruchen wollen würden, wie es nun mal die Art der Menschen ist? Vilas hatte einen Krieg vorausgesehen, der mit der Zündung einer Atombombe enden würde, doch das würden wir zu verhindern wissen. Gemeinsam.

Ich hockte am Fluss und ließ meinen Blick über meine Familie schweifen. Über meine Schwester, die mit Lava und ihrem blonden, blauäugigen, bezaubernden Sohn im Gras saß, der in Menschengestalt und wie Gott ihn geschaffen hatte zwischen den beiden herumkrabbelte und alles in den Mund steckte, was dort auf keinen Fall landen sollte. Hinter Seraphina standen Ice und Sun, diese prächtigen und genauso mächtigen Geschöpfe, bereit, sie bis aufs Blut zu beschützen.

Lächelnd legte ich meine Hände auf meinen runden Bauch und betrachtete meinen Mann, der sich unter die Gestaltwandler mischte, als würde er dazugehören, und gerade lachte. Er war so atemberaubend, seine Schönheit traf mich jedes Mal tief ins Herz und er war mein. Keine andere Frau oder Fee durfte ihn berühren. DAS war nämlich MEIN Wunsch an ihn gewesen, nachdem ich den Rekord erfolgreich gebrochen hatte – und das nicht nur einmal. Als hätte er meine Gedanken gehört, was auch den Tatsachen entsprach, denn Vilas konnte meine Gedanken lesen, so wie ich seine, driftete sein Blick zu mir und seine Augen nahmen mich gefangen, saugten mich ein … sodass mir ganz schummrig im Kopf wurde. Lasziv biss ich mir auf die Unterlippe, löste nicht den Kontakt und keuchte auf, als ich seine Geisterfinger spürte, die über meinen Nacken strichen.

Er zwinkerte mir zu und ich lockte ihn mit meinem Finger an. Geschmeidig setzte er sich in Bewegung und blieb direkt vor dem kleinen Felsen stehen, auf dem ich thronte, um die Strahlen der Sonnen zu genießen, die er nun verdeckte. Wortlos lehnte er sich über mich und stützte beide Arme neben mir ab, strich mit seiner Nase über meine und sah mir tief in die Augen. Er musste nicht sagen, dass er mich liebte, er zeigte es mir … mit innigen Bildern, die meinen Geist fluteten … ehe er sich vorbeugte und mich küsste. Seufzend erwiderte ich den Kuss, schlang meine Arme um seinen Hals und wusste: *Ja, ich bin am rechten Ort, wo ich mich geborgen sowie wahrhaft geliebt fühle und den ich nie wieder verlassen möchte.* Nur um meinen Vater, den ich wohl niemals wiedersehen würde, tat es mir leid … oder war dies doch nicht das Ende dieser Geschichte? Ich wusste es nicht, aber jetzt, für diesen Moment, war ich überglücklich. Und wie heißt es so schön: Es ist der Moment, der zählt, und nichts anderes.

-ENDE-

Ausschnitt
aus
Rock oder Liebe

Zum Buch:

»Dieses sinnlose Rumgeschreie. Dieses permanente Rumgehüpfe. Dieses unnütze Gitarrenzerschlagen und dieses ordinäre Rumrotzen! Ungläubige Satanisten. Hotelzimmer zerstörende Kunstbanausen. Motorrad fahrende Ampelignoranten! Drogensüchtige Frauenverschlinger!« Das sind Rockstars in den Augen der gefürchtetsten Anstandsdame des Landes.

Hannah Amalia Hauptmeier gerät an ihren härtesten Klienten: Spank Ransom, alias Mason Hunter. Selbst ernannter Sexgott, stolzer Schildkrötenbesitzer und dazu noch weltbekannter Rüpelrocker, muss von ihr auf den rechten Pfad der Tugend gebracht werden, denn seine Mutter bangt um das Ansehen ihres einzigen, heiß geliebten Sprösslings.

Grummelnd nimmt Hannah sich des hoffnungslosen Falls an, ohne auch nur im Geringsten zu ahnen, worauf sie sich einlässt.

Der sexy Rüpel hat es sich nämlich im Gegenzug zu *seiner* Aufgabe gemacht, *sie* zu bekehren ... Und zwar auf seine ganz spezielle Art. Diese ist alles andere als jugendfrei, erschreckend betörend und hält sich keineswegs an den *Knigge*. Sein Angebot: nächtliche Spielstunden gegen tägliches Anstandstraining.

Letztendlich müssen sich beide jedoch entscheiden, zwischen

Rock oder Liebe.

Prüdella

Die Gegend war ja schon mal ganz annehmbar, befand ich, als ich durch die Vorstadt marschierte und meinen Rollkoffer hinter mir herzog. Schöne gepflegte Gärten, grünes, penibel gemähtes Gras, Kinderschaukeln, ältere Damen, die mich skeptisch betrachteten, während ich sie freundlich grüßte und ab und zu auch mal winkte.

Die Sonne schien, die Vögel zwitscherten und ich wurde von dem weißen Stück Papier geblendet, das ich in der Hand hielt, und immer wieder drauf schaute, um zu kontrollieren, dass ich hier richtig war. So schlimm konnte er ja nicht sein, wenn er in so einer bezaubernden Gegend wohnte.

Doch meine Schritte stockten abrupt, als ich die Hausnummer 123 entdeckte. Ich war versucht, meine Meinung noch einmal zu revidieren, denn der Gartenzaun war alt und die Farbe abgeblättert. Und auch dahinter sah es nicht besser aus. Ein unüberwindliches Dickicht nahm beinahe die Sicht auf das gesamte Haus, was aber bei einem zweiten Blick nur als positiv zu bewerten war. In auffallend dicken roten Buchstaben prangten obszöne Worte auf den beiden Garagentoren, die mir die Schamesröte ins Gesicht trieben, weil ich diese Ausdrücke niemals in den Mund nehmen, geschweige denn denken würde.

Etwas schockiert betrachtete ich das Übel einige Sekunden und atmete tief durch, während ich mit meinen orthopädischen Schuhen den Kies der breiten Auffahrt betrat und versuchte, meinen unwilligen Koffer über diesen zu zerren.

Mein eng anliegender schwarzer Rock war dabei nicht hilfreich, und als ich ein verdächtiges Reißen hörte, musste ich mir tatsächlich einen Fluch verkneifen, obwohl das sonst überhaupt nicht meine Art war. Zum Glück war die graue Strickjacke, die ich über meiner hochgeschlossenen strahlend weißen Bluse trug, so lang, dass man den Riss nicht gleich bemerken würde. Doch wenn ich im Haus war, musste ich mich umziehen – und zwar dringend.

Schließlich hatte ich es geschafft, erfolgreich das Gartentor zu erreichen. Als ich es öffnete, erklang ein protestierender Quietschlaut, und auch der üppige Rosenstrauch, der ein Betreten zusätzlich erschwerte, wirkte alles andere als einladend. Im Gegenteil, seine beinahe schwarzen Blüten lösten in mir den Wunsch aus, sofort auf dem Absatz kehrtzumachen. Doch so schnell gab ich nicht klein bei.

Schwarze Mosaiksteine führten mich an der Garage mit diesen unflätigen Ausdrücken entlang. In ihren Rillen sammelte sich zwar das Unkraut, aber mein Gepäck ließ sich hier leichter transportieren. Eine Stufe vor mir verriet, dass ich die Eingangstür erreicht hatte. Auch das Vordach ging als Hinweis durch, allerdings hinderten mich diverse Rosenranken daran, wirklich Genaueres zu erkennen. Vergeblich suchte ich nach einer normalen Klingel. Alles, was ich fand, war eine weibliche Brust mit der Brustwarze als Klingelknopf.

Es widerte mich an, diesen zu berühren.

Also nahm ich ein Taschentuch aus meiner Strickjacke, wickelte es mir um den Finger und drückte drauf. Doch statt eines normalen Klingeltones hörte ich eine Frau laut stöhnen. Ertappt blickte ich mich um, denn ich wollte sicher nicht in ein tête-à-tête platzen! Es war allerdings weit und breit niemand zu sehen, also blieb ich ruhig und wartete geduldig, bis die Tür geöffnet wurde. Mir war nicht genau klar, was mich erwartete. Denn Frau Hunter, die mich für ihren Sohn engagiert hatte, schien eine nette, wohlerzogene Dame zu sein und ich konnte mir nicht vorstellen, wie jemand derart Vornehmes einen Rüpel erzogen haben sollte. Viele Informationen hatte sie mir nicht gegeben, nur gesagt, dass ich bei der ersten Begegnung sofort wüsste, was das Problem war. Ein paar Zweifel kamen bei ihren kryptischen Äußerungen schon auf, jedoch überwog die Neugierde, sodass ich den mehr als großzügig entlohnten Auftrag angenommen hatte und die 100 Kilometer mit dem Zug hierher gefahren war.

Hätte ich gewusst, um wen es sich handelte, wäre ich niemals gekommen. Als die Tür geöffnet wurde, schrie alles in mir nach Flucht, denn vor mir stand kein Geringerer als jener unglaubliche Neandertaler, sexy Rüpel, der immer noch durch meinen Kopf schwirrte, und, ich konnte es nicht fassen, eine Hand in der Hose hatte.

...

...

...

Unsere Münder klappten auf, und unsere Augen schienen einen stummen Wettbewerb in der Disziplin des Starrens auszufechten, während sie immer größer wurden. Ich wagte nach wie vor nicht zu blinzeln, als er sich bereits gefangen hatte und sein Blick über meine versteinerte Gestalt glitt. An meiner Brille, meinem Dutt und der gestärkten Bluse verharrte er etwas länger. Ich sah ihm an, wie es in ihm arbeitete. Er versuchte die Person vom Konzert mit dieser vor ihm in Einklang zu bringen, während Misstrauen in seine nun verengten Augen trat und er mich genauer unter die Lupe nahm.

Ich hingegen wusste sofort, vor wem ich stand. Meine Erinnerung hatte mir keinen Streich gespielt, denn sein nackter, athletischer Traumkörper sah aus wie in meinen – ja, ich schämte mich deswegen sehr – Träumen.

Langsam kam ich zu mir und riskierte einen Blick, auf sein Brustwarzenpiercing und die verschlungene schwarze Tätowierung auf seiner linken Seite.

Keiner sagte etwas. Bis er den Kopf schüttelte, die Lider zusammenkniff und sie wieder öffnete. Er rieb sie, aber ich war immer noch da.

»Ich sollte aufhören zu saufen!«, sprach er wohl mehr zu sich als zu mir und ich verdrehte die Augen. »Kannst du mir vielleicht mal verraten, ob du's bist? Oder bist du's nicht? Und warum zum Geier hast du so was an? Wo ist das tolle Blase-Shirt? Die offenen Haare? Die enganliegende Knackarschjeans? Die dunkle Fickschminke?«

Darauf gab es nur eine Antwort.

»Einen schönen Guten Tag. Ich heiße Hannah Amalia Hauptmeier. Gehe ich recht in der Annahme, dass es sich bei Ihnen um Mason Hunter handelt?«

»WOW! WOW! WOW! So bist du mir aber letztens nicht gekommen, als alles in dir danach schrie, dass ich dir meine Zunge in den Mund schiebe. Du machst mir Angst!«

Ich versuchte wirklich zwanghaft, nicht daran zu denken und es gelang mir. »Da hatte mich Ihre Mutter auch noch nicht als Anstandsdame engagiert. Sind Sie nun Mason Hunter oder Spank Ransom?«

»Such dir was aus, Babe.« Er grinste mich schief mit diesem rotzfrechen, umwerfenden, verschmitzten Grinsen an, doch ich wahrte die Fassung.

»Ich deute das mal als ein Ja. Wollen Sie mich nicht hereinbitten?«

»Shit! Klar!« Er trat einen Schritt zurück und öffnete die Tür ein Stück weiter, sodass ich eintreten konnte. »Hätten Sie die Güte, die Hand aus ihrer Hose zu nehmen, das schickt sich nicht, wenn man einer Dame gegenübersteht«, bat ich im Vorbeigehen, denn Anstand hin oder her, es irritierte mich zutiefst.

»Das Damen-Thema hatten wir doch schon geklärt, Blow-Job-Girl!« Er zwinkerte mir zu und ich konnte nicht anders, als mich zu rechtfertigen, während wir durch einen langen Flur gingen.

»Ich wusste wirklich nicht, was auf dem Kleidungsstück stand. Und für Sie immer noch Miss Hauptmeier!«

»Wieso immer noch? Ich hab dich doch noch nie so genannt. Ich wusste bis gerade eben nicht mal deinen Namen, weil du ihn mir verflucht noch mal nicht sagen wolltest.«

Ich atmete tief durch und blieb im Türdurchgang stehen, um ihm eins vorweg klarzumachen.

»Wenn Sie wollen, dass das hier klappt, dann werden wir nach meinen Spielregeln spielen.«

»Spielen ist gut«, warf er schnell ein und winkte mit einer Hand ab.

Es war besser so zu tun, als würde man manche seiner Kommentare nicht hören, ähnlich wie bei einem kleinen aufsässigen Kind, also sprach ich sachlich weiter: »Lektion Eins, Mister Hunter – für das Anbieten des ›Du‹ gilt Folgendes: Nur der oder die höher Gestellte gewährt das ›Du‹, was in diesem Fall ICH bin.«

Sprachlos blickte er mich an. Ich hatte keine Ahnung, wieso er jetzt so überrumpelt war. Ihm musste doch bewusst sein, dass ich seine Anstandsdame und er mein Schüler war. Immerhin hätte seine Mutter doch den Auftrag nicht ohne sein Einverständnis erteilt.

»Oh, diese Ruhe ist himmlisch.« Ich genoss sie, solange sie anhielt, und ging an ihm vorbei in eine Art Wohnküche. »Schöne Einrichtung ... Feng Shui?« Mein Blick glitt durch die große, nobel eingerichtete Räumlichkeit mit bodentiefen Fenstern und hoher Decke.

»Japp! Meine Innenausstatterin hat für den Shit einen Spleen.«

»Aha.« Den Putzeimer mitten im Raum und den kalten Rauch, der mir in die Nase stieg, ignorierte ich. Als ich aber nach oben sah und einen roten Slip entdeckte, der an der Lampe hing, konnte ich mir einen Kommentar nicht verkneifen.

»Ist das Ihrer?«, fragte ich staubtrocken und zeigte nach oben. Sein Blick folgte meinem Finger und ich erwartete, dass ihm dies wenigstens ein wenig peinlich sein würde. Doch er belehrte mich eines Besseren, indem er grinste.

»Nein ... aber wenn du willst, kann ich ihn für dich anziehen.« Gütiger Gott ... dieser Mann würde wirklich die größte Herausforderung für mich sein, die ich je bestritten hatte. So viel war schon jetzt klar.

»Haben Sie die erste Lektion schon vergessen?«

»Ich würde nicht behaupten, dass DU mir höher gestellt bist!« Mit einem Mal wandelte sich die Stimmung, und er kam einen Schritt auf mich zu. Von einem Moment auf den anderen besaß er so eine einschüchternde Ausstrahlung, dass ich tatsächlich zurückwich. Er lächelte triumphierend, denn somit war für ihn die Stellungsfrage geklärt. Ich presste die Lippen zusammen. Wenn das hier funktionieren sollte, dann dürfte ich mich NIE von ihm einschüchtern lassen. Leider war dies nicht so einfach, wie auch die Röte bewies, die mein Gesicht überzog.

»OH Shit ...«, wisperte er, wie zum Beginn des ersten Liedes auf dem Konzert und ich erschauerte. »Weißt du was? Ich habe mir gerade einen runtergeholt, und soll ich dir verraten, was ich mir dabei vorgestellt habe?« Direkt vor mir blieb er stehen, sodass ich die Wärme seines Körpers fühlen konnte, auch wenn er mich nicht berührte, und blickte mit diesen gesprenkelten Augen auf mich herab.

»Ich will es nicht wissen«, flüsterte ich und ärgerte mich darüber, dass ich so schwach und unsicher klang. So viel zum

Thema Einschüchterung, aber er hatte einfach diese natürliche Autorität an sich, die ich normalerweise auch ausstrahlte und die alle anderen zermürbte. Nicht ihn. Oh nein.

»Was, wenn es mich nicht interessiert, was du wissen willst oder nicht?«, fragte er eiskalt und hob eine Augenbraue. Ich brach aus dieser Nähe aus, denn es wurde mir zu viel. Viel zu viel.

»So kann ich nicht arbeiten, Mister Hunter. Wir sollten das Ganze hier abbrechen. Sie sind anscheinend nicht gewillt, sich auch nur für fünf Minuten zusammenzureißen und mit mir zusammenzuarbeiten!« Rückwärts ging ich von ihm weg, ließ ihn nicht einen Moment aus den Augen, als er mir dabei zusah, wie ich den Griff meines Koffers nahm. Er musste zustimmen, sonst hätte das hier keinen Sinn.

Irgendetwas flackerte in seinen schönen Augen auf, was mein Herz schneller schlagen ließ. Aber das hier war gefährlich. Ich fühlte es in meinen Adern und meinem Bauch. Dieser wunderschöne Mann würde mein Untergang sein, denn sobald er sich mir näherte, verlor ich meine geliebte Kontrolle. Kontrolle war alles für mich.

Ich erwiderte fest seinen Blick, während ich den Koffer anhob und einige Sekunden wartete, ob er etwas antworten würde. Aber er stand nur an der Küchenzeile und schaute mich derart intensiv an, dass sich mein Bauch heftig zusammenzog.

Schließlich drehte ich mich um und ging. Nach etwa zwei Metern vernahm ich seine sanfte Stimme »Warte!«, und meine Schritte gerieten ins Stocken, ob ich wollte oder nicht. Wieso machte sich jetzt Aufregung in mir breit? In mir herrschte das blanke Chaos. Allein seine Anwesenheit brachte mich völlig durcheinander, sodass ich nach einigen Sekunden weiterging.

»Ich werde Ihrer Mutter eine Kollegin empfehlen, die auch sehr gut ist. Aber zwischen uns beiden endet das hier und jetzt.« Es war das Beste, zumindest redete ich mir das ein.

Doch als ich hörte, dass er mir hinterherkam, fing mein Herz an zu rasen. Einerseits wollte es zu ihm, andererseits möglichst weit weg von ihm, so schnell es nur ging.

An der Eingangstür holte er mich ein. Seine langen Finger schlangen sich um meinen Oberarm, dann wirbelte er mich herum und drückte mich mit dem Rücken gegen die Tür.

»Ich will keine verfluchte Kollegin. Ich will dich und du willst mich auch!«, knurrte er mich an.

»Ich will Sie sicher nicht!«

Er verdrehte die Augen und atmete genervt in mein Gesicht. »Doch, du willst mich! Und du wirst mich bekommen. Ich zahle dir das Doppelte, wenn du hierbleibst!«

»WIE BITTE?« Meine Augen wurden groß, größer, am größten. »Das Doppelte? Das wären dann 30.000 Euro für drei Monate Arbeit?«

»Japp«, antwortete er schlicht und ich merkte, dass er es ernst meinte. Ich brauchte das Geld wirklich dringend ... So war es ja nicht ... Und so viel auf einmal! Dadurch wäre ich meinem Traum von einer eigenen Benimm-Schule fünf Schritte näher!

»Verstehe ich Sie richtig: Sie geben mir 30.000 für drei Monate? Da gibt es doch einen Haken!«

Er lächelte fast, doch im Großen und Ganzen wirkte er eher düster und unerbittlich. »Natürlich.«

»Ich kann Ihnen gleich sagen, dass es nicht funktionieren wird, wenn Sie nicht kooperieren!«

»Gehen wir ins Wohnzimmer und besprechen dort alles in Ruhe ...« Ohne meine Antwort abzuwarten, zog er mich in den besagten Raum.

»Ihnen ist schon klar, dass Sie sich unhöflich und bestimmend verhalten«, schimpfte ich und entlockte ihm damit ein echtes, melodisches Lachen.

Er dirigierte mich zur Couch und drückte mich hinab, bevor ich die Gelegenheit bekam, nachzuschauen, ob mich darauf etwas Ekelhaftes erwartete. Mit verschränkten Armen blieb er vor mir stehen, sodass ich diese unglaublichen Bauchmuskeln und dieses V vor Augen hatte, das in seiner tief sitzenden Hose verschwand. Sein Körper war die pure Versuchung, und ich war mir sicher, dass er sich dessen bewusst war. Genauso sicher wie er mich in Verlegenheit brachte. Er nutzte sein Aussehen als Waffe – eindeutig. Und das Allerschlimmste daran, es gelang ihm, denn alles, was ich in dem Moment wollte, war, mit meinen Fingerspitzen, dieses V nachzufahren und über seine gewölbten Muskeln zu streichen.

Wie eine Umnachtete starrte ich weiter nach unten ... auf seinen Schritt, wo ich den Umriss seines besten Freundes genau erkennen konnte. Wie es sich wohl anfühlen würde, ihn dort zu berühren? Sofort fluteten Bilder meinen Kopf. Wie er mich gefesselt hatte ... ich, wehrlos am Haken ... während sich seine Erregung gegen meinen Bauch gedrückt hatte. Ohne mein Zutun begann ich schneller zu atmen.

Mit einem Mal zuckte es in seiner Hose, was mich derart erschreckte, dass ich aufschrie, worauf er schadenfroh lachte. Natürlich wurde ich knallrot, weil er mich beim Starren erwischt hatte, und am liebsten wäre ich in der Couch versunken.

Was tat er nur mit mir?

30.000!, rief ich mir zwanghaft ins Gedächtnis.

Endlich schien auch er zu merken, dass es höflicher war, sich zu setzen. Zu meinem Glück nahm er nicht neben mir Platz, sondern auf dem Sessel gegenüber, wo er sich seine Gitarre nahm, die dort lehnte, und an den Saiten zupfte, während er mich düster betrachtete.

»Der Haken ...«, erinnerte ich ihn daran, als ich meine Fassung wiedererlangt hatte.

Mit einem Mal grinste er und drehte sich mit seinem Sessel einmal im Kreis, während er die Tonleiter nach unten spielte. Ich verdrehte die Augen. Manchmal war es, als würde ich mit einem Kind anstatt mit einem Mann reden.

»Also ... ich will dich, du willst mich. Das ist eine Tatsache, die dir nur nicht klar ist, weil du keinerlei Erfahrung mit Männern hast!« Ich fragte mich, woher er das nur wusste, sagte aber nichts. Er sprach weiter: »Ich werde dir einen Batzen Geld hinblättern und wirklich versuchen, umgänglich zu sein. Der Haken ist, dass ich im Gegenzug dasselbe von dir erwarte!«

»Duzen Sie mich nicht!«, entgegnete ich, um meiner Verwirrung Herr zu werden und ihn auch gleich schon mal zu testen. Er durchschaute mich und verdrehte die Augen, während die Titelmelodie von *Spiel mir das Lied vom Tod* erklang.

»Okay, Miss absoluter Obermeier ... ›Sie‹ passt für meine Zwecke sowieso besser.«

»Was wollen Sie denn von mir?«

Mit einem Schulterzucken spielte er leise weiter. Ohne nur einmal den Blick von mir nehmen zu müssen, zupften seine langen, talentierten Finger die Saiten. Versuchte er etwa gerade, mich zu hypnotisieren? Wenn ja ... klappte es ganz gut.

»Ach, nur ein bisschen dies ... ein bisschen das ... und einen Schuss jenes.«

»Och ...«, schnaufte ich genervt. »Drücken Sie sich genauer aus!«

Mit einem Mal legte er die Gitarre weg. Dann beugte er sich vor, lehnte sich mit den Ellbogen auf die Knie und stützte sein Gesicht auf den Händen ab.

»Lassen Sie sich überraschen. Ich kann nur eins sagen: Sie werden es nicht bereuen!« Als er die letzten Worte sprach, glühten seine Augen. Ich war unsicher, schließlich hatte ich wirklich überhaupt keine Ahnung, was er von mir wollte, doch mir schwante, dass es etwas mit Sex zu tun haben musste. Das Schlimme daran war, dass er warme, wohltuende Gefühle in mir weckte, die ich nicht kannte, aber sehr gerne näher kennengelernt hätte.

Er verdrehte die Augen, als ich nicht antwortete. »Okay, sagen wir es so. Sie haben am Tag Zeit, um mir Anstand einzutrichtern und ich werde aufpassen, Ihnen folgen wie ein Hündchen und mich wirklich bemühen, aber im Gegenzug dafür ... habe ich in der Nacht Zeit, Ihnen zu zeigen, was es heißt zu *leben – ohne Anstand!*«

OH GOTT! Unwillkürlich erschauerte ich aus unerfindlichen Gründen. Denn in seiner Stimme klang ein unausgesprochenes Versprechen mit, welches mich lockte und meine Neugierde weckte.

»Aber nur, wenn ich es ausdrücklich erlaube und ... Sie werden mir nicht wehtun?«

Aus meiner Forderung wurde eine unsichere Frage, aber ich musste sie stellen, denn sie schien mir im Moment enorm wichtig. Irgendetwas war da nämlich, abgesehen von der rotzigen, aber auch erotischen Ausstrahlung, das ich noch nicht erfassen konnte, und es ließ jegliche Alarmglocken schrillen.

Einige Zeit sah er mir nachdenklich in die Augen, wägte seine Antwort ab, ließ seinen Blick über meinen Körper gleiten, und entgegnete schließlich mit tiefer Stimme: »Ich werde nie komplett die Kontrolle über mich verlieren und du kannst immer Stopp sagen. Das ist alles, was ich versprechen kann.« Ich zögerte und ignorierte sogar, dass er mich schon wieder duzte. Unsere Blicke waren verwoben. Goldbraun auf schokobraun. Überheblich fragend auf eingeschüchtert verunsichert. Wunderschön auf ... durchschnittlich ...

»Ich muss auch irgendwann schlafen«, murmelte ich atemlos.

»Du wirst genug Schlaf bekommen. Für das, was ich mit dir vorhabe, brauche ich dich fit!«

Ich atmete tief durch und schloss meine Augen, unterbrach diesen intensiven visuellen Kontakt, denn er schien gerade bis auf meine nackte Seele zu blicken. Außerdem war mir sein Anblick zu viel. Wie konnte so ein zügelloser ... Teufel nur aussehen wie ein Engel? Oder war es nur Schein? Eine Maske? Das verwirrte mich zutiefst und brachte mich gleichzeitig dazu, alles daran zu setzen, es herauszufinden. Außerdem konnte ich das Geld wirklich gut zu gebrauchen, auch wenn ich mich bei dem Gedanken etwas schämte.

»Ich bleibe diese Nacht hier. Die nächsten Stunden nutzen wir als Testlauf, damit Sie mir beweisen können, dass Sie in der Lage sind, sich zu beherrschen.« Mein Schlucken geriet ziemlich mühsam, als ich ihm das anbot, denn in diesem Moment, genauso wie schon auf der Bühne, erkannte mich nicht wieder. Aber ich WOLLTE es. Ein winzig kleiner Teil von mir war fasziniert davon, dass er ausgerechnet mich auserwählt hatte, um was auch immer mit mir zu tun ... Er überlegte nicht lange, bevor er sich in seinem Sessel zurücklehnte, seine Gitarre ergriff und das Lied vom Tod weiterspielte.

»Geht klar, Babe, aber ich werde dich nicht siezen. Du bist in meinem Haus, also bin ich der HÖHER Gestellte. Aus und Pasta ... mit Soße!« Nebenbei drehte er sich mit dem Sessel von mir weg und rülpste als Bekräftigung seiner Worte. ICH würde ihn aber trotzdem siezen. Denn somit wahrte ich die Distanz, die ich zu ihm als Gegenpart benötigte.

»Wie Sie meinen, solange Sie es in der Öffentlichkeit tun, denn dort sind wir ja nicht bei Ihnen zu Hause. Apropos. Jetzt werden wir uns erst mal Ihre Lebensumstände anschauen!« Mit diesen Worten griff ich in meine Handtasche und holte meine weißen, dünnen Stoffhandschuhe raus. Mason drehte sich mit seinem Stuhl wieder zu mir und bekam große Augen, als ich diese anzog.

»Du willst mir aber jetzt nicht im Arsch rumpopeln, oder?«

»Nein, ich werde Sie nicht REKTAL untersuchen«, betonte ich, holte mein Lederetui mit dem Diktiergerät heraus und stand auf. »Dann wollen wir mal schauen. Die Wohnung eines Menschen sagt nämlich sehr viel über sein Innerstes aus.«

Ich schaltete es ein. »Mason Hunter. Besichtigung der Lebensumstände.«

»Geht's noch?«, ertönte hinter mir.

Ich schaltete mein Diktiergerät wieder aus und drehte mich zu ihm. »Ich brauche das fürs Protokoll«, antwortete ich ihm ruhig.

»Jaja, um später alles an die Zeitung zu verkaufen«, ätzte er.

»Das habe ich nicht nötig, Mister Hunter. Diskretion ist mein oberstes Gebot, und jetzt seien Sie bitte fünf Minuten still – Test Nummer eins ...« Ich wackelte mit meinen Augenbrauen.

Er tat so, als würde er seine Lippen abschließen und den Schlüssel über seine Schulter schmeißen. Dann lehnte er sich mit seiner Gitarre zurück und spielte eine leise, beruhigende Melodie. Augenverdrehend schaltete ich das Gerät wieder ein, ging zu seiner Wohnwand und öffnete den Schrank. Das pure Chaos schlug mir entgegen. »Oberflächlich sieht die Wohnung recht annehmbar aus. Doch im Kern herrscht Chaos ...«

»Du weißt gar nicht, was es bedeutet...«, begann er, doch ich zeigte nur auf mein Diktiergerät. Er verstummte und spielte die Melodie nun etwas aggressiver.

Ich schloss den Schrank und strich mit meinem Zeigefinger über die Oberfläche des Holzes. Dann rieb ich meine Finger aneinander und war entsetzt. Wieder sprach ich ins Diktiergerät. »Staubgewischt wurde hier eindeutig noch nie. Fazit: keine Regelmäßigkeit im Leben.« Mittlerweile schien er auf die Saiten einzuschlagen, so laut erklang die Melodie hinter mir.

Als ich mich umdrehte und ihn ansah, funkelte er mich von unten wie ein Raubtier kurz vor dem Sprung an. HILFE! Wieso wollten mich meine Beine zu ihm tragen, um mich radikal auf seinen Schoß zu schmeißen?

Ich atmete tief durch, um mich nicht von seinem Gitarrenspiel provozieren zu lassen, denn ich wusste, dass er das beabsichtigte. Jetzt waren die Fenster dran, da bemerkte ich, dass ein Geschirrtuch über einem runden Objekt hing.

»Was ist das denn? Das hat hier aber nun wirklich nichts verloren«, sagte ich und zog den karierten Stoff weg, nur um auf eine monströse Frauenbrust zu blicken. Es war eine Lampe. Wortlos wandte ich mich zu ihm um und hob eine Augenbraue. Er zuckte mit den Schultern. »Ich brauche doch Licht!«

Ich sprach in mein Diktiergerät. »Mister Hunter hat eindeutig ein Problem mit Sexualität.« Offensichtlich war er mit meiner Einschätzung nicht einverstanden, denn die Melodie endete abrupt mit einem disharmonischen Klang. Ich musste fast lächeln, als ich hörte, wie er hinter mir aufstand.

»Ich habe ganz sicher KEIN PROBLEM MIT FICKEN. Darüber hat sich noch NIE eine beschwert! Mein Schwanz ist göttlich, soll ich's dir beweisen?«

»Nein, danke, und genau DAS, was Sie jetzt von sich gegeben haben, beweist ihr sexuelles Problem. Aber das zu therapieren ist zum Glück nicht mein Aufgabengebiet. Setzen Sie sich wieder hin und lassen Sie mich meinen Rundgang beenden!«

Nur sehr widerstrebend ließ er sich im Schneidersitz wieder auf seinem Sessel nieder und nahm erneut seine Gitarre. Wie ein Schutzschild hielt er sie vor sich, als würde er sich dahinter verstecken. Was vermutlich auch der Wahrheit entsprach. Ich drehte mich weg, um eine Blick auf die Fenster zu werfen. Mehr war auch nicht nötig. »Fenster wurden noch nie geputzt«, berichtete ich kurz und knapp. Als Nächstes ging ich zur Couch ...

Mason warf mir komische Blicke zu, als ich mich darüberbeugte und das Polster inspizierte. Da ich Handschuhe anhatte, traute ich mich in die Ritze zu greifen und wurde prompt fündig. Mit spitzen Fingern holte ich ein schwarzes Unterwäschestück hervor und hielt es ihm unter die Nase. »NATALIE! Der ist von Natalie«, freute er sich, packte ihn und erstaune mich schon wieder, als er ihn in seine Hosentasche verfrachtete.

»Schön, dass ich Ihnen weiterhelfen konnte«, meinte ich ironisch und blickte mich um, denn etwas Typisches für einen Mann fehlte.

»Wo sind Ihre Erotikfilme?«, fragte ich geradeheraus. Im Schrank hatte ich keine gesehen, aber das Fach neben dem DVD Player war leer und staubfrei!

Er grinste unschuldig. »So was besitze ich nicht«. Nicht eine Sekunde kaufte ich ihm diese Antwort ab. Also ging ich zielstrebig auf die Schrankwand zu, um noch mal nachzusehen.

»Tu dir keinen Zwang an«, forderte er mich auf, die Schränke genauestens zu inspizieren. Das tat ich auch prompt. Ich öffnete beide Türen und alle fünf Schubladen. Es herrschte zwar Unordnung, aber Filme fand ich keine.

Mit verengten Augen drehte ich mich mit einem Ruck zu ihm um und sah gerade noch, wie sein Blick ertappt von der Couch huschte.

»HA!«, rief ich aus, hechtete dorthin und fiel auf die Knie. Als ich daruntergreifen wollte, spielte er plötzlich wie ein Verrückter auf seiner Gitarre. Ich erschrak mich fast zu Tode und hielt inne, um ihn völlig entgeistert anzublicken, während er seine Show ablieferte.

»I'm a sexyminisuperflowerpopopcolafan
- yes I am«

Dabei sprang er aus dem Sessel auf seine Beine, sang aus vollem Hals, bevor er auf die Couch hechtete.

»Yeees, I aaaaam a Coooolaaaa Faaaaaan!«

Er fuchtelte wie ein verrückt gewordenes Wiesel mit seinen Armen, wenn er nicht auf seine Gitarre eindrosch, und ich hatte Glück, dass er mich nicht erwischte. Am Schluss seiner Einlage rutschte er vor mir auf den Knien entlang und hatte dort wohl eine Art epileptischen Anfall.

»Yeees I am, Yeeeees, I aaaaaaaaaahaaaam... a Colafan«
Mit einem Ruck verstummte er und grinste zu mir rauf.

Ich wusste nicht, ob ich ihm durch die Haare streichen und ihm sagen sollte, dass alles gut wird, oder ob ich kreischend davonlaufen sollte, um die Herren mit den weißen Jacken zu rufen, denn er war eindeutig verrückt geworden. Doch irgendetwas an diesem losgelösten, verschmitzten Grinsen brachte mich dazu, doof zurückzulächeln, und meine Finger zuckten schon in seine Richtung.

Das Lied war witzig gewesen ... Genauso wie seine Einlage ... Er hätte auch Komiker werden können, und irgendwas berührte mich an der Art, wie er vor mir kniete und mich angrinste.

»Ich brauch jetzt erst mal 'ne Cola«, meinte er, sprang auf die Beine, legte seine Gitarre auf den Wohnzimmertisch und hechtete über die Lehne der Couch, um in die offene Küche zu gelangen.

»Vielleicht sollten Sie ein bisschen weniger Koffein zu sich nehmen. Sie sind hyperaktiv. Waren Sie deswegen schon mal bei einem Arzt vorstellig? Es kann medikamentös behandelt werden«, sagte ich und erinnerte mich kopfschüttelnd daran, endlich mal mein Diktiergerät auszuschalten. Auch wenn ich mir diese Einlage sicher noch mal anhören würde, irgendwann ... heimlich.

Er holte eine Coladose aus seinem Riesenkühlschrank, den ich auch noch inspizieren würde, und setzte sich auf die Anrichtefläche, während er sie öffnete und trank. Irgendwie war dieser Vorgang sehr ... ablenkend von meinem eigentlichen Tun.

»Willst du auch was? Cola, Kaffee, Koks? Dir würde ein bisschen Hyperaktivität nicht schaden!« Er rülpste laut und aus vollstem Herzen.

Mit einem Seufzen drehte ich mich von ihm weg und wollte wieder zum Sofa gehen, denn von diesem hatte er mich mit seiner Einlage eindeutig ablenken wollen.

Doch meine Schritte stockten, als mir ein grauenhaftes, gefährliches Reptil in die Augen sah.

Ich hörte ihn direkt hinter mir. »Oh Shit, Dom Dom! Lass doch mal den verfluchten Zaun stehen!«

In meinen Ohren rauschte es; dann ließ ich, ohne zu überlegen, den schrillsten Schrei los, den ich jemals von mir gegeben hatte, und sprang Mason Hunter mit Armen und Beinen an, um mein Leben zu retten.

Hatte ich erwähnt, dass ich eine Reptilien-Phobie hatte?